读你千遍 也不厌倦

王子居 著

诗人往事

民主与建设出版社

图书在版编目（CIP）数据

读你千遍也不厌倦：诗人往事/王子居著.—北京：民主与建设出版社，2017.5
　ISBN 978-7-5139-1478-9
　Ⅰ.①读… Ⅱ.①王… Ⅲ.①古典诗歌–诗歌欣赏–中国 Ⅳ.①I 207.22
　中国版本图书馆CIP数据核字（2017）第069546号

◎民主与建设出版社，2017

读你千遍也不厌倦：诗人往事
DUNI QIANBIAN YEBU YANJUAN : SHIREN WANGSHI

出 版 人	许久文
著　　者	王子居
责任编辑	郭长岭
封面设计	天行健
出版发行	民主与建设出版社有限责任公司
电　　话	（010）59417747　59419778
社　　址	北京市海淀区西三环中路10号望海楼E座7层
邮　　编	100142
印　　刷	北京爱丽精特彩印有限公司
版　　次	2017年9月第1版　2017年9月第1次印刷
开　　本	710×1000mm　1/16
印　　张	15
字　　数	207千字
书　　号	ISBN 978-7-5139-1478-9
定　　价	35.00元

注：如有印、装质量问题，请与出版社联系。

序：破碎的水晶诗人的心

　　有人认为爱是性、是婚姻、是清晨六点的吻、是一堆孩子，也许真是这样的，但你知道我怎么想吗？我觉得爱是想触碰又收回手。

　　——塞林格《破碎故事之心》

　　这是出现在现代文学作品中，有关爱情最耐人寻味的话语。

　　阅读本书，通过这一首首情诗背后的爱情故事，通过古典诗词里的含蓄迂回和曲径通幽，你更能体会到塞林格这句话的意味。

　　这首先是一本关于"爱"的书。其次，这是一本关于"爱人"的书。第三，这是一本关于古代的天才们是如何谈恋爱的书。第四，这本书里有最优美、最动人心弦的诗词。

　　这里记载了中国唐宋时期最著名的二十一个天才的爱情故事。那是中国文学群星灿烂的时代，他们每一个名字都足以代表一部丰富的文学史。这些名字如雷贯耳，有一代文学宗师，如李白、李商隐、王维、苏轼、柳永、白居易；有皇帝，如唐玄宗、李煜、宋徽宗；有名媛名妓，如薛涛、鱼玄机、李师师、花蕊夫人。从这本书里，你可以更立体地看到他们不同的人格和风貌——狂放不羁的李白，节制隐忍的李商隐，前卫颓废的鱼玄桃，纤细易感的李煜，冷酷仙境中的武则天，淡泊如世外高人又无比幸运的王维……他们每个人身上都有着天才卓越超群的一面，又有着普通人多情脆弱、滥情自私的一面。

除了了解他们的爱情故事和绯闻，你还可以在这本书里看到最经典、最有代表性或者最优美的诗词。有人说，人在谈恋爱的时候写的诗是最好的，那么这本书里出现的几乎都是最好的唐诗和宋词。

唐诗象征着中华民族最灿烂华美的气质，是整个中华文化的黄金时代，也是独一无二的离经叛道时代。那种前无古人后无来者的奔放和自由，以及异常饱满的生命力，对每个现代人来说都是一种耀眼的美和最辉煌的戏剧。

宋词是种最多情的文体，比起唐诗它更销魂，由于束缚变少，在句子里可随意插入大量形容词，能把人的感情抒发得更细致。宋词美在汉字的字形，可谓字字珠玑、颗颗饱满。在排列组合上，念起来有大珠小珠落玉盘的感觉。

如果说唐诗是少年心气的，甚至是混沌、莽撞、浑然天成的，那么宋词就完全流于成人世界的悲欢离合，所谓"俚不伤雅，雅而能俗"。古代这种从唐诗开始的文字艺术，它的发展演变，像一个少年到成年人的过程。青少年的创造力永远让人感动，但成年人可能更增添了些圆融。无论如何，唐诗宋词代表着中国语言的极致，是最美中的最美。

古希腊的神话传说中，天才并非是属于个人的创造力，天才代表的是某个围绕在你身边的守护神的法力，你的所有创作成果其实都是这个守护神所赐予的。如果按神话故事来说，那么在这本书里出现的所有天才人物，身边一定不止围绕着一个关于诗歌和美的守护神，应该还围绕着一个爱的守护神。

目录

大唐盛世的四朵情花 1

爱上一个天使的缺点
——李季兰的多情与伤怀 3

蝴蝶飞不过沧海,没有谁忍心责怪
——薛涛的乖巧和无奈 12

她比烟花寂寞
——鱼玄机情海浮沉的一生 22

天涯歌女的七个春天
——刘采春,不求天长地久 27

宫心计里爱凄凄 33

诗歌覆盖不到的冷酷仙境
——武则天那紧闭的心门 35

只要你心中有鬼,她就一直甜美
——上官婉儿扑朔迷离的政治生涯 44

长生殿里的爱情私语
——唐玄宗和他的女人们 58

目录

问君能有几多愁
——词帝李煜的悲欢离合 75

女人花摇曳在帝国的晚风中
——花蕊夫人的盛放与凋零 88

多情痴情到无情 89

只羡神仙不羡鸳鸯
——王维的幸运与哀愁 95

原谅我这一生不羁放纵爱自由
——李白的狂放和浪漫 101

多情和薄情，只在一念间
——元稹的翻手为云覆手雨 108

情人别后永远不再来
——白居易一生的心痛 115

此情可待成追忆，只是当时已惘然
——李商隐的寂寞情殇 126

刻意伤春复伤别
——杜牧的浪人情歌 132

目录

痴情才女的千古绝唱 143

越写越寂寞
——李清照，浪漫的才女生涯

爱比死更冷
——朱淑真，古代诗坛唯一的『真女子』 145

宋朝上流文艺男青年的女知音
——李师师的个性、独立和自由 162

我只留下一段传说 181

奉旨填词，醉倒花间
——柳永的千古靡靡之音 183

有多少爱可以重来
——苏东坡和他送走的三个女人 194

爱过就不要说抱歉
——陆游和唐婉的生死绝恋 222

154

大唐盛世的四朵情花

爱上一个天使的缺点

——李季兰的多情与伤怀

中国人一向爱搞各种排行榜,给各行各业排各种座次,这也许是受了水浒一百单八将的影响。比如香港娱乐圈鼎盛时期的四大天王,内地影视圈的四大花旦和四小花旦。也有好事者评出民国才女的"四大花旦",花旦,成了一个评选杰出女性的称谓。而在唐朝,以故事的传奇性和才华考量,鱼玄机、薛涛、李季兰、刘采春可谓唐朝女诗人界的四大花旦,当然,说她们为四朵情花也许更合适些。在这四个女诗人中,李季兰所属的时代最为辉煌,而她能在李白、杜甫、王维这一干大师中杀出重围,在

《全唐诗》列名者二千五百余人中占有一席之地并不容易。她的诗虽然未能达到上述天才们的高度和名气，但在唐代的女诗人中可算一流。从《八至》诗中可见一斑。

八至诗

至近至远东西，至深至浅清溪。
至高至明日月，至亲至疏夫妻。

这首诗的最后一句为后人所熟知，并深深赞叹李季兰如此犀利地看透世相，一语击中夫妻关系的实质。夫妻作为经济共同体，表面看起来当然是亲密无间，利益感情都是拴在一条绳上的蚂蚱，但这种关系又是如此禁不住推敲，"夫妻本是同林鸟，大难临头各自飞"，这种萍水相逢、只靠男女之情或者经济利益结合起来的关系，顷刻之间便会坍塌。陈奕迅唱的《十年》，也很浅显含蓄地说着同样的问题：

十年之前
我不认识你 你不属于我
我们还是一样
陪在一个陌生人左右
走过渐渐熟悉的街头
十年之后
我们是朋友 还可以问候
只是那种温柔
再也找不到拥抱的理由
情人最后难免沦为朋友
直到和你做了多年朋友
才明白我的眼泪
不是为你而流

也为别人而流

这是现代人的亲密和疏离，其实与古人也如出一辙。

李季兰的诗不仅具有文学性，而且达到了哲学的高度，但她的一生却为情所困，无情不似多情苦。有些诗人有文学才华但未必有思考能力。有的人有思考能力，但未必诗歌写得好，李季兰将两者占全，把只可意会不可言传的禅意，用诗歌准确表达出来。古人评此诗末句云："六字出自男子之口，则为薄幸无情；出自妇人之口，则为防微虑患。大抵从老成历练中来，可为惕然戒惧。"这六个字要是用男人的嘴说出来，恐怕会被人批得体无完肤，但是从女人的嘴里说出来，可见这个女人具有极其冷静的头脑，大概是一朝被蛇咬，十年怕草绳，具有警示的作用。但是李季兰的这种洞察力并非来自于经验而是天生敏锐，太多的人一辈子结了好几次婚，也未必能一语道破婚姻的本质。

相传在她还只有六岁的时候，便写下了"经时未架却，心绪乱纵横"的诗句，引起了父亲的警惕，觉得将来可能是个举止放荡、不好管教的妇人，并由此将她送进道观修行。这跟薛涛小时候写的那句"枝迎南北客，叶送往来风"的轶事相同。大概女诗人成名之后总要给她的生平添加一些传奇的色彩和宿命的意味，比如皇帝的出生，一般都跟麒麟、龙、凤等图腾联系在一起，为他们将来性格或者事业上的名望做有力的例证。这些只可当八卦一看了之，但是从这里看到李季兰从小就有诗歌天赋是肯定的，而且小时候应该受过不错的家庭教育。

总之李季兰就这样被父亲送进了道观，开始了潜心修炼的生涯。李季兰在道观里是认真修行过的，琴棋书画、诗词歌赋一样一样铺展开来，细细研习。道观给她的天赋提供了宽松的土壤。《唐才子传》形容李季兰："美姿容，神情萧散。专心翰墨，善弹琴，尤工格律。"其中"神情萧散"四字，颇值得玩味，萧散二字，可以理解为落落寡合、淡定、宠辱不惊，联想到后世称李季兰性格豪爽，可以跟男诗人们打成一片，便觉得有种奇妙的韵味，一方面神情淡然，一方面又能洒脱不羁，真是活脱脱一个世外高人啊。这是李季兰与众不同的地方，正是这份萧散，才有了《八至》那份洞察世事的警醒，也正是这种萧散，清代陆昶在《历朝名媛诗词》中赞她："笔力矫亢，词气清洒，落落名士之风，不似出女人手"。这二十个字作为对李季兰诗风的评价，可谓不多一字，不少一字。

相思怨
人道海水深，不抵相思半。
海水尚有涯，相思渺无畔。
携琴上高楼，楼虚月华满。
弹着相思曲，弦肠一时断。

即使这样一首展现女子相思之苦的诗句，也写得娓娓道来，爽快豪气，完全不粘腻、不自怜，中气十足。这首诗的音韵很能反应李季兰的性格：真切、干脆，不拖泥带水，不故弄玄虚。陆昶的评价可谓中肯客观，并无过分溢美之词。李季兰的名士之风受之无愧，不虚此名。

明月夜留别
离人无语月无声，明月有光人有情。
别后相思人似月，云间水上到层城。

上天一边给了李季兰极富洞察力的天赋和敏感善思的哲学气质，但不可免俗的，作为一个女人，她也有七情六欲，甚至比别的女人来得还要细腻和丰富。她恋上了一个叫朱放的男人。同时作为唐朝宝贝的薛涛和鱼玄机，不可否认的是，她们的名气有一部分来自于跟她们有过绯闻的男诗人，这些绯闻男主角都在唐朝诗歌史上占有非常重要的地位。但是李季兰不同，所有跟她有瓜葛的姓名里，如果不是因为她，恐怕早已湮没在浩荡的历史长河中，没有人关心他们是谁。

望水试登山，山高湖又阔。
　　相思无晓夕，相望经年月。
　　郁郁山木荣，绵绵野花发。
　　别后无限情，相逢一时说。

　　从这首《寄朱放》的诗中可以猜测，朱放某月某日途径吴兴（唐初名湖州，玄宗时改称吴兴），在此结识了李季兰，李季兰对他产生了爱慕之情。中国所有的毛笔里，最著名的就是湖州笔，这里自古就有生产毛笔的传统，可见湖州人杰地灵，文化气息非常浓郁，文人墨客喜欢去湖州游历是再正常不过的事情。有很多中国历史上有名的文豪，都是湖州人，与李季兰同一朝代的就有颜真卿、孟郊、杜牧，其他朝代的还有王羲之、张僧繇、吴承恩等。这个地方也盛产美女，在20世纪80年代曾风靡一时的台湾电视连续剧《珍珠传奇》，讲的就是唐肃宗的爱妃沈珍珠的传奇故事，沈珍珠就被誉为"吴兴才女沈珍珠"。同样是吴兴才女，沈珍珠贵为皇妃，而李季兰则是区区一名女冠，女冠在当时社会舆论中的名声并不好，文人对待女冠的态度可想而知，朱放只把李季兰当成一个萍水相逢遇到的漂亮女孩，没想过有什么结果，但是李季兰却芳心暗许，并为此辗转反侧。从诗词里判断，朱放从湖州离开后，应该是此生再也没回头找过李季兰，两人的命运从此再无交集了。

　　李季兰生命中的男士最有名的算是"茶仙"陆羽了。

　　陆羽在自己的自传《陆文学自传》中写道："（陆羽）字鸿渐，不知何许人，有仲宣、孟阳之貌陋；相如、子云之口吃。"这篇自传写得颇为辛酸，当一个人要直面自己生理上的缺陷，并坦然写下自己相貌丑陋、还有口吃，而且来历不明没有父母的时候，是需要很大勇气的，一定是在人世间受尽了这些苦头，才不得不这样自嘲。自嘲是一种自我保护机制，与其让别人奚落，不如自己先拿自己下手，开刀。《唐才子传》里也记载过，陆羽是个弃婴，被一个叫智积的僧人在河边捡到便收养下来，取名鸿渐。等到长大后，他不愿意跟从智积削发为僧，就用

7

《易经》为自己占卜，卜得《渐》卦，卦上说："鸿渐于陆，其羽可用为仪。"他便给自己改名为陆羽。据说陆羽生性诙谐幽默，说话喜欢逗他人笑，后来被任命为优伶的老师，他不愿意就逃走了。这是个淡泊而温和的人，喜欢读书，只要有一处不懂的地方便惶恐不安，喜欢茶道、古调歌诗，而且性情淳朴，对穿戴满不在乎，经常脚穿草鞋，身穿粗布短衣，腰系围裙。当时的人称他为"茶仙"，著有《茶经》三卷，论述茶道的根源、茶道的方法、茶道的器具。而且据说此人心胸极为宽广，喜欢独自徜徉在旷野中，或者独自泛舟于月光之下。听到别人的优点比听到自己的优点还要高兴。这是一个非常不俗的世外高人。

按理说，陆羽这样的人该跟李季兰很配才是，其实不然。陆羽和李季兰关系非常亲密，生活点滴、诗文哲理，总之无话不谈，但两人并没有发展到情侣的关系，如果是情侣，也就不会有后来的皎然了。他俩的关系倒更像是闺蜜。陆羽待她呵护备至、温柔有加。李季兰生病的时候，陆羽全程陪伴在病床前，嘘寒问暖，煎药煮饭，细致体贴。可以说，这是对李季兰最好的一个男人了。李季兰对此十分感激，病愈后特作了一首《湖上卧病喜陆羽至》的诗作：

> 昔去繁霜月，今来苦雾时；
> 相逢仍卧病，欲语泪先垂。
> 强劝陶家酒，还吟谢客诗；
> 偶然成一醉，此外更何之？

从这首诗可以看出，李季兰对陆羽仅仅是感激还有同病相怜的默契，但是并没有多少男女之情。他们多半属于师兄妹的关系，两人从小都在道观生活，孤独地长大，有点像金庸小说《笑傲江湖》里令狐冲和小师妹岳灵珊的关系。

"岳姑娘原是个好姑娘，她……她便是和你无缘。如果你不是从小和她一块儿长大,多半她一见你之后,便会喜欢你的。"令狐冲沉思半晌,摇了摇头,道:"不会的。小师妹崇仰我师父,她喜欢的男子,要像她爹爹那样端庄严肃,沉默寡言。"

陆羽默默暗恋着李季兰,而李季兰则和陆羽保持亲密关系的同时,喜欢上了陆羽的朋友,诗僧皎然。这个皎然是南北朝时大诗人谢灵运的十世孙。皎然是由陆羽介绍给李季兰认识的,三人经常相聚,煮茶论道、诗词酬答。据说皎然人如其名,生得白净,气质淡然,李季兰试探性地给他写了首诗,皎然看后坐怀不乱,回赠一首《答李季兰》:

天女来相试,将花欲染衣。
禅心竟不起,还捧旧花归。

这首诗看起来怎么都掩饰不住一股浓浓的得了便宜还卖乖的洋洋得意的味道。这等于向全天下昭告:连才貌双全、声名远播的李季兰看上我,我都不为所动呢,我多厉害啊。这个典故有点像《西游记》里女儿国国王试探唐僧的那句"悄悄问圣僧,女儿美不美"的桥段。也许每个女人都会愤愤地想:谁能知唐僧是不是早就怦然心动了,但是为了显示自己特别有定力、有修为,死活不肯承认。似乎喜欢上一个女人,为之心动是很没档次的一件事似的,这种人好能装,装得把自己都感动了。但李季兰却认为这是真正的得道高僧,自己虽为女冠,却凡心未了,十分浪漫多情,自愧不如,遂对皎然就更加仰慕了,留下了"禅心已作沾泥絮,不逐东风上下狂"的感慨。但是李季兰这种敢爱敢恨、拿得起放得下的洒脱很有人格魅力,喜欢上便大胆追求,追求不着也不死缠烂打,即便相思也哀而不伤。

所以,李季兰其实是个很纯情的女子,她的纯情表现在,写出"至亲至疏夫妻"的她,在纯哲学理论思考的层面是很老道的,但是在爱情实战中,显然还很稚嫩。她的纯情表现之一,是她的性别感比较模糊,所以很容易跟男诗人们打成一片,这是赤子之心的表现,而不是男女关系混乱。

从一个典故里就可以看出：李季兰跟刘长卿往来时，两人曾经互相戏谑打趣过。刘长卿患有疝气隐疾，李季兰见面了便童言无忌地脱口而出："山气日夕佳。"刘应声曰："众鸟欣有托。"好一个有趣鲜活的女子，聪明机灵，巧言善思。这也是男诗人们愿意跟她来往的原因吧，事儿少，不做作，不装清纯，省心，还能开得起玩笑，又是个美女，不跟她玩儿跟谁玩儿呢。

但是，李季兰的情路坎坷也是不争的事实，每一段感情最后的结果都是不了了之，空有一腔柔情却无处寄托，陪伴她最久的只有湖州吴兴的道观。所谓情场失意，赌场得意，上帝在为你关闭一道门的同时，也会打开一道门，芳心寂寞的李季兰在盛唐时期，也有十六首诗收入《全唐诗》中，与众多辉煌灿烂的男诗人相比肩。她完全是靠个人才华和性格魅力杀出重围，被载入青史的，这在那个群星璀璨的时代是非常不容易的。

一直等到李季兰中年的时候，唐玄宗也知道了她的才名，将她召唤到宫中，那时候她已经四十岁了，想必是不太愿意去的，但是因为生命中的爱情一直在落空，觉得换个环境也未尝不可，便留下了一首《恩命追入留别广陵故人》，便去了长安。

无才多病分龙钟，不料虚名达九重。
仰愧弹冠上华发，多惭拂镜理衰容。
驰心北阙随芳草，极目南山望旧峰。
桂树不能留野客，沙鸥出浦谩相逢。

这是对生命里的机遇缘分无常感到无可奈何，也是对自己韶华易逝的感慨和叹息。李季兰这一去就没有再回来。一说在去长安的路上发生安史之乱，玄宗逃走，李季兰也失踪了。还有一说是李季兰站错了队伍，给叛军首领写了一首诗，在后来的政治清算中，被皇帝扑杀之。扑杀，就是把人像动物一样套在口袋里，乱棒打死。对于一代佳人，我们宁愿相信前一种说法，后一种说法实在太过残酷。

陆羽在李季兰死后隐居深山老林，从此不见任何人，在其仅存的两首诗中，有一题为《会稽东小山》的诗：

月色寒潮入剡溪，青猿叫断绿林西。
昔人已逐东流去，空见年年江草齐。

虽然题目中并没有写明是悼念李季兰的，但这其中的深情和怅惘，还有空留遗憾，不是给李季兰的还能是写给谁的呢？遥想当年，两人都是青春年少，泛舟湖上，月下饮茶，谈笑甚欢，彼此都将生命中最好的时光留给了对方，即便不是爱情，那也是一段无可替代的感情。而且比爱情更深厚持久。李季兰对身世传奇坎坷的陆羽来说，不亚于生命中的阳光，并非锦上添花，而是雪中送炭。生命中如果痛失了这样一个人，该是多么地寂寞和伤感，下半生也许只能活在对当年的记忆中了。

如果说，鱼玄机是个被荷尔蒙控制了一生的女人，而薛涛则拿捏权衡左右逢源很无趣，那么李季兰更像史湘云，是性格最妙的一个女子。后世说李季兰放荡，光凭和刘长卿的这一首小段子，也未免太过严重。豪放和放荡是不同的。金庸小说《天龙八部》里康敏可以称为放荡，但郭襄和史湘云却是豪放，李季兰显然是后者。李季兰更像是一个天使，在人间寂寞地活过，爱过，写过。

蝴蝶飞不过沧海，没有谁忍心责怪

——薛涛的乖巧和无奈

井梧吟

庭除一古桐，耸干入云中。

枝迎南北鸟，叶送往来风。

这首诗里藏着薛涛的命运。前两句是薛涛父亲做的，在对女儿进行的诗词训练中，他给出了上句，让薛涛对出下句，有时候对诗句就像人选择要过什么样的生活一样，薛涛有意无意地选择了自己的命运——迎来送往、左右逢源的交际花。同样是古桐高耸入云，你可以对出无数的下句，而对出的这些句子，其实已经表明了个人的心态和选择。所以，后人有说薛涛命运被动，卖笑为生甚为楚楚可怜是不准确的，卿本佳人，没有这么无辜。这是她自己选的路，跪着也要走完，天生丽质难自弃，否则就埋没了她这一身的玲珑骨。

如果说"枝迎南北鸟，叶送往来风"只是薛涛八岁的无心之作，并不能代表什么的话，那么她十四岁的时候又做了一首"但娱春日长，不管秋风早"，她的信念如此执着，拼将一世休，尽"己"一日欢。有些女性做这种迎来送往的职业确实出于无奈，但是薛涛不是被迫沦落风尘，她在这种生活中是享受的，并非苦不堪言。这首看似没心没肺的诗，这种今朝有酒今朝醉的风尘气质便是证据。

薛涛的身世跟鱼玄机有些相像。致力于培养自己的父亲早早撒手人寰，跟母亲相依为命。而母亲也并非一个能干的，可以照料好自己女儿的人，所以薛涛从小就得自己谋生，这也锻炼出了她察言观色的本领。十几岁的她便进入了在成都府辖下的教坊里做了一名官妓，真正开始了"枝迎南北鸟，叶送往来风"的生涯。有不少朝代都规定，朝廷官员不能入民间青楼，所以"官妓"这个职业便应运而生。她们的服务内容是什么呢？其实是高难度的演员，或者高难度的女作家，身份多栖，不仅对相貌身材有要求，而且琴棋书画都得行。要让官员们从相貌身材上看着赏心悦目，会说漂亮话吟附庸风雅的诗，会弹素琴阅金经，还得给高级文人们提供创作灵感。如今的女演员如果回到那个时代生活，多半是要失业的，因为素质不过关。

官妓除了取悦于官员，还有作为一种高级礼物或者说性贿赂的特殊身份，一般由低级官员上供给高级官员，薛涛毫无疑问是当年官妓中的佼佼者，因此被选拔出来，作为献给官员的礼物。

紧接着，她这一生的贵人、伯乐，把她一手推向上流社会、推向千古风流人物的交椅、塑造包装出她传奇女子的形象，并令她的艳名传遍大江南北，一直流传至今的人出现了，他是韦皋。当时的韦皋，恰逢被朝廷调到蜀地做官，是有自己的政治理想和文化追求的。他想真正把文化传播推

广到蜀地，所以才会不拘一格降人才，再后来竟然上书朝廷，提议薛涛做"校书"。新官上任，地方官员当然会趋之若鹜，赠送给他很多礼物，这所有的礼物中，薛涛是个最大的惊喜。

　　薛涛在被韦皋接见之前，显然是做足了功课的。她的天分和特长之一就是投其所好。她了解到韦皋是个有政治追求和理想的儒雅官员，这个官员并非等闲之辈，喜好的不是庸脂俗粉那一类，必须要有足够的个性，足够的与众不同才能吸引到他。这是一个女人的心计。在亲自面见之后，阅人无数的她更确信了自己的判断，所以当韦皋让她展示自己才华时，她不走寻常路，并没有吟诵一些风花雪月的诗句，而是不拘一格地做了一首带有男子刀兵之气的诗：

谒巫山庙

乱猿啼处访高唐，路入烟霞草木香。
山色未能忘宋玉，水声尤是哭襄王。
朝朝夜夜阳台下，为雨为云楚国亡。
惆怅庙前多少柳，春来空斗画眉长。

　　纵观薛涛的个人诗歌史，大部分诗歌也仅仅是意象漂亮，意境优雅而已。像这种带有忧国忧民气质的诗非常罕见，而它反映的并非是薛涛的惯常心态，只是在特定的场合下，薛涛为了吸引住韦皋的眼球而做的诗，这里面恐怕没有多少她个人的真实感情在里面。薛涛的过人之处在于，即便我并非出于真情实感，但也可以揣摩你的喜好，作出你喜欢的诗，这是一种极端入世的聪明，也是对于诗歌技巧的高度把握。王建为她做过一首"扫眉才子知多少，管领春风总不如"，这首诗往往被后人解读为，薛涛是个有男儿气概，胸怀天下的女子，但事实是，薛涛本身对国家的兴衰存亡并没有多少兴趣，她所有的才华和谋略只是在寻求自保，很多男子不如她的其实是她那种在各种关系，各色人等中游刃有余、如鱼得水的聪明，这是自古以来做官之人必须具备的素质。所以，薛涛和薛宝钗何其像也。

她们对待感情都像男人一样理智，很少动心，绝不痴狂。

　　正因为这种聪明机智的乖巧圆滑，这种审时度势的机警，这种知进退的左右逢源，这种善于经营自己的城府，韦皋将薛涛纳入麾下，不仅仅是做官妓，更重要的是做自己的"清客"，协助自己处理官场上的事。对这些事，薛涛是驾轻就熟的，早在做官妓的时候，她已经积累了足够的人脉和资源，熟知四川官场的游戏规则。虽然在名分上她是妓，但实际上，她位高权重身份特殊，如果你想在成都官场上混，就必须抱团站队，必须认识这些上流社会的富豪和官员，而薛涛是打通这些关系的钥匙。

　　要知道，不是随随便便的一个人就能当上清客的，更别提女人。宋朝人总结做好清客的十大秘诀："一团和气要不变，二等才情要不露，三斤酒量要不醉，四季衣服要不当，五声音律要不错，六品官衔要不做，七言诗句要不荒，八面张罗要不断，九流通透要不短，十分应酬要不俗。"从这些苛刻的条件中可以看出，不是仅仅只有才情和相貌，便能做好这份差事的，一定是精通世故的"人精儿"才可以在夹缝中求生存。据说薛涛在世时，当地前前后后换了十三位节度使，每一位都仰慕她，都买她的账，都以跟她交往为荣。这种境界如果没有手段，光有人格魅力也是办不到的。

　　女公关薛涛的世故干练，女诗人薛涛的出众才华，令韦皋十分欣喜也十分珍惜，他竟然为此请朝廷赐予薛涛"校书"的官衔。校书这一职位从汉代开始设立，隋唐都设此官，属秘书省，薛涛是第一个任此职的女性。从官妓到校书这种身份上的变化，相当于从妓女到官员，简直是天壤之别。这真是一种深沉的大爱。"女校书"事件后，令薛涛的名声大噪，为她的艳名也平添了一些不一样的传奇色彩。王建在《寄蜀中薛涛校书》中写道："万里桥边女校书，枇杷花里闭门居。"从此后"女校书"就成了歌女的雅称。薛涛在韦皋府上生活了数十年，这段日子是她人生中最安逸也最风光的生活。慕名而来拜访，只为一睹芳容的男诗人不计其数，元稹、牛僧孺、张籍、白居易、令狐楚、刘禹锡、张祜……这些每一个在唐代诗歌史上都响当当的人物，在薛涛那里成为了合集，因为薛涛的原因而不得已集体出现在了一起，薛涛收集名流男士像收集邮票一样方便容易。她在这种不仅衣食无忧，甚至得天独厚，集万千宠爱于一身的文学生涯中，发明了"薛涛笺"，这是一种在尺寸上尤其适合写诗的稿纸，相传是用"浣花溪的水，木芙蓉的皮，芙蓉花的汁"制作而成，粉红的颜色，配上精致的花纹，不得不赞叹薛涛的精心和巧手，汉有蔡伦纸，唐有薛涛笺。这种信笺从视觉上就充满了香艳感和女人味儿。如果说点绛唇，插玉簪是寻常女子取悦男子的心机，那么薛涛笺意味着更多的含义，是一个女诗人不甘平庸的符号。

水国蒹葭夜有霜，月寒山色共苍苍。
谁言千里自今夕，离梦杳如关塞长。

这首《送友人》的诗是第一首被写在薛涛笺上赠送给他人的诗，这一定是写给一位男性知己的，像薛涛这样的女人是没有同性朋友的。从标题上能看出，薛涛就像小时候庭院里那棵古桐树一样，过着迎来送往的生活。一个又一个男人从她身边来了又走，不是不能娶她的，就是她看不上的，而她的明哲保身，在各个男人之间聪明地迂回和暧昧，始终保持着清醒和机警，做到了万花丛中过，片叶不沾身。这是一个既不甘心过柴米油盐平庸生活的女人，同时又具有高度的生存智慧，既让男性为她倾倒，又没有败坏自己的名声，还保持着高贵端庄的身价。才华、相貌、还有八面玲珑的性格是她手里的王牌，她必须要用自己天生丽质的一手好牌对抗父亲早逝家道中落的烂牌，打出一个不寻常的结局来。

所以，韦皋是个不寻常的男人，甚至可以说得上是伟大。他是如此珍惜她的才华，并没有草草纳她为妾，其实他完全可以这样做，独占她，让她只取悦于自己。而他没有，只是让她充当自己的幕僚，甚至要给她申请官职当女校书，让她得以保持自己人格和人身的自由。韦皋肯定是爱薛涛的，但此时的薛涛已经不是当年初入韦府的薛涛了，她见识到了更高端的男性，并且有跟他们调情的自由，这比嫁给韦皋更欢乐自在，也比同时代的其他女性拥有更多的自由和仰慕。天下没有白吃的宴席,以她的聪明,不可能不知道韦皋凭什么对她这么好,肯定是出于男女之情。但她并不爱韦皋,韦皋对她来说只是一个长期饭票,一个可以为自己提供锦衣玉食和尊贵待遇的避风港,她既想享受这种宠爱,但又不想付出代价不想嫁给韦皋为妾,所以就睁一只眼闭一只眼地装糊涂,把韦皋对她的好,仅仅当成是对自己才华的欣赏。

她与韦皋、元稹之间的关系,就像法国女作家萨冈说的那样,找一个有钱的老男人养着自己,再找一个帅的小男生仰慕自己。她和韦皋之间的关系既是暧昧的,又是开放式的,类似于萨冈和她的蓝颜知己法国总统密特朗那样。据说,密特朗每个月都要到萨冈家里吃上一两顿饭。在有关萨冈的传记里这样记录过这段感情模式:"总统总是在13时30分抵达,弗朗索瓦兹·萨冈把他安排在靠壁炉的桌子旁边坐下。她总是给他准备'洛特'汤、烤小牛肉,外加栗子冰淇淋。这种规矩一直保持了很久,密特朗的菜单也从不改变。弗朗索瓦兹·萨冈坐在密特朗对面,他们谈文化,谈小说创作,总有说不完的话题,因为密特朗也爱写小说。有一次,二人谈得尽兴,她竟忘记炉子上还炖着汤,直到汤熬干了有糊味才发现。1985年,弗朗索瓦兹·萨冈曾同密特朗一起去哥伦比亚旅行。弗朗索瓦兹·萨冈还让密特朗吃过闭门羹。有天中午,密特朗没有打电话就来了,按了很长时间的门铃门都没有开,这是因为弗朗索瓦兹·萨冈那天心情不好,又感到疲倦,她知道密特朗就在门外等着,但她命令秘书不管有什么借口都不要给总统开门。"

我们已经无法从史料中详细了解韦皋和薛涛的感情相处模式,应该跟密特朗和萨冈是有一点像的。但最大的不同是,萨冈是自由身,是真正的经济独立,人格也独立的个体,她并没有依附于密特朗,即使耍脾气,后者也拿她没办法。但韦皋和薛涛就不同了,薛涛从各方面都依附于韦皋,即便耍脾气和得意忘形恐怕也是小心翼翼的,拿捏好分寸,既得到了自己想要的,也不会让韦皋恼火。此时的她,心比天高,在跟这些名流的斛筹交错中,其实是待价而沽。她等待的并非是多么有钱的人,她等待的是个

综合分数最高的人。

　　元稹被她等到了。她和元稹可以说是棋逢对手，旗鼓相当，两个都是拿得起放得下的人，拼的就是谁比谁更无所谓，更没心没肺。在这场相遇中，显然是元稹赢了。薛涛平生第一次堕入情网，为这个男人写了很多情诗。

　　　　池上双鸟
　　双栖绿池上，朝暮共飞还。
　　更忙将趋日，同心莲叶间。

　　她对元稹的感情，如果说很深，那也是老房子着火式的，老房子之所以着起火来很热烈，是因为一个"老"字，是枯木又逢春的感觉，是感情上的一次回光返照。她早年在欢场上长袖善舞迎来送往，要么为了生存，要么为了证明自己的魅力，与男人们逢场作戏。快到迟暮时突然发现自己这一生竟然没有燃烧过，没有好好爱一个人，这是爱的落空，也是一个女人的中年危机。被爱让女人悦目，爱别人则让女人光彩照人。她只是把自己的爱投射到一个还不错的幻影上——这个幻影长得玉树临风，又有才华，而且嘴够甜，有身份地位，赞美起她来比别人更聪明别致。以她的洞察力，能猜到元稹肯定不会娶她，也无法给她一个圆满安定的结局。她深知有时候只需感激情人把承诺说出口的那一刻，至于以后是否真的去兑现，实在不必去深究。这是欢场女子比寻常良家妇女豁达的地方。

　　元稹的离去应该也是在她意料之中的事情，但即便如此，她还是写了很多相思的诗，这一次，她诗里的感情是真切的。

　　　　春望词四首

　　花开不同赏，花落不同悲。
　　欲问相思处，花开花落时。

揽草结同心，将以遗知音。
春愁正断绝，春鸟复哀吟。

风花日将老，佳期犹渺渺。
不结同心人，空结同心草。

那堪花满枝，翻作两相思。
玉箸垂朝镜，春风知不知。

最后一句"春风知不知"简直哀婉至极。正是这份真真切切的哀婉惹恼了韦皋。

薛涛以前跟官员文人的往来，一半是韦皋给她的自由，同时是她为韦皋工作的一部分，去跟这些人搞公关对韦皋也是有好处的，但没想到这次她是动了真格的了。这个男人醋意大发，意识到可能自己给薛涛的自由过了火，要将薛涛遣送到外地。薛涛是何等冰雪聪明的女人，她意识到，只有韦皋才是她的衣食父母，给她提供了优厚的物质条件，离开了这些经济基础，何来的上层建筑？尤其是对已经习惯了这种锦衣玉食生活的她来说，简直像天塌了一样。这个男人数年来，像父亲又像丈夫一样呵护她，没有人比他对自己更好了。尤其是跟元稹这段感情的无疾而终，更让她意识到韦皋对自己生命的重要性，而她这么多年来一直在怠慢他，甚至连一首情诗都没曾给他写过。于是，面对韦皋醋意的惩罚，她不哭不闹也不露骨地撒娇，顺从地上了路，只是在路上，她一首接一首写着离别诗，表达自己对韦皋的需要和依恋，表达了自己无法离开他的苦心。

十离诗

其一·犬离主
驯扰朱门四五年，毛香足净主人怜；

无端咬着亲情客，不得红丝毯上眠。

其二·笔离手

越管宣毫始称情，红笺纸上撒花琼。
都缘用久锋头尽，不得羲之手里擎。

其三·马离厩

雪耳红毛浅碧蹄，追风曾到日东西；
为惊玉貌郎君坠，不得华轩更一嘶。

其四·鹦鹉离笼

陇西独处一孤身，飞去飞来上锦茵；
都缘出语无方便，不得笼中更换人。

其五·燕离巢

出入朱门未忍抛，主人常爱语交交。
衔泥秽污珊瑚枕，不得梁间更垒巢。

其六·珠离掌

皎洁圆明内外通，清光似照水晶宫。
只缘一点玷相秽，不得终宵在掌中。

其七·鱼离池

跳跃深池四五秋，常摇朱尾弄纶钩。
无端摆断芙蓉朵，不得清波更一游。

其八·鹰离韝

爪利如锋眼似铃，平原捉兔称高情。
无端窜向青云外，不得君王臂上擎。

其九·竹离亭

蓊郁新栽四五行，常将劲节负秋霜。
为缘春笋钻墙破，不得垂阴覆玉堂。

其十·镜离台

铸泻黄金镜始开，初生三五月徘徊。
为遭无限尘蒙蔽，不得华堂上玉台。

从这组诗可以看出，关键时刻，为了生存，薛涛很能放得下身价，直视韦皋对自己的豢养关系，含蓄地向韦皋表白，自己就是他的宠物，就是他的附属物，他是自己的天，也是自己的阳光和空气。她只能想办法自救，而诗歌就是她自我保护的利器。这组期期艾艾，梨花带雨的《十离诗》把韦皋打动了，他收回成命，把薛涛又召回到自己身边。薛涛回到韦皋身边之后，行事更加谨慎，一边温顺地继续做韦皋的清客，一边悄悄攒钱，等到攒够了下半生的花销之后，她离开了韦皋，然后搬到了浣花溪做了道士，安静地终老。

薛涛的一生，除了在写《十离诗》所表现出的乖巧，顺从，曲意逢迎，让人有点唏嘘寄人篱下的感觉，其实在她人生大部分的时间里，生活都是顺风顺水，集万般宠爱于一身的。既然要卖，不管是卖时间还是卖姿色还是卖才华，总要付出点代价，这点代价并非她个人的悲剧，整个时代的女性都是那样，她几乎步步为营，该得到的都得到了，已经将上天给她的一手不好的牌打得很好了。

同样的身世，鱼玄机写下"易求无价宝，难得有情郎"的警句，你可以说她是抱怨，可以说她看破红尘，但这也是她作为女性独立人格的觉醒。在薛涛身上并没有这样尖锐、激烈的东西，她从头到尾就对男权世界俯首帖耳。她应该就是个生来性情平和，想得开的人，一生没有什么大悲大痛，也没什么刻骨铭心。即便她和元稹的关系里，她也只是有些无奈和相思而已，并没有比其他女子更为激烈，甚至简直可以说是懂人情，知分寸。所以，在晚年，繁华落尽，她卸掉妆容，着素衣，伴青灯，过着清静的生活，收获了寿终正寝的结局。

她比烟花寂寞

——鱼玄机情海浮沉的一生

"我不想做别人的妻,不想做别人的妾,不想剃掉一卷青丝,除了习道,我还能做什么?"这是香港风月片《唐朝豪放女》中最为人津津乐道的一句,这部电影讲的正是鱼玄机香艳传奇的一生。此片公映之后便引起轰动,鱼玄机的扮演者夏文汐也因此片红极一时。银幕里的夏文汐时而眉笼寒烟,时而巧笑嫣然,虽然骨肉单薄,但孤傲冷艳的气质是她的底色,把一个外表端庄知性,内心风情万种的鱼玄机演得淋漓尽致。

鱼玄机作为唐朝诗歌界的四朵情花之一,是至今为止第一个生平被搬上银幕,单独立传的女诗人,加上导演的想象和加工之后,她的生平被拍成了一部美轮美奂的风月片,可见她的艳名从晚唐一直流传到现在,丝毫不褪色。一个颠倒众生的名字是可以打败时间,永垂不朽的。

赋得江边柳

翠色连荒岸,烟姿入远楼。
影铺秋水面,花落钓人头。
根老藏鱼窟,枝低系客舟。
萧萧风雨夜,惊梦复添愁。

这首对仗工整、骨骼清丽，并被后世传诵的诗作，开启了鱼玄机作为一个貌美文艺女青年，一个自由主义者注定不平凡的一生。这时她只有十三岁，这是她此生与温庭筠第一次在诗词上的交流。这两个不平凡的名字一旦联系在一起，是注定要互相辉映，发生一段情事的。

鱼玄机的父亲自小对她寄予厚望，看她天赋好，容貌佳，便教她琴棋书画，吟诗作赋。在女子无才便是德的时代，他父亲这样做的初衷究竟是为了让她习得一身傍身才艺，好嫁个家世清白的书香门第？还是不忍心埋没女儿的才华，希望她过不平凡的一生？

这些都无从考证了，还未等到看她长成大树，她的父亲便早早过世。过世之后，母亲便在青楼烟花巷给人洗衣缝补。父亲从小在鱼玄机精神世界里种下的诗歌的种子已经开花结果，鱼玄机出落得聪明灵秀，骨骼清癯，她的才华在少女时代已经远近闻名。

温庭筠彼时已经五十多岁，在仕途上籍籍无名，总也混不出头，听闻了鱼玄机作为神童的事迹后，便登门拜访，给小鱼玄机出了一则命题作文，鱼玄机自然是没让温庭筠失望，做出了上述佳作。从此温庭筠便收鱼玄机为徒，不仅教授文艺才能，也经常在经济上补给。两人的缘分在史书上早有记载，所以说是真事，同时也可推断出两点：温庭筠是个爱才的怜香惜玉之人；鱼玄机必定色艺双绝，气质不凡。如果缺失了任何一项，想必很难这样打动已经五十多岁阅人无数的温庭筠。若非如此，老温又怎能对她这样一个无亲无故的小姑娘尽心尽力，倾囊相助。那时候的鱼玄机还不叫现在这个气场强大，神秘莫测，足以令后人过目难忘的名字，而是叫鱼幼薇，一个典型的乖顺温良，女性气质鲜明的名字。

遥寄飞卿

阶砌乱蛩鸣，庭柯烟雾清；
月中邻乐响，楼上远日明。
枕簟凉风著，瑶琴寄恨生；
稽君懒书礼，底物慰秋情？

冬夜寄温飞卿

苦思搜诗灯下吟，不眠长夜怕寒衾。
满庭木叶愁风起，透幌纱窗惜月沈。
疏散未闲终遂愿，盛衰空见本来心。
幽栖莫定梧桐处，暮雀啾啾空绕林。

他的出现，对于当时的她来说，不亚于救世主，勾起了她的恋父情结。她曾大胆向温庭筠表明心迹，并且旗帜鲜明地在诗的题目里直接告诉世人，这是我鱼玄机送给温庭筠的诗。光从题目上就能看出她的默默深情。温庭筠对鱼玄机到底是什么样的情愫不得而知，民间各种流派也众说纷纭，但从这些情诗里猜测，温庭筠让鱼玄机生了情思，却发乎情止乎礼，没有承诺，没有表白，没有越雷池一步，鱼玄机在这一场感情里注定是要受伤害的一方。

太阳底下无新事，世界上有太多这样的男女师生恋，常见的模式大多是女学生热情奔放才华横溢，男老师一边被这种肆意的青春和洋溢的才华所吸引，一面又对这种感情退避三舍，半推半就。另外最著名的一对师生恋就是罗丹和他的女学生卡密尔了，但在那段感情里，男方显得更自私，卡密尔既是罗丹的女朋友，又是他的助手，还是他灵感的源泉，罗丹迫于悍妻的压力抛弃了卡密尔之后，她就疯了。鱼玄机和温庭筠的感情结局倒还没有这么惨。

相信很多人对温庭筠和鱼玄机的感情纠葛会疑惑，为什么这两个人最终没有走到一起？甚至连真正意义上的相恋都没有正式公开过？像温庭筠和鱼玄机这样男未娶女未嫁，鱼玄机这样的才貌，温庭筠没道理不爱上她啊？如果说是因为两人年龄差距悬殊，可那个年代不是很盛行"一树梨花压海棠"的老少配吗？还有一说是温庭筠因自己相貌丑陋自惭形秽，不敢对鱼玄机动男女之情，这也有点牵强，如果温真是这样腼腆羞涩之辈，也不会浪迹于烟花柳巷，以香艳的《花间词》流传于世了。甚至有一种不无惋惜且一厢情愿的说法，如果鱼玄机嫁给了温庭筠，说不定会是另一个李清照。总之，温庭筠到死也没有接受鱼玄机的感情，还把她介绍给了李亿。

也许那时候的鱼玄机还没有脑后长反骨，像后来那样叛逆不羁，也许是对温庭筠漫长等待的无望，也许是出于对温庭筠的信任和不忍心拒绝他的一片好意，也许是李亿相貌才情和家世都不差，也算是个不错的归宿，当时的鱼幼薇嫁给了李亿。他俩结合后，郎情妾意，锦瑟和鸣，过了一段短暂的幸福时光。但她毕竟不是李亿的妻，只能算妾，那时候，妻、妾、婢之间的关系等级森严，妻子是有绝对权威的。就像那个时代很多妾的命运一样，鱼幼薇被大房家暴，被驱逐至道观修行，而李亿并没有庇护她，更没有为她出头。有时候在男人不济、窝窝囊囊的情况下，女人和女人之间拼的是出身背景和行事作风是否泼辣彪悍。那时候的鱼幼薇恰好两样都不占。出身贫寒，毫无背景的鱼幼薇只能接受这样的命运。

唐朝那个时候道教兴盛，朝廷也身体力行地大力支持修道，据史料记载，唐朝曾有十四名公主先后进入道观修道，皇帝还为此大兴土木，只为了给妹妹打造一个良好的修道环境。时尚潮流都是自上而下传播的，在公主的带动下，一批上流社会的女子纷纷进入道观修行，后来这里几乎演

变成上流社会的情色后花园，公主、贵族弃妇、掩人耳目的妃子，都纷纷聚集于此，她们有文化修养，有美貌，有开放的性观念，又是自由身，吸引了大批文人墨客在这里谈诗论道、谈情说爱。道观在历史上第一次成为一个香艳的场所。不得不承认，在道观中的女子比世间的女子多了一份自由，可以不嫁人，可以自由见男客，不固定专属于哪一个男子，简直比妓院更活色生香。

鱼玄机就是在那个时候诞生的，鱼幼薇从此永久地退出了历史的舞台，化蝶成鱼玄机粉墨登场。说粉墨登场并不为过，鱼玄机在咸宜观里度过一段痛快自由的时光，这个地方从此跟她相依为命，她再也没离开过。她在自己栖身的"咸宜观"外打出了"鱼玄机诗文候教"的巨幅广告，从此开始了她仰慕者络绎不绝，沙龙女主人的生涯。这种转变，既来自于鱼玄机对于男性的失望，也来源于她体内天生热爱自由的因子。

赠邻女

羞日遮罗袖，愁春懒起妆；
易求无价宝，难得有情郎。
枕上潜垂泪，花间暗断肠；
自能窥宋玉，何必恨王昌。

这首诗固然是在暗暗骂男人没几个好东西，但同时那句"自能窥宋玉，何必恨王昌"表现出了"爱谁谁"的洒脱，此处不留爷，自有留爷处，号召姑娘们想开点儿，不要在一棵树上吊死。

这句诗在当时，可以算是独立女性的宣言。说鱼玄机纵情声色也未必中肯，她也拒绝过很多人，凡是跟她有纠葛的都是她欣赏喜欢，或者有求于对方的。这放在任何一个现代女子身上都是司空见惯的，正值芳龄，又是单身，有几段感情是很正常的事情。与鱼玄机有过交往的左名扬还曾写下一首描写鱼玄机云房情景的诗：白鸽飞时日欲斜，禅房宁谧品香茶；日暮钟声相送出，箔帘钉上挂袈裟。

只是这种生活方式是前卫的、颓废的，看不到前景和希望的。真正的人格独立先从经济独立开始，那时候的妇女没有工作的权利，只能仰人鼻息，要么靠男人吃饭，要么靠香客吃饭。她无法像男人一样建功立业，她的生活也只能如此。她这一生放纵不羁爱自由，但是从来没有真正拥有过自由，这是她最深的痛苦。从来没获得一份完整的、富有安全感的感情，也使她更加玩世不恭，用现在的话说，她可能患上了某种心理疾病，否则后来就不会因嫉妒而失手打死婢女。

这种放纵痛快的生活过久了也很虚无。命运似乎不会让鱼玄机就这样一直消沉下去，就像怕美人迟暮一样，为了让她这一生短暂而精彩，不惜把她推上了断头台。她最后一名男朋友是个乐师，她怀疑自己的婢女绿翘跟自己的男友有染，不惜动用私刑，关起门来将绿翘鞭打了一顿，导致绿翘身亡。值得一提的是，当初李亿的大房裴氏对自己所施行的那些家暴，现在她原原本本地用在了绿翘身上。她心里倘若有真正的平等观念，便不会这样做，如果她没有真正的平等观念，那她永远也不会、也不配得到自由。她的身世让人想起了当代著名诗人西川给玛丽莲·梦露写的短诗：这样一个女人被我们爱戴／这样一个女人我们允许她学坏／这样一个美丽的女人／酗酒、唱歌、叼着烟卷／这样一个女人死得不明不白。最后这一句也是在说鱼玄机。大概这些传奇女子最终的命运都是不明不白匪夷所思的香消玉殒。

天涯歌女的七个春天

——刘采春，不求天长地久

身为薛涛的情敌，刘采春也许作为一个文化人的地位无法跟薛涛抗衡，但她的才艺以及元稹对她的喜爱，并不比薛涛少。唐代女诗人的四朵情花，把刘采春排最后一位，其实对她来说是一种光荣，因为她是唐朝的歌星、演员，她的主业是唱歌演戏，作词和作诗是业余爱好，或者说相当于今日歌星里的创作型歌手，自己包揽了作词、作曲、演唱。她是歌手中写诗最好的，也是诗人里最会唱歌的。

她被记载到史册里，除了跟元稹的绯闻，很大一部分原因是她当时创作并演唱的"商妇怨"。这种题材的歌曲实在太流行了，因为它反映的是一种新的社会关系和新的生活方式的诞生，意味着新的时代开始了，新的社会生态问题也越发鲜明，就像现在的留守儿童。但是在现代社会，即便进城打工一年还能回家探一次亲，可是那时在唐代，交通不发达的情况下，真的是此去经年，再相会的时候就不知道何年何月了。在刘采春创作的所有歌曲中，《望夫歌》是其中最为有名的。

不喜秦淮水，生憎江上船。
载儿夫婿去，经岁又经年。

这首《望夫歌》平铺直叙，带着小女人特有的任性和率真，劈头盖脸，不管不顾地，上来就是一句，我不喜欢秦淮河水，也很讨厌江上往来的船舶。就好像是一位等待丈夫的家庭妇女在自己的QQ空间写日志一样，根本不需要起承转合或者什么文采，要的就是一个痛痛快快地直抒胸臆。下面两句"载儿夫婿去，经岁又经年"好像是刚才的任性实在是忍无可忍，现在抒发完了埋怨，就要稍微收敛一下，恢复到那个知书达理、贤良淑德的妇人一样，为自己的任性微微抗争了一下，做一个小小的辩解。我之所以这么讨厌秦淮水和那江上的船只，是因为他们带走了我的夫婿，让我一年一年望穿秋水，空空地等待，我也不知道该埋怨谁，好像谁都没有错，丈夫赚钱没有错，为了赚钱出远门也没有错，出了远门因为寂寞，讨个小老婆回来好像也没有错，这些都是不可避免的，可是我心里还是不舒服，到底该埋怨谁呢？只好埋怨这些没有生命的东西。清代的诗歌评论家沈德潜在《唐诗别裁集》中评论此诗："'不喜''生憎''经岁''经年'，重复可笑，是儿女子口角。"他嘴里的"可笑"也正是刘采春这首诗的特色。"怨"是不讲道理的，是要先心中痛快了再说。

闺怨诗写得最好的是李白的《长干行》，里面不仅有情绪，还有商人妇一生的悲欢离合，他将这些来龙去脉交代得清清楚楚。

长干行

妾发初覆额，折花门前剧。
郎骑竹马来，绕床弄青梅。
同居长干里，两小无嫌猜。
十四为君妇，羞颜未尝开。
低头向暗壁，千唤不一回。
十五始展眉，愿同尘与灰。
常存抱柱信，岂上望夫台。
十六君远行，瞿塘滟滪堆。
五月不可触，猿声天上哀。

门前迟行迹，一一生绿苔。
苔深不能扫，落叶秋风早。
八月蝴蝶黄，双飞西园草。
感此伤妾心，坐愁红颜老。
早晚下三巴，预将书报家。
相迎不道远，直至长风沙。

把李白的《长干行》和刘采春的《望夫歌》结合在一起，就完整地勾勒出唐代商人妇的生活面貌。李白的伟大之处，在于他写诗的时候，可以随意自如地切换自己的身份，比如这首《长干行》，他自动扮演了一位"妾"的角色。两人青梅竹马两小无猜，十四岁的时候，她自然而然地嫁给了情投意合的男生，刚嫁过来的时候"羞颜未尝开"，还是满含羞涩的。十五岁的时候，婚姻生活才开始慢慢步入正轨，两人相爱相守到"梧桐相待老""愿同尘与灰"的地步，正是如胶似漆的时候。到了十六岁，命运就不再垂青于她，丈夫远走他乡，"五月不可触"跟"不喜秦淮水，生憎江上船"又何其相似。李白比刘采春高明的地方在于，李白的目的并非主观地抒发怨怼之情，而是用了细致的，慢慢铺陈的白描手法，把一个商人妇从小到大，以及到今天为何这么"怨"，还有她在生命长河中值得同情的一面，慢慢描绘给你看，而并非用诗人的身份指手画脚地做任何评判。那一句"门前迟行迹，一一生绿苔。苔深不能扫，落叶秋风早"简直细致到令人发指。丈夫临走的时候在门口与妻子道别，留下的脚印似乎比以往的更深，做妻子的甚至舍不得扫，慢慢地竟生了绿色的苔藓。这种诗绝对是独具匠心之作，而非一时心血来潮，随随便便写就的。这是一个天才诗人和普通诗人的区别。其用心良苦和细腻敏感是后者不能比的。但刘采春将诗词附上曲子，其传播力将比诗歌的受众群更广。就像现在有些流行歌曲的歌词，单看文字是非常普通的，但是如果配合旋律，简直就是病毒性传播，妇孺皆知、耳熟能详。

啰唝曲

莫作商人妇，金钗当卜钱。

朝朝江口望，错认几人船。

  隋代开始的科举制度，在唐代更加发扬光大，就像今天的公务员考试一样，是个鲤鱼跳龙门的机会，它是低级阶层通往高级阶层的星光大道。不计其数的男青年们从自己的家乡纷纷投向省会京城，为自己的前途试一下运气。至于家乡的老婆，这是父母之命媒妁之言，如若以后遇到意中人，可将一切推到父母和传统礼教的身上。唐朝还是当时世界上商业活动最活跃的地方，商贸往来非常频繁，商人不远千里去异地做生意，家中上有老下有小都要靠妻子照料。还有一些士兵被征到远疆去驻守边关，这一生不知道能回老家几趟。他们作为男性，因为职业的需要可以随意迁徙和变更自己的生活地点，可是其他人则仍然被牢牢地栓在原地。这些留守妻子们无奈的生活，真切的哀怨，为历代诗人提供了无穷无尽的灵感，甚至形成了巨大的市场，所以刘采春才在那时候靠唱这些"商妇怨"红透大江南北。

  记录历史的人也难免势利眼，刘采春因其"戏子"身份卑微，所以除了跟元稹那段风流韵事有所记录之外，其他生平介绍少而又少。从其后来成为卖唱为生的演员来看，她小时候家境应该是比较困窘的，而且不是一般的困窘，或许从小就父母双亡。如果是一般的贫穷家庭，或许女儿还可以嫁个能够维持温饱的家庭，但刘采春从小就参加戏班子，在江湖上卖艺讨生活，甚至还嫁给了同是演员的丈夫周季崇。

  这种演员和演员组合的家庭，一般女方都比较强势，想必刘采春也是很能讨生活，非常有商业眼光的那种女人。她不仅组成了夫妻档，还把丈夫的兄弟也都一并"收购"过来，组成一个家庭乐队，四处走穴。踏入演艺市场初期，她跟丈夫是靠演"参军戏"白手起家的，参军戏类似于今天的小品或者滑稽戏，所以她应该算是最早的女小品演员了。李商隐在《骄儿》中曾写到"忽复学参军，按声唤苍鹘"，说的是当时街上的儿童玩耍的游戏也常常模仿"参军戏"，这是一种高度综合的艺术，把歌舞、念白、表演融为一体，是对个人才艺的全方位展示，所以刘采春靠演参军戏打出一片天地来，足见她从小练就的是一身真功夫。据说刘采春有响彻云霄的，如夜莺一般婉转的歌喉，每每唱到商妇怨的时候，在座的女人无不被打动，纷纷落泪。靡靡之音是最能打动人的，这就是流行文化通俗歌曲的力量。

元稹任越州刺史的时候，恰逢刘采春到此地演出。如果她真的像后来元稹写给她的诗句里描绘的那样，"新妆巧样画双蛾，谩里常州透额罗。正面偷匀光滑笏，缓行轻踏破纹波。言辞雅措风流足，举止低回秀媚多。更有恼人肠断处，选词能唱望夫歌。"那么元稹被刘采春吸引也是必然的。元稹就像胡兰成，能鉴别各种女性的美妙别致之所在。不管是环肥燕瘦的，还是婉约豪放的，不管是桂冠诗人还是江湖女艺人，她们的美都被他一一尽收眼底。胡兰成的女朋友们除了最著名的张爱玲，其他分属各个类型，并不只拘泥于某一类，元稹和胡兰成一样，都属于女性杂食者。

想必刘采春也是心甘情愿的。元稹风流倜傥，是个官员，又是个诗人，那时候刚刚丧妻，是个炙手可热的钻石王老五。郎情妾意的，两个人就走到了一起。元稹甚至把薛涛都抛到了脑后，专心致志地跟刘采春谈了七年的恋爱。

关于刘采春之死，有一种说法是，刘采春因为元稹朝秦暮楚、负心薄情而感到绝望，所以心生哀怨，投河而死。这种说法不太可信，因为刘采春是跑江湖的女子，从小在江湖上闯荡，想必见多了人情冷暖，也知道元稹这样的人只可相遇无法相守，只要好好享受和珍惜相知相爱的那七年就可以了，之后的岁月是刘采春无法把握的，缘分尽了就只能尘归尘，土归土，以后的归以后，未来的归未来。所以她和元稹分手后，多半是重操旧业，继续过天涯歌女的生活，或者年纪大了之后跟丈夫重修于好，过寻常百姓的生活。她的歌声和故事从此以后便成为了一种传说。

宫心计里爱凄凄

诗歌覆盖不到的冷酷仙境

——武则天那紧闭的心门

2011年年底,《武则天秘史》的主题曲在网上迅速爆红,被称为"新一代神曲""2011年度最雷人的网络神曲歌曲"。

14岁那年我进了后宫,
24岁那年我削发为尼,
30岁那年我失去亲生女儿,
32岁那年我成为大唐皇后,
61岁我失去二儿子流放了三儿子囚禁了四儿子,
66岁那年我登上女皇大位,
82岁那年我准备一块无字碑。
偷得深宫一夜梦,任百般婢膝奴颜。
博得君王几日尊,似锦江山,如花宫女。
转眼间,大明宫词已成灰。
犹不如,轰轰烈烈。
君临天下唯我独尊,绝色何妨统江山。
舍我其谁,泽惠黎明,功罪毁誉终无悔。

我要的不多,给我一块无字碑。

有一天,女皇没了。

英雄没了,贼臣没了,长安宫阙也没了。

情丝没了,恩仇没了,权谋没了,大唐帝业也没了。

只有那无字碑,

身披一千三百多年之谜,

至今无人能猜,

至今无人能猜。

平心而论,这首歌单从歌词来看写得并不夸张过分,时间截点掐得也都没错。其第一人称叙事的白描写法也是富有感染力的。相比较而言,其他一些歌词满目华彩,那些形容女皇威严艳丽功过两半的词浓妆艳抹,堆砌如云,也许用在任何一个女政治家身上都可以,并不足以鲜明代表武则天,而这首歌词,即使不告诉你歌名是什么,从这种白描式的叙述里,还是能一眼看出这写的到底是谁。白描就是一种力量,因其依照对象本身的特征做客观陈述,而一个人之所以成为一个区别于他人的人,在于时间、地点,她所经历的事情,而不是那些富丽堂皇的形容词。名词动词所构成的篇章,永远比形容词靠谱而有说服力。

不过这首歌词之所以被称为神曲,是谱上曲之后,这种自白式的旋律稍微有些自恋和滑稽可笑的感觉,而

且一个可以亲手杀死自己儿女的女人，用这种柔弱的自白方式，也太不符合主人公武则天的身份，显得轻飘飘很没分量，武则天可不是琼瑶笔下为情所困，爱情大过天，有情饮水饱的女子们。真正的武则天哪有这么多废话。这是一个装在女人身躯里的男人，她的思维方式和欲望都是男人的，只不过女性身份给她提供了一些独特的便利条件而已。

> 看朱成碧思纷纷，憔悴支离为忆君。
> 不信比来长下泪，开箱验取石榴裙。

这首《如意娘》是她在感业寺为唐高宗李治所写的诗。这首诗被普遍认为是武则天还未开始操控权力之前，罕见的真情流露之作。"看朱成碧思纷纷"其实没有多玄妙高明，看朱成碧这个词并非武则天最先使用，梁王僧孺诗"谁知心眼乱，看朱忽成碧"（《夜愁示诸宾》）为她这句"看朱成碧"提供了范本。但是武则天对看朱成碧这个妙词的推广功不可没，自她以后，宋朝一大批诗人很多都将这个词用在自己的诗里。相思过于浓，把红色看成了绿色，如此乱花渐欲迷人眼，都是爱情惹的祸。第一个用"看朱成碧"的人，所表达的那种夸张，只会让人感觉新奇、大胆，同时也足够真切。但武则天用在这里，更像是对自己在感情表达上的浮夸，和讨好李治的那种用力过猛的不打自招。

这首诗从技术上来说足够流畅，简直一字一句都是情，如泣如诉，好像电影镜头一样对准一个女孩子，她为了相思变得恍恍惚惚，才下眉头却上心头的那一系列欲语还休的动作一气呵成，用的动词也很是精妙。这真是一首独具匠心之作。那时候写情诗送情诗是联系两人感情的一个很重要的途径，武则天要牢牢抓住李治这根能改变她现在这种沉寂道观命运的救命稻草，她所有的心思都放在如何征服李治身上。武则天后来的所作所为让我相信，这首诗是她在糊弄李治的，这个温和的男子只是她寻求自保，获得财富和地位的一个最近的楼台。他当初的太子身份，如今的皇帝身份，都能促使她先揽到月亮。她总能找到到达目的地最近的那条路，而且在这条路上不畏艰难。

她十四岁进宫，被李世民看中，封为"才人"，并赐名"武媚"，她的聪明机灵妩媚早早就在先皇那里焕发光彩。但她在李世民那里并没有施展拳脚的机会。因为李世民那时已然垂垂老矣，而她还未成年，刚刚进宫，青涩年华，势单力薄，一切都是陌生并需要谨慎对待的。而且李世民这样强悍的男人大概能看到她身上野心的萌芽，历史上凡是强悍的男君主，他的女人是不会有什么机会展露头角的。如果将李世民和李治的性格互换一下，很可能历史就是另外一番截然不同的面貌。总之，她在李世民在世的那几年，充其量也就在李世民那里充当了一个小可爱的角色。这个小可爱实在太过聪明，从老子那里无法下手，就想着攻破儿子这道堡垒。从能顺利跟李治搭上这一点，就说明武则天不同于寻常女子，实在是艺高人胆大。

唐朝气质属游牧风格而非等级伦理森严的农业文明气质，所以唐朝后宫关系很开放，不很受三纲五常的控制。儿子辈儿和母亲辈儿的谈恋爱，如李治和武则天；公公辈儿的跟媳妇辈儿的爱得六宫粉黛无颜色，如唐明皇和杨贵妃。这种辈分上的错乱，也给主人公本身增添了一些八卦色彩。有八卦，研究的人才越多，才越会产生众说纷纭、扑朔迷离的效果。

李世民死后，她跟其他嫔妃一样被发落到了道观中，道观中无疑比皇宫要自由太多，而且不愁吃穿，所以她一门心思地想征服李治，并不是爱情和为了生存那么简单，这是赤裸裸的野心和权力欲。李治皇室一干人等去寺庙祭拜，就与武则天又重逢了，他俩的重逢被当时的王皇后看在眼里。高宗李治即位后，很是宠爱萧淑妃，裙带关系就是这样，家里有个女人入皇宫得宠了，其他人都跟着鸡犬升天，父兄都得到大力提拔。而萧淑妃的得宠直接影响到了王皇后地位的稳固性，因此王皇后一直把萧淑妃看做眼中钉肉中刺。不知道王皇后是怎么想的，一开始她盘算打得很好，想借力打力，看武则天在皇帝那里很受欢迎，便主动建议让武则天回来，明着说是为了皇帝着想，暗地里是希望武则天来对付萧淑妃。

这一年武则天二十六岁，年富力强，回宫后生了个儿子，受尽了宠爱,果然不辱使命干掉了萧淑妃。后来她觉得自己的能力完全可以做皇后,我不想受所有人的气,第一步就是不受女人的气,那就是要当上皇后。王皇后搬来石头砸了自己的脚,悔不当初。如果不是本性里带着的恶,武则天怎么会选择这样一种残忍的方式来惩罚竞争对手呢?她先是把萧淑妃和王皇后关在一个密室里,只留一个小洞。这是多么可怕的情景,一年四季暗无天日,如果没有足够强大的神经,可能一个星期就崩溃了。后来一不做二不休,为了永除后患,她把这两个女人的四肢剁掉,舌头割掉,浸泡在坛子中,然后把坛子放到厕所的角落里。这是多么邪恶的想象力。放到今天来看,这都已经不是杀人犯这么简单了,简直是应该被判为反人类罪。

还有更令人发指的,所谓虎毒不食子,先皇李世民为了夺取皇位,也只是把哥哥、弟弟及侄子给杀了,对父亲只是威胁了一下,也从来没对自己的子女下毒手。武则天三十三岁的时候生了个女儿,离后宫第一把交椅的位置也就一步之遥了,可这一步之遥也非常难,非得奋力一跃,否则不成。王皇后为了礼数来探望尚在襁褓中的婴儿,等皇后一走,武则天就把自己女儿掐死并嫁祸给王皇后。这招儿太狠了,已经超出了人类正常行为的范畴。谁会相信一个女人会亲手掐死自己的女儿呢,连男人都做不到。在饥荒年代,最不济还讲究"易子而食"呢。这招儿没法不管用,武则天用自己女儿的命换来了后宫霸主的地位。杀了一个就能杀第二个,后来儿子李贤也先是被发配边疆,又派人逼迫其自杀。一个已经丧失了绝大部分人性的人,诗心也被蚕食得差不多了。看她这个阶段写的诗也都是虚张声势之作。

唐享昊天乐

乾仪混成冲邃,天道下济高明,阊阳晨披紫阙,太一晓降黄庭。圜坛敢申昭报,方壁冀展虔情。丹襟式敷衷恳,玄鉴庶察微诚。

巍巍睿业广,赫赫圣基隆。菲德承先顾,祯符萃眇躬。铭开武岩侧,

图荐洛川中。微诚讵幽感，景命忽昭融。有怀惭紫极，无以谢玄穹。

朝坛雾卷，曙岭烟沉。爰设筐币，式表诚心。楚辉丽璧，乐畅和音。仰惟灵鉴，俯察翘襟。

昭昭上帝，穆穆下临。礼崇备物，乐奏锵金。兰羞委荐，桂醑盈斟。敢希明德，幸罄庄心。

这长篇大论、辞藻堆砌得简直让人看了头大。有评论家说这些词写得工整，意象高远雄浑。这就好像一个人要写一篇伟大的文章，结果满篇果真是充斥着"伟大、雄浑、高远、腾飞"之类的形容词。心计和诗情是两种完全不同的东西。如果李白是一个成功的政治家或者阴谋家，我相信这两种东西可以并存，也愿意相信武则天是个好诗人，但李白不是，所以你可以说武则天智勇双全，但不能说她既是个伟大的政治家又是个才华横溢的诗人，她的诗也就勉强到及格线而已。

高宗的一生都在跟自己的体弱多病抗争，一生都没办法真正主宰自己的命运，只是在权力游戏中随波逐流，命运给他分配什么样的角色就扮演什么样的角色。当初李世民立他为太子也是看中了他的仁慈。当时李世民的其他两个嫡出儿子拼命争抢这个皇帝的位置，只有他不敢奢望，二人也没有将他放在眼里。但李世民有自己的软肋，他的软肋就是他对儿子们还怀有一份关爱之情，他反复思量，觉得只有把皇位传给仁慈的李治，他的其他儿子，李治的其他兄弟才会有活路。一旦让李治之外的任何一个儿子当皇帝，其结果必将是有你没我，有我没你的殊死搏斗，只能活下来一个人。他不想看到这种惨状发生，于是将皇位传给了李治。太宗为他配备了一个强大能干的智囊团，同时又用心良苦地编写了一本《帝范》，将自己总结的十二项治国经验统统传授给他。但李治终究是个好人，不是个好皇帝，如果是放到现在，他跟武则天合伙做生意，倒是能成就一对非常匹配的夫妻档，男的温和内向，与世无争，女的雷厉风行，有计谋有手段，两人性格完全是互补的。

　　武则天当了皇后，高宗就基本不理朝政，大小事都让武则天帮自己打理。武则天羽翼渐丰，一方面积累了足够多的政治资本，一方面在扩张自己的势力。也许她亲自处理朝政之后，才觉得这件事原来是这样做的，这对我一点都不难，而且乐在其中，又觉得自己的丈夫实在很无能，凭什么无能的人通过世袭关系就能天然的成为皇帝呢？这皇帝不应该由更强大更有计谋更能干的人来做吗？做了二十几年的皇后，她把能杀的皇位继承人都杀干净了，包括自己的亲生儿子，毫不手软。也让自己武氏的力量逐步壮大起来。六十八岁，她觉得自己可以做皇帝了，但又恐天下人不服，就假托自己是弥勒下凡，意思是说自己即位是佛祖的安排，是君权神授，于是顺理成章地登基称帝。古时候的皇帝，只要不是脑残，不是神经病或者王八蛋，还是很重视"水能载舟也能覆舟"这回事的，因为这是你的江山，一旦搞砸了，冤有头债有主，你是没跑儿的，而且自己的江山，属于私产，总是要想法子打理得像样一些。

　　武则天终于如愿以偿地抵达了权力的金字塔尖。这个女人的心必须是钢铁做的，才能一步一步做到这个空前绝后的位置。她杀儿杀女，事后再多的眼泪也于事无补。她的政治措施就像她本人性格一样铁血冷酷，先是把李姓的人都贬了个一塌糊涂，然后把姓武的人无论是否能干都提拔上来。郭沫若的历史剧《武则天》也就在她政治方面的丰功伟绩狠狠夸了一顿，说虽然武则天善弄权术，但当皇帝还是治国有方的，具体赞美在三个方面：任人唯贤、均田制、人口大规模增长这些。但有学者研究发现，这些只是武则天开的一些空头支票，并没有真正落实多少，例如"劝农桑，薄赋敛"是流传最广的武则天治国的优秀案例，但类似于很多这种提案最后都不了了之。玩弄跟人斗的权术，跟真正的治国还是有区别的。所以，不能说武则天因为善于玩弄权术，就同时是一个好皇帝。她只是一个厚黑学的女传人，知道怎么利用人的弱点，再加上自己的手腕和一不做二不休的勇气，达到自己的目的。但是真正的政治远不止这些，它是公共生活，是协调和保证各方面利益关系达到一个平衡状态的艺术，而不是只为自己的野心服务的。

　　武则天的重点也并非女权，她所做的这一切并非是多么强烈地要向男权社会证明女人的能力，而只是个人奋斗和权力欲望。她的所作所为跟男人没有区别，她对男女权力方面的平等所做的事情，似乎也只是当时以皇后的身份邀请一些妇女和众官员一同参加宴会而已，这也原本就是皇后的分内事，随便一个皇后都可以做到这点，并没有什么技术含量。她为世人所诟病的女权思想严重，导致在男女关系上也想跟古代皇帝平等，后宫奢靡，私生活"荒淫无度"的说法也没有道理，以前男皇帝是有三宫六院的，但她数来数去，也就三个"男宠"而已，大臣们对此事的微词也是因为这几个男宠都或多或少或早或晚地干预过朝政。

　　人对自我的认知程度会随着地位的提高而发生改变。也许更有自知之明，也许就膨胀了。武则天属于后者，尽管她确实有太多膨胀的理由和资本。《腊日宣诏幸上苑》将这种扭曲和膨胀展现得淋漓尽致："明朝游上苑，火急报春知。花须连夜发，莫待晓风吹。"今晚想看花，花就要给我开。这简直是要逆天啊，完全不遵守自然法则，把自己当成上帝了，她认为自己的权力不仅可以统治人类，还可以统治整个自然界和宇宙。这已经不是女权不女权、皇帝不皇帝的问题了，这是一个被权力摧毁的神经病。只不过这个神经病运气很好，周围的反对势力都没什么争气的，所以能够安然终老。

　　武则天作为一个个体的人来看，所作所为是非常极端，令人发指的。但是作为一个皇帝来说，倒没什么可批判的，如果要批判她，那以往集权统治的百分之九十九的皇帝都要被批判。他们为了维护自己的统治，干出任何事情，在他们的逻辑里都是说得通的。在集权统治下，一切权力斗争都是你死我活的。在这个逻辑下，她跟任何一个皇帝都没什么两样，只不过她是一个女人，在天时地利人和都满足的条件下，当上了前无古人后无来者的女皇而已。

　　到了晚年，经过一番血雨腥风，武则天的政治地位非常稳固了，她将一部分精力投入到跟男友享受生活上，她为张易之和张昌宗兄弟盖了一个庞大的行宫，她终日待在行宫里享乐。张易之和张昌宗两兄弟原是武则天的女儿太平公主的男宠，后被太平公主贡献给了自己的母亲。这个时期她的心情比刚刚当政的时候要放松了很多。张氏兄弟也让她青春焕发，她终于恢复了一些人的本性，甚至女人的本性，甚至有了一些灵秀的、返璞归真的诗句。"要念家山好，唯有风入松""酒中浮绿叶，杯上写芙蓉"这种闲适、细腻、朴实的诗。经历了杀戮和争夺之后，武则天的这一颗女皇之心终于可以放到肚子里了，以往政治生活就是她的全部，如今她终于可以一改以往的宏大叙事和绝不抒发儿女之情的坚硬冷酷，终于也开始发现生活本身的美了。

　　武则天现存的诗作有四十七首，其中有四五首晚年描写山水的诗，其他的都是有政治目的的应景之作。开头那首《如意娘》是唯一的情诗，这对一个女人来说，是比较罕见的。所以武则天对李治到底有没有爱过？这种问题很难回答。爱和不爱之间差得不是很远，他们之间的情感纠葛也不是一个肯定句或者一个否定句能说清楚的。但可以肯定的是，这颗被权力所腐蚀的心，即使是跟别人一样能写出诗歌，但诗歌本身也无法将她洗涤，将她变得温暖，也无法救赎她，也许这拥有女人外表男人内心的人，强大冷酷到根本就不需要救赎。

只要你心中有鬼,她就一直甜美

——上官婉儿扑朔迷离的政治生涯

上官婉儿也许有机会作为一代宫廷诗的革新派出现在史册上的,接受后世的一致赞扬。但是没有,或者说不仅仅如此,她的一生如此跌宕起伏,充满了暴风雨,毁誉参半,一半是海水,一半是火焰。她的诗是她曲折生命经历的小小一隅而已。

如果把她从诗人堆里拿出,放到整个历史长河中,会发现,她的轨迹比其他诗人更加丰富,她的性格也更加复杂。她是武则天最为得力的助手,武则天死后,她又是唐中宗李显最信赖的女人,她是两代皇帝背后看不见的操纵之手,她的权力大到一人之下,万人之上。她在世时,围绕在她身边,并且一一被她摆平、牵制的人，每个都称得上是名垂青史的厉害角色——武则天、太平公主、唐中宗李显、唐睿宗李旦、唐玄宗李隆基、韦皇后、安乐公主、武三思、狄仁杰……这份名单可以无限延展下去。所有人都怕她、所有人都恨她，所有人都需要她，所有人都佩服她，所有人都离不开她。这样的女人注定是不单单作为一个诗人出现在历史上的。

她生前其实写了很多宫廷诗，死后三年多，开元盛世的皇帝李隆基命手下官员将上官婉儿的诗文整理成集，达二十多卷，并请张说为之作序。但是最后苦心编纂的这二十卷诗集不知道在哪个朝代遗失了，再也找不回来。硕果仅存的只剩下《全唐诗》中遗留的三十余首，这三十多首有二十多首都是应景之作，辞藻华丽、意象繁复，是非常标准的宫廷诗。在她现存的这些诗歌中，也许并不足以让我们看到她的诗歌天赋。

但她作为作家、一代文化官员，对初唐诗歌最大的影响在于，她凭借她的权力在宫廷中推广诗歌运动，在评定这些诗歌的格局高下之时，也有意地引导和开创明朗刚健、元气饱满的诗风，一扫宫廷诗歌千篇一律的辞藻堆砌和华而不实的风格，以及单一的创作题材，开辟了唐朝宫廷诗的新格局。唐朝这个帝国的气质甚至也有意无意的，随着宫廷诗风的变化，显得格外自由奔放、矫健阳刚，走进了"神来、气来、情来"这种继往开来的新时代。

她的诗中，最为著名的应该是这首《彩书怨》：

叶下洞庭初，思君万里余。
露浓香被冷，月落锦屏虚。
欲奏江南曲，贪封蓟北书。
书中无别意，惟怅久离居。

这首诗是她四十多岁的时候写的，那时候是她权力的鼎盛时期，整个唐朝都需要她，靠她维持打理，是历史上短暂的"上官婉儿"时代。而这首诗是写给她自己的情人崔湜的。诗里的这种情真意切，是上官婉儿其他宫廷诗无法比拟的。也许仅仅只能在诗里，我们才得以窥见这个复杂女人的某些秘而不宣的情怀，这首诗里有一个长长的故事，是一个朝代的政权更替和刀光剑影。

文学才华对上官婉儿的诸多才能来说，简直是最不被她看中的一种附属物，她要的不是这个。历代权力欲望强烈的人，即使是看得上文学，也只是停留在茶余饭后兴之所至的层面。他们在这方面并没有什么追求，成者为王败者为寇是他们的准则和信条。毕竟，要应付政治斗争的刀光剑影和血雨腥风所需要的能力更强大。所以她的诗不多，除了那一首《彩书怨》，其他的多少有点敷衍的意思，连痛苦和怨念都是节制的，不爱那么多，只爱一点点，这一点点给她带来一些女性娇柔的感觉，也仅此而已。因为她志不在此。而且诗歌如若不是应景而作，那么最容易泄露自己的感情，在政坛里摸爬滚打的上官婉儿，又怎能容忍将自己的真实感情曝露于众呢？

历史小说或者影视剧里总是把一个最后无毒不丈夫，成就了一番伟大功业的人演绎成一个无奈的，我本善良的，但为了生存不得不斩钉截铁心狠手辣的老套路。其实这种展现蜕变过程的体谅充满了一厢情愿，狼天生就是狼，狐狸天生就是狐狸。刘邦最后成了帝王，而项羽则不肯过江东，在楚河边结束了自己和爱人的生命。这是枭雄和英雄的区别。英雄有原则，会宁为玉碎不为瓦全，枭雄一切都是为了活下来。自我的感情和需要是不重要的，重要的是取悦身边一切人，活下来。

上官婉儿就是这样一个一切都是为了活下来的人。

她从出生开始，就背负上了深重的家族仇恨。爷爷上官仪本是唐高宗的宰相。却因帮助唐高宗撰写废除武则天皇后之位的檄文，而被武则天处死，并惨遭灭门。整个家族只剩下刚刚出生的上官婉儿和她的母亲郑氏，孤儿寡母被发配为奴。据说上官婉儿出生的时候，母亲郑氏曾梦见一杆大秤，并且有人托梦说，将来婉儿将称量天下。这种杜撰和附会在著名历史人物的身上不计其数。但无论是母亲郑氏听从了梦中人的指教，还是本来系出名门致使某些优良基因和教育共同作用的结果，上官婉儿虽然为奴，却受到了母亲严格的教育，不仅熟读诗书，对政事也非常熟悉，异常聪明世故。

上官婉儿十四岁便出落得亭亭玉立，气度非凡。当时恰逢武则天上台后，进行大刀阔斧的政治改革。她不仅立志提高女性的婚姻地位，也积极让女人参与到政治游戏中去，破格选拔了很多女官。上官婉儿的聪明很快传到了武则天的耳朵里。武则天给上官婉儿出了一则命题作文，上官婉儿不负众望，做出的诗文辞藻华丽，语言优美，最重要的是非常敏捷，武则天看后大悦，立即赦免了她的奴婢身份，让她掌管宫中诏命，帮她起草各种诏书，所以她是离武则天最近的人，是最先知道政治动向的人，也是参与制定政治游戏规则的人，权力非常大。从此上官婉儿开始了她波澜壮阔又勾心斗角的政治生涯。

武则天在不拘一格降人才方面做得实在令人刮目相看，这是作为一个君王十分优秀的素质。当时的唐朝与汉代完全不同，用台湾作家蒋勋的话说，是人类历史上的"度假"时代，是从汉代那种农业文明和伦理根深蒂固时代的一个小小出走，象征着冒险、物竞天择、华丽、激烈。一切都是未知的，一切都可以不按常理出牌。武则天在整个中国帝王史上因其女性身份而独一无二，是她的能力，也是这个时代环境造就了她。因《鹅》一诗出名的骆宾王曾经撰写过讨伐武则天的檄文，他要捍卫李姓皇朝的尊严，不能允许武则天一个外姓女人夺取皇权，受官员徐敬业指示，骆宾王写了那篇著名的檄文。檄文的内容当然是控诉武则天的种种罪行，号令天下跟随自己的脚步，来把武则天打倒。武则天听闻这个消息后，在上朝的时候，让人把这篇文章一字不落地念给她听。这是一个强大的女人，檄文中毫不留情地指责武则天"地实寒微"，说她侍奉李治如厕而成奸，武则天听到这里竟然不为所动，毫不放在心上，当听到"一抔之土未干，六尺之孤何托"的时候，武则天敏锐判断出这篇文章的杀伤力很大，但她的出发点并不是将骆宾王问罪，反而因此认为，骆宾王是个非常有才华的人，责怪丞相没将这样的人招致麾下，是唐朝的损失。

所以，她能启用上官婉儿当自己的助手，就更不足为奇了。上官婉儿从此便没有离开过武则天，直到武则天死去。武则天不是个好妻子、好母亲，甚至称得上狠毒，她杀了自己的女儿、儿子，她视伦理禁忌为空气，但她称得上是个好皇帝，也无心插柳地充当了上官婉儿的好老师。她的野心、气度、魄力，完全将上官婉儿征服，让她对她爱恨交加，甚至将家族仇恨也放在一边。

武则天和上官婉儿就是总统和总理的关系。武则天是一个男儿心生在一个女人的身体里而已，她的狠和谋略都是雄性的。而上官婉儿是个彻底的女性，她的形象和地位都很像张无忌身边的波斯女人小昭，这个女人身上有与生俱来的奴性，一生步步为营，以退为进，用服从作为自己的保护色。即使是她的怨，也是在辅佐武则天处理繁重政务的间隙，抬眼看一下宫殿外面的假山水，或者睡觉之前微微叹息一下，仅此而已。对于这样的铁腕女人，叹息太浪费时间，叹息解决不了任何问题。审时度势、明察秋毫，找到自己的位置，是她一辈子都在兢兢业业干的事。没有人比她干得更好，这也是一种杰出的天赋。这个女人生来就是为了跟武则天打配合的。武则天的突围和进取充满了冒险和强烈的攻击力，而她则是防备的，未雨绸缪的，善于弥合调停各方面关系的。这是天作之合，也是历史具有传奇性的地方。

她的感情生活也是个迷。一生与她有情感纠葛的有李显、李贤这样的皇帝、皇子，也有武三思、崔湜这样靠见风使舵拍马屁上位的小人。她对这些男人也是既利用，又付出呵护，以她的聪明将他们一一看穿，却也无法彻底割舍和离开。

她跟这些男人的关系，也是伴随着武则天的政治目标而开展的。武则天上位之后，首先面对的便是来自亲生儿子的反对。其中反抗最激烈也最有血性、最为杰出的是李贤。李贤在一干皇子里是最耀眼的：长得风流倜傥，性格也有勇有谋。但他一生都活在母亲的阴影里，最后也死于母亲的手下。武则天一开始是对他寄予厚望的，优秀的他也吸引了情窦初开的上官婉儿。这是她能接触到的年龄相仿，也最优秀的男性了。那时候的她因年龄尚小，还保留了真挚的感情，所以李贤成为了她的初恋。但李贤的感情生活已经早早被政治斗争给葬送了，他对上官婉儿是怀有恨意和怜惜的，上官婉儿是武则天的心腹，武则天经常指派上官婉儿去监视他的一举一动，并随时禀报。她看到了李贤在皇帝面前的乖顺，私生活方面的玩世不恭以及对武则天的仇恨。而李贤也看穿了她的一生，她注定要从一个漂亮乖巧的普通女孩，成长为一个在宫中勾心斗角，不问真情，只要利益的女政客。李贤是个宁折勿弯的人，那时候的上官婉儿还没有强大到能保护自己的男人，他们的爱情太稚嫩，必定要被政治摧毁。

果然，李贤的举动越来越让武则天厌恶和防范，也越发让她觉察出李姓家族对她篡权的仇恨简直可以摧毁亲情。她不得不先发制人，先下手为强。武则天让上官婉儿起草了废除李贤太子，并将他流放的诏书。这是政治斗争的残酷之所在，政治强大得凌驾在每个人的头上，就像孙悟空永远逃不出如来佛祖的掌心一样。如果上官婉儿对李贤是怀揣着真爱，那么她在做到底是站在太子一边，还是站在武则天一边的选择时，所承受的煎熬足以让她进一步变得无情和强大——连最爱之人都可以默默地、不敢流露任何不满地看他接受惩罚，那么以后任何事情都不能阻挡她了，任何眼泪也无法激发她的同情和恻隐之心了。

上官婉儿就这样失去了她的初恋，武则天杀死了自己的儿子，上官婉儿杀死了自己的情人。

武则天进入晚年开始豢养面首后，第一个成为她面首的是薛怀义。薛怀义本名冯小宝，早年闯荡江湖贩卖药材，长得体格健壮，面容英俊，总之是很适合做面首的样子。太平公主为了巴结母亲，四处为她物色面首，冯小宝拔得头筹，被太平公主送到了武则天身边。为了给自己的面首安排一个掩人耳目又名正言顺的差事，薛怀义受命督建明堂和天堂。他聪明过人，利用佛教来给武则天正名，声称她是弥勒佛下凡，为武则天的称帝打下了宗教基础。与此同时，武三思也进入了历史视野中，武三思是武则天的侄儿，其人巧舌如簧，精明世故，善于钻营，他看出巴结武则天的面首是很有市场和利益的，便不惜以皇族身份给面首薛怀义牵马提鞋，目的是为了取悦武则天。

这两个男人间接地给上官婉儿的脸上刻上了那个令她终身耻辱的烙印，也令她时常提醒自己，永远不要对抗武则天。

薛怀义一方面侍奉武则天，一方面对武则天身边的上官婉儿进行性骚扰。上官婉儿敢怒不敢言。后来薛怀义失宠，去找武则天时吃了闭门羹，便妒火中烧，一把火烧掉了倾注他心血的明堂和天堂，武则天不得不将他处死。有种说法是，当天晚上，武则天并不知道薛怀义去找她，是上官婉儿始终没有给他开门，所以才激怒他，最终一把火烧掉了自己的性命。这件事让武三思知道后便禀告给了武则天，武则天大怒，觉得上官婉儿如此擅做主张，将来随着权力的增大，留在身边是个祸害，打算将她处死，但思量始终，觉得自己离不开上官婉儿的辅佐，有才能的大臣不像她这样贴心和察言观色，而那些溜须拍马之辈又没有上官婉儿能干，就免了她一死，最终给上官婉儿以黥面的惩罚。后来上官婉儿为了掩盖这个伤疤，在上面就势画上花纹，开创了梅花妆，风靡宫廷。

这次风波让武三思走进了她的生命。上官婉儿天生就是为政治而生的，政治就是协调人和人之间的利益和关系，政治就是不能选择自己的命运，不能计较人格的尊严。也许是觉得自己羽翼未丰、急需一个靠山，上官婉儿因为这次教训，不得不重新审视武三思的地位。凭着自己的相貌、气质和在武则天面前不可小觑的地位，只要上官婉儿对武三思稍微示好，武三思不可能不被她俘虏。于是两人开始了政治、情感、肉体上的三重联盟。两个都是武则天面前的红人，一个为武则天提供面首和奢靡的生活，一个替武则天管理朝政，替她翻云覆雨操弄权谋。他们三个人就这样缔结了互相牵制也互相利用的同盟关系，相安无事地度过了几年时光。

武则天进入迟暮之年，太平公主和武三思又为女皇找了两个新鲜漂亮的面首，张易之和张昌宗。也许武则天觉得，只有在他俩身上，自己才能找回昔日的青春。于是她整日与张氏兄弟厮混在一起，放手将朝政交给婉儿，但并未放松警惕。她对二张宠爱至极，给他们财富，让他们加官进爵，只要有人敢说他俩一个"不"字，便杀无赦。朝中大臣一方面对这两个男宠当道怒不可言，一方面又不得不曲线救国，让张氏兄弟帮助传达一些讯息给武则天。以当朝宰相狄仁杰为首的一帮大臣,开始为武则天的衰老,以及衰老之后,大唐的天下姓甚名谁担忧。这大唐的天下肯定是不能让姓武的再次统治,但究竟谁有这个资格担任下任皇帝呢?群臣经过窃窃的商量,觉得李显是最合适的人选,但大家都心知肚明,按兵不动,谁也无法找到一个合适的时机向武则天提出这个建议。上官婉儿这一次敏锐地捕捉到了政治风向。武三思一直认为自己是武则天继承人这件事已经板上钉钉了,但婉儿一再告诫他不可轻举妄动,朝臣不可能轻易让武家人垄断天下。上官婉儿对武三思可谓一日夫妻百日恩,一直殚精竭虑地营造好他的处境,与此同时,她也在暗中向李显示好。

　　整个唐朝一代男人都面临着这样的尴尬:这两个女人比在世的所有李氏儿女更有胆量和谋略,他们一方面不得不佩服武则天的才能,一方面又不得不自动自主地维持着男权社会的尊严,以及李氏皇朝的命脉香火。

　　武则天虽然整天跟张氏兄弟混在一起,但也并不完全糊涂。随着自己一天天年迈,到了必须考虑继承人的时候了,否则待她死后,不管是李姓还是武姓当政,必会引发一场浩大的血雨腥风,到时候不知道又会发生多少自相残杀、血流成河的惨剧。这是她不愿意看到的。为此她努力促成着李氏公主们和武氏公子之间的联姻。先是把太平公主嫁给武攸暨,又让李显的女儿安乐公主嫁给武三思的儿子武崇训。两代公主都嫁给了武家,其实不管是谁当政,都早已分不清到底是武家还是李家了。但是早早将权力交给某一个人,更是她不希望的。所以她此时的态度是暧昧摇摆的。一方面对武姓很器重,一方面派人把流放外地多年的儿子李显召回京城。她要让每一方都认为自己有胜算的机会,同时又不敢太过放松;一方面又让他们互相制衡,谁也形不成大气候,谁也无法威胁到武则天的地位。

　　但同时,她也在听取着当朝最有能力的两个人,一男一女两个宰相——狄仁杰和上官婉儿的意见。狄仁杰当然力保李显,甚至痛哭流涕,晓之以理,动之以情,向武则天诉说着李家不能断后,这江山毕竟还是李家的,否则必将引起天下人的倒戈。上官婉儿也暗示武则天,也许立李显为皇太子,目前为止是最明智的选择。

上官婉儿和狄仁杰对武则天来说都是重要的，武则天在做重大决策的同时，总是先参考这两个人的意见。但狄仁杰还是那种三纲五常的思维模式，男权思想严重，凡事以社稷为重，以天下黎民苍生为重，必要时可以牺牲自己的官位，但是不可牺牲尊严。上官婉儿则不同，她所做的一切都是为了自己的生存，为了一己私欲，她所做的就是尽量揣摩武则天的心意，顺着她做决定，同时尽量保全自己的势力。

上官婉儿看到了武则天的权衡，也看到了武三思绝无做皇帝的那一天，便好言相劝和安抚，让他跟自己一样识时务，果断向皇太子李显示好，争取将来武姓家族不被灭门，也为自己争个一官半爵，留得青山在，不怕没柴烧。武三思思量再三，不得不佩服上官婉儿的政治眼光。

之后，上官婉儿向武则天请示，为迎接太子李显回京，要办一个隆重的皇家聚会。借此机会，让武氏和李氏两个家族能够相容，并弥补之前的罅隙。这个皇家聚会，其实是情人之间的交换和重新洗牌。韦皇后借此机会认识了伟岸阳刚、充满雄性荷尔蒙的武三思，之后便迅速勾结在一起，这也是上官婉儿的安排，她看出，李显是个软弱的人，而韦皇后是李显身后的女人，这个女人对皇帝的枕边风比什么都管用。李显跟自己的父亲唐高宗似乎是一类人，不是好皇帝，但都是懦弱的好人。早在被自己的母亲武则天流放在外的时候，李显觉得韦皇后跟着自己受苦，很对不起自己的女人，两人便立下誓约：如果有一天自己有机会翻身再做皇帝，绝不干涉韦皇后的私生活。这真是一个 open relationship（开放关系）的体贴好丈夫。李显自己对上官婉儿也始终怀有感情，他们几乎从小青梅竹马地长大，李显亲眼目睹上官婉儿对自己那如同明星般的哥哥李贤的爱慕，自知自己不是李贤的竞争对手，便默默将这份情愫放在心里，当自己终于等来被立为太子，成为未来皇帝的准继承人的时候，他觉得自己有实力向这个自己一直深爱的女人示好了。他一方面委婉提出，他远离朝政太久，如果要回来执政，必须要上官婉儿的协助，因为没有人比她能干，没有人比她更能打理各方关系，没有人比她更体贴更会察言观色，并允诺，如果他当上了皇帝，必将给上官婉儿一个女人能做到的最大的官衔，这绝对是史无前例的。上官婉儿没有理由拒绝。她已经安排好了武三思，也拉拢了李显，讨好了韦皇后，取悦了太平公主，又同时让武则天认为，自己永远不会背叛她，永远是站在女皇这一边的。上官婉儿作为滚滚红尘中的人，最成功的地方众所周知，在两代皇帝，武家李家之间周旋盘桓，左右逢源，在政治上极有头脑，未雨绸缪。对命运加给她的东西总是兵来将挡，水来土掩。不管什么时候，她都得走一步，想好十步，只为无依无靠的自己能在这皇宫之中有立足之地。她对武则天是佩服的，这是史无前例的伟大女人，同时在武则天的耳濡目染下，她深信没有什么靠得住，亲情、爱情、友情，全是虚无，只有权力是靠得住的，自己的性命掌握在拥有权力的人手中，人会变而权力不会变。要想生存就不能站错队，要想不站错队，就要抢先一步判断出，权力到底会落到谁手中。

在这场浩大的家庭聚会上，上官婉儿、武三思、韦皇后、李显，这四个人互相缔结了一种以肉体为基础的，互相依赖、互相牵制的政治同盟。

所有人都在等着女皇的决定，谁将是下一个皇帝？女皇到底什么时候退位？而女皇对这些热切的期待和好奇充耳不闻，继续和张氏兄弟游戏人间。她是个为权力而生的人，她戎马一生，不可能就这样轻易退位，即使她已经八十二岁了。宰相张柬之为首的一群大臣帮她做了这个决定。群臣们等得不耐烦了，决定逼女皇退位。他们先是杀掉二张兄弟，然后将武则天软禁。武则天的命运算不错的，李显宅心仁厚，念及母子之情，只是让她退下皇帝的宝座，只安心做一个享受荣华富贵的母后即可，并没有让她血债血偿。而上官婉儿此刻决定追随她崇拜一生的女人一起到西宫，陪伴她走过最后的岁月，这也算是一种义气。

张氏兄弟被处死八个月后，武则天也病逝。唐中宗李显登基，他像当年自己的父亲从道观将武则天接回宫一样，从武则天的宫殿里，把上官婉儿接到了自己身边，并赐给她昭仪的官衔，所以历史上把上官婉儿叫上官昭仪。此时，再也没有一个像武则天一样，能够压制得住上官婉儿的人物了。从表面上看，上官婉儿只不过一介女官，行事低调谨慎，但谁都清楚，每一方势力都需要她。她不是交际花那么简单，也并非阴谋家那么邪

恶。她的存在，让人不得不相信，有些人生来注定就是做某一类事情的，上官婉儿生来就是要当政治家和社会活动家。

　　上官婉儿的黄金时代来临了。如果说，武则天时代是一个女人统领天下，那么接下来，武则天死后，一直到唐玄宗李隆基执政的这段时间内，则是由一群女人把持着朝政。每个女人都割据一方，她们彼此又联系紧密。男人们不得不仰她们的鼻息生存。这些女人们除了真正有能力的上官婉儿反而没有巨大的野心外，其他的女人，都暗中效仿着武则天。权力就是春药，无论对男人还是女人。女人一旦尝到了权力的甜头，也会变得越来越疯狂。韦皇后和武三思为了提拔自己的势力，将朝中最德高望重的一群大臣的权力瓦解掉，她们拿张柬之开头，对一群老臣纷纷下手，将他们流放到偏远地带，而且当地官员还在韦后的暗示下，将他们一个一个凌迟处死。这件事震动了上官婉儿，以她的性格不会干出这种唐突而为自己树敌的事情。她在赶去武三思家讨个说法的时候，遇到了美少年崔湜。这个崔湜本是张柬之安插到武三思身边的耳目，如今老臣们都退的退，死的死，崔湜却安然无恙。这必然是他背叛老臣，投奔武三思，然后倒戈一击的结果。

　　但是上官婉儿却看上了崔湜，崔湜也适时地利用了这个女人的感情。谁不知道上官婉儿权倾朝野呢？谁不愿意踩着她的肩膀飞黄腾达呢？纵观跟上官婉儿有瓜葛的这些男人，几乎都是狡诈之徒。也许越接近权力中心的男人越贪婪，越将人性的黑暗一面暴露无遗。这个崔湜，先是利用上官婉儿上位，然后又借机勾搭了太平公主，不仅如此，为了功名利禄，还把自己的妻子和女儿送给了一位王爷。

　　所以也无法去替上官婉儿惋惜，为什么不去选择一个好男人，因为她没得选，容不得她选。她喜欢崔湜，一是因为他玉树临风，二是他的诗写得好。在上官婉儿组织的赛诗大会上，崔湜经常拔得头筹，可见上官婉儿对他的欣赏。也许她觉得他是自己真正的精神知己吧。

相和歌辞·婕妤怨
不分君恩断,新妆视镜中。
容华尚春日,娇爱已秋风。
枕席临窗晓,帏屏向月空。
年年后庭树,荣落在深宫。

　　崔湜也是追逐女性的老手,他知道自己在才华和权力地位上都无法让上官婉儿心悦诚服,只好剑走偏锋,走文艺青年的路线,摆出一副深情的、善解女人心的样子,让上官婉儿对他倾心。这是除了李贤之后,她又一次对一个男性动心,这种感觉已经久违了,这时候的上官婉儿已经四十多岁了。她对崔湜的感情是盲目炽烈的,是老房子着火似的。她为了他在宫外大兴土木,建造了豪华的宫殿,供自己和他约会。可见唐中宗真的是一个好男人啊,自己的正牌皇后韦氏跟武三思搞在一起,他睁一只眼闭一只眼;自己的上官爱妃又跟崔湜搞在一起,同时跟武三思又纠缠不清,他都一点没有向这些女人们问罪的意思。

　　上官婉儿一生都活在不安中,未雨绸缪,如惊弓之鸟的她,在享受跟崔湜的爱情时,还不忘安抚各方面力量,她把美男崔湜献给了太平公主。在当时的那个时代,男人们也像官妓一样,被当成礼物送来送去。但是跟她有染的男人如今都平步青云。她当初把宝押在李显身上,李显现在贵为天子;她暗中一直提携着武三思,武三思现在是当朝宰相;她现在又护住了崔湜,崔湜也开始加官进爵。这些昏庸无能的男人因为她的关系,掌握了大唐的天下,也因此大唐达到了异常衰败混乱的顶峰。当时的朝廷乱成了一锅粥,腐败成风,卖官成瘾,韦皇后和武三思把持朝政,公主们忙着追逐和交换男宠,这个时代大有山雨欲来风满楼,并摧枯拉朽之势。

　　上官婉儿命运开始走向衰败,也是从这些男人一个接一个的死亡开始的。先是武三思。

　　唐中宗李显的太子李重俊因为不是韦后所生(韦后自己的儿子因说张易之、张昌宗的坏话被武则天凌迟处死),所以备受韦后和武三思的排挤,他在这后宫中饱受侮辱和欺凌,而韦皇后更是怂恿中宗将太子废掉,把自己的亲生女儿安乐公主立为皇太女,意思是,这是将来的女皇。这惹毛了年少气盛的李重俊,于是他纠集了三百多人,发动了政变,第一个目标就是闯进武三思的府中,取下了他的项上人头,结束了武三思的性命。

这一次又是上官婉儿力挽狂澜,将李重俊制服,保住了中宗李显和韦皇后的性命。但这件事着实让上官婉儿吃惊,是她所始料未及的。她已然感到,一切都在失控。

接着是李显的死亡。李显也许是真的昏庸,也许对政治斗争已经疲惫,明明知道自己的妻子和女儿有吞并权力的野心,却也懒得去管,听之任之。他纵容她们母女到了什么程度呢?经常是安乐公主自己写好了诏书,掩住正文拿去让李显盖印,中宗竟看也不看就把印盖上。朝野之上,昏暗无边,宫女们纷纷出逃,百姓民不聊生。某地方小官燕钦融实在看不下去,便搜集了大量韦皇后荒淫无度,企图谋反的证据,上呈给中宗,无奈让韦皇后拦截,将燕钦融活活摔死。为了怕自己的丑行败露,这母女俩亲手毒死了自己的丈夫和父亲——唐中宗李显。权力欲已经让这些女人变成了魔鬼。而上官婉儿在得知中宗死之后,便觉得心灰意冷,几乎不再过问朝政。同时韦皇后认为,上官婉儿已失去利用价值,自己已经羽翼丰满,可以效法武则天当女皇了。

中宗的死引起了太平公主的愤慨。那时候李隆基已经长大成人,并且有勇有谋,具备了一代明君应该具备的所有素质。他们为了防止皇权再一次落到韦氏的手中,决定发动兵变。这一次上官婉儿觉得自己也许真的气数已尽了。但她还不忘安顿好自己的情人崔湜。她让崔湜去投奔太平公主,帮助她和唐玄宗剿灭韦皇后和安乐公主。后来,崔湜按照她所说的,保住了自己的性命。可是上官婉儿却在这场政治纷争中最终被李隆基亲手杀死。李隆基是如此痛恨这些玩弄权术的女人,以至于当时很多人替上官婉儿求情,都被他严厉拒绝。也许这是他后来宠爱杨贵妃的一个重要因素吧,他看够了这些因权力而变得扭曲丑陋的女性。

据说上官婉儿死的时候很安详,她换上了平生最鲜艳的衣服,自知自己大限将至,命所有宫女手持红色的蜡烛,站在自己的行宫外等待李隆基的到来。当时在场的所有大小官员,包括李隆基自己都被这一场面深深震撼。但是历史的车轮容不得一个女人最后的温情,她如果阻挡了历史的进程,也只有被无情粉碎这一条路。李隆基也许并非仇恨上官婉儿本人,而是,她的权力太大了,她开了一个坏头,她带动了一批女人对政治抱有非分之想,泯灭了自己作为女人温柔善良的本性,参与到丑恶的政治斗争中,甚至不惜牺牲丈夫儿女的性命。可能李隆基才是个真正崇拜女性的大男子主义者,他觉得女人比男人天然高贵,应该远离政治。他无法忍受女人因为政治变得丑陋,这种丑陋的事情应该由男人来做。

黑格尔曾经讲过,任何一个伟大的历史现象都要在历史舞台上出现两次,第一次是以喜剧的面目出现,而第二次却是以悲剧的面目出现。这种辩证的观点最深刻地阐述了一件伟大的事情是如何无可避免的,最终逐渐走向其对立面的阶段性和戏剧性。而这种伟大的事件,在当时,就是女人登上权力的最高峰,不是垂帘听政,连那面遮遮掩掩的帘子都不要,直接走在历史舞台的最前面,最高处。这第一次发生的伟大喜剧是武则天来完成的。武则天一生权倾天下,铁腕政治横扫朝野,杀人无数,甚至包括自己的儿子,但最后却得以善终,并且满朝文武官员也对她佩服有加。这不得不说是一次喜剧,是上天厚待她的地方。但是武则天死去之后,历史对其他几个跃跃欲试的女性——上官婉儿、太平公主、韦皇后,则没那么客气了,这几个女人最后全都死于横祸,不得善终。女人当皇帝是个小得不能再小的小概率事件了,怎么能一次又一次让你如愿以偿呢?

每个人都有自己的命运要去承担,上官婉儿的命运就是在横祸中诞生,又死于非命。但她作为女性出现在由男人主宰的政治世界中,也算为肮脏的权谋术增加了一些清新美丽的色彩吧。

长生殿里的爱情私语

——唐玄宗和他的女人们

李隆基一生都在女人堆里打滚。他家族的上两代女人都那么强悍,女皇、皇后、公主、女官,个个雷厉风行,怀揣一颗滚烫的野心,将"不想做女皇的女人不是好女人"当做人生信条。他的祖母武则天,是中国唯一的女皇,他的姑姑和堂妹都权倾一时,无论是财富还是政治地位,都远远在他们家族的男人之上。在关系复杂的女人堆里长大的李隆基,一方面对那些政治上极具野心,但能力又欠缺的妄自尊大的女人非常厌恶,在后来的执政生涯中极力避免自己的妻子和宦官参与朝政;另一方面,他选择女人的标准都极力规避那种凌厉的、强势的、目空一切的女人。

经历了复杂的宫廷斗争,也眼见这些女人你方唱罢我登场,各领风骚三五年的野心,使本来就极具英雄气概的他更加成熟果敢,意志坚定而富有主见,被上官婉儿称为李家最具有帝王相貌和气度的后人。皇室贵族的完善教育,加上天赋异禀,使他从小便有种初生牛犊不怕虎的强大气场。他七岁的时候,在一次皇室祭祀活动中,当时身为大将军的,武则天一个侄子武懿当众呵斥护卫,被李隆基严厉制止:"这是我李家的朝堂,跟你有什么关系?哪里轮得到你来教训我家的卫兵?"可

能武懿从来没受过这种待遇,更别说受一个七岁男孩的质问,但他被李隆基的气势给震住了,讪讪离去。武则天知道这事之后,对李隆基刮目相看。八岁的时候,他就被封为临淄王了。这是一个阳刚、高贵、不怒自威的男人,在这一点上,比他的同族兄弟,比伯父、父亲和祖父这三个皇帝都强百倍,他们已经被那些暴戾的女人压迫得死的死,病的病,或者懦弱地活着。他的精神血脉是跟曾祖父李世民遥相呼应的。

在自己的祖母武则天去世后,面对被一群女人搞得乱七八糟的大唐,他果断而勇敢地发动暴力革命,将韦皇后、上官婉儿、太平公主等这些觊觎大唐江山社稷的女人们从皇帝龙椅旁赶跑,将自己那战战兢兢的父亲拥立为王。他父亲是个与世无争的人,不到二年便把皇位让给了李隆基。李隆基当上皇帝之后,果然不负众望,将国家治理得井井有条。

此时,一直陪伴在他身边的是武惠妃,与其说武惠妃一直陪着他,倒不如说,他把陪伴自己的机会都给了武惠妃。武惠妃从小被养在宫中,跟李隆基相爱了很长时间,李隆基甚至为了她要把自己的皇后废了,但是大臣们极力反对,武惠妃的长辈武三思等人都是差点窃取大唐江山的"逆贼",怎能让他们的后辈当开元盛世的皇后呢?他们毕竟流着同一个宗族的血液,难道又要走自己父亲和祖父的老路吗?李隆基从善如流,是个明君,仔细想来不无道理,再说要表达自己对这个女人的喜爱,也未必非要把她立为皇后啊。于是便打消了立新皇后的念头。虽然没有实名,但武惠妃在地位和受宠爱的程度上,绝对是当仁不让的后宫之主了。唐玄宗李隆基也不是能随时随地保持清醒的头脑,不是刀枪不入的人,他也曾差点听信了武惠妃的一面之词,而把原定太子废掉。但他毕竟是个聪明人,是个有头脑的君王,在以张九龄为首的大臣的联名反对下,他并没有一意孤行。

但他并非永远都这样幸运,永远有聪明能干的大臣会帮他把握方向,保驾护航,规避掉不好的危险因子。后来在惠妃的极力推荐下,李林甫取代了张九龄,成了皇帝之外权力最大的人物。李林甫跟宦官和嫔妃的关系都极好,尤其是惠妃,这个权力最大的女人。

在惠妃之前，李隆基也宠爱过两个女人，一个是民间舞蹈演员出身的丽妃，丽妃能歌善舞，她所能达到的被宠爱的极点，就是所生儿子被李隆基封为皇太子——也就是准皇帝。丽妃死后，李隆基又把注意力集中在皇甫德仪的身上。据说皇甫德仪肤如凝脂，而且直到死的时候皮肤都没有变衰老。皇甫德仪为李隆基生了两个儿子。虽然皇甫德仪后来也因李隆基移情别恋惠妃之后失宠，但李隆基对自己深深爱过的女人并不薄情，后来皇甫氏病得很严重，临终前的几日，李隆基每天都亲自给她喂药，直到病逝。

丽妃和皇甫德仪生的这三个儿子，被称为"三王"。这三王是武惠妃的眼中钉，只要有他们在，惠妃生的儿子就永远没有出头之日，皇帝有一天会宠爱其他女人，那时候他想抛弃你的话，你便什么也不是，只能在冷冷的皇宫里寂寞地打发残年。但是如果儿子当上了太子，那就不一样了，自己会成为未来的皇太后，即使已经得不到皇帝的宠爱，起码还有儿子为自己撑腰，皇帝死后，自己又会成为后宫最有权力的女人。李林甫又怎么会不知惠妃的心思呢？惠妃为了让自己的儿子当上太子，便设计陷害"三王"。她将三王子召到宫中，说宫里有贼，让他们穿上铠甲，帮忙抓贼。三王子信以为真。于此同时，她向李隆基禀报，说三王子谋反，穿着铠甲闯入宫中了，李隆基便信以为真，但又不想对自己的亲生儿子下狠招儿，便找李林甫商量，李林甫一边告诉惠妃不能停止对李隆基吹枕边风，一边显得很豁达贤明的样子，说这是皇帝的家务事，自己是不便过问的。于是玄宗便把这三位王子贬为庶人。紧接着，惠妃便派人把他们杀害了。武则天只有一个，即便你的野心比武则天还大，但你没有与之匹配的能力和胆识，你也无法当上武则天。武惠妃就是个典型的例子，她在政治上的才能别说比武则天，连上官婉儿、太平公主的九牛一毛都不如，空有贼心没有贼胆，所以她对三王下了毒手之后，便终日陷入了被鬼魂缠身报复的幻觉之中，找了很多法师做法也没有用，最后一蹶不振，活活被吓死了。她死后，她儿子恳请父亲李隆基以皇后的身份进行厚葬，希望皇帝的所有子女都给她服丧，李隆基并没有准许，而只是沿用普通嫔妃下葬的规格。他是理性和感情比较能分得开的人，一方面对旧情人恋恋不忘心怀悲伤，一方面钉是钉铆是铆，我对你好是好，但是一些礼数上的事情，还是要按规矩办。又或者是，惠妃所做的一些过分的事，他不是不知道，但是因其对她宠爱，也就睁一只眼闭一只眼。虽然他并没有按照皇后的规格对惠妃进行安葬，但在惠妃死后的好几年，他都一直对她念念不忘，睹物思情。

惠妃去世后，梅妃进入了李隆基的眼帘。梅妃原名江采萍，名字诗情画意，无论从出身还是身材、长相、性格，都透露着一股浓浓的小资气息。峨眉淡扫，薄施粉黛，着装也很素雅，细腰着长裙，对什么都是一副淡然的样子，是唐朝的文艺女青年、有迹可循的最早的小清新。她生于福建莆田，父亲是当地有名的文化人，又懂医术，从小她就是在这种医学文艺世家长大，会写诗、会跳舞，父母又疼爱，过得非常顺遂。进入宫中后，由于她身材清瘦，容貌秀丽，有股衣袂飘飘的仙气，瘦女人一般来说比较容易给人以惹人怜爱，楚楚动人的印象，是安妮宝贝式的人物。她除了琴棋诗画，还很擅长跳《惊鸿舞》，应该是轻盈跳脱，灵动娇俏那类，因此深得唐玄宗的宠爱。所以李隆基根本就是很爱文艺女青年啊。因江采萍喜欢梅花，玄宗赐予她"梅妃"的名号，并在梅妃所在的宫中种满了各个品种的梅花，闲暇之余，李隆基便会陪梅妃在宫中赏花喝酒。

李隆基的这些女人们，除了杨贵妃之外，其他人获得的李隆基的宠爱中，只能各领风骚三五年。梅妃的宠爱没有一直延续下去，没有几年便被杨贵妃抢占了第一宠的交椅。估计李隆基也难以取舍这一对"环肥梅瘦"。在一个男人还没有衰老的时候，吸引他的可能是某种韵致和风流的态势，但如果他的生理开始走下坡路，那种肉体上致命吸引力和青春的活力才是最容易让老房子着火的。论气场来说，梅妃显然已经不是杨贵妃的对手了，杨贵妃的性感是无处不在的，见一眼便绕梁三日，无法躲开，你的眼光会不自觉得被她吸引。而且想来杨贵妃的性格应该是美国甜姐那种，性感、豪放、活泼、有一种成熟女人的包容，懂得男人的心理，不矫情不任性不添麻烦。而梅妃的出身和教育，以及天性，造成她孤芳自赏、自恋清高的个性，眼里估计只有自己。这样的美女一开始会被她吸引，时间长了一起生活会觉得了无生趣。总之，在杨贵妃的丰饶面前，小清新败下阵来。唐朝时代是整个亚洲文化的一个特例，之后的几个朝代直到今天，这种以胖为美的盛世再也没有出现过。

梅妃一直心气很高，不明白为什么会被杨玉环打败。心有不甘的她写过一首诗来讽刺杨贵妃。

无题

撇却巫山下楚云，南宫一夜玉楼春。
冰肌月貌谁能似，锦绣江天半为君。

意思是说，唐玄宗并非一个除去巫山不是云的人，当初恋爱的时候信誓旦旦，许下千种诺言，可是现在呢？有了新欢立马忘记旧爱了。杨贵妃也是个行为不检点的女人，跟了儿子又跟老子，很放荡没品，还是个胖子。杨贵妃是个心理强大的女人，立刻写了一首诗反唇相讥。

无题

美艳何曾减却春，梅花雪里减清真。
总教借得春风草，不与凡花斗色新。

女人之间吵架，骂来骂去的无非就是那些内容，梅妃骂杨贵妃胖且放荡，杨贵妃讥讽梅妃已经失宠却心有不甘，这只能是徒劳的挣扎，由来只有新人笑，没人在乎旧人哭。梅妃在这场吵架中显然占不了上风了，且不论你骂得是否有道理，都没人在乎道理。骂一个女人放荡，只能引起男人对她浓厚的兴趣，这简直是给杨贵妃做宣传，是一种别样的赞美啊。唐玄宗知道这件事之后，只觉得好玩，并且夸杨贵妃回得好，他觉得两个女人为他争风吃醋，用诗来骂架别有一番雅趣。这确实，杨贵妃和梅妃虽然互为情敌，但都不是心肠歹毒的人，要是换了武氏家族的女人，一定是你死我活的结果。

梅妃见无法从气势上压倒杨贵妃，便写了一首感时伤怀的《楼东赋》，让高力士帮着送给唐玄宗，想打动他，让他回心转意。

玉鉴尘生，凤奁香殄。懒蝉鬓之巧梳，闲缕衣之轻练。苦寂寞于蕙宫，但凝思乎兰殿。信标落之梅花，隔长门而不见。况乃花心飏恨，柳眼弄愁。暖风习习，春鸟啾啾。楼上黄昏兮，听风吹而回首；碧云日暮兮，对素月而凝眸。温泉不到，忆拾翠之旧游；长门深闭，嗟青鸾之信修。

忆昔太液清波，水光荡浮，笙歌赏宴，陪从宸旒。奏舞鸾之妙曲，乘益鸟之仙舟。君情缱绻，深叙绸缪。誓山海而常在，似日月而亡休。

奈何嫉色庸庸，妒气冲冲。夺我之爱幸，斥我乎幽宫。思旧欢之莫得，想梦著乎朦胧。度花朝与月夕，羞懒对乎春风。欲相如之奏赋，奈世才之不工。属愁吟之未尽，已响动乎疏钟。空长叹而掩袂，踌躇步于楼东。

这首长长的咏叹调一般的赋，里面有女人的回忆、哀怨、愤恨、不甘心，玄宗也不是个铁石心肠的人，便差人赠送了一把珍珠给她。梅妃当时失望到极点，本以为他能亲自来看她，重修于好，没想到自己就这样被一把珍珠随便打发了。她冷冷地让人把珍珠退了回去，并写了一首诗转给唐玄宗。

谢赐珍珠

桂叶双眉久不描，残妆和泪污红绡。
长门尽日无梳洗，何必珍珠慰寂寥。

这首诗简直是一个被抛弃女人惨状的典型代表：女为悦己者容，要是没有悦己的人了，我还化什么妆呢。眉毛很久没描了，天天以泪洗面，妆

容每次被泪水都打湿了，不擦粉也罢。我日复一日地守着空房也没心情梳洗，都这么惨了，你给那些破珍珠顶什么用？骄傲的梅妃对李隆基再也不抱什么幻想了，沉默地在自己的宫中度过一天又一天。

　　一骑红尘妃子笑，无人知是荔枝来。

　　杜牧的这联诗，如果对照梅妃的身世际遇来看，就更显得世态炎凉。以前梅妃受宠的时候，这种快马加鞭的传送，往往是给梅妃带来新鲜的梅花种子，如今，快递只通向杨贵妃的宫中，这是唐玄宗为讨好杨贵妃而给她运来的最新鲜的荔枝。

　　安史之乱时，玄宗顾不上带梅妃，只匆匆带上了杨贵妃逃到了马嵬坡。等他再重新回去的时候，已经是人去楼空，遍寻不着梅妃的影子。据说这个可怜的女人为了抵抗叛军的侵害，毅然将自己身上缠上白色的绢布，投井自尽。梅妃这样清高的女子，身上缺少世故的因子，虽然自恋，但绝不会随便委身于人，因此，往往遇到来自其他男人的侵害，自杀就是她们最后的武器。玄宗闻此消息，很是感慨，便命人给梅妃按照记忆中的样子绘制一幅画像，并为画像题诗一首，用这种方式纪念和追

思梅妃。

题梅妃画真
忆昔娇妃在紫宸，铅华不御得天真。
霜绡虽似当时态，争奈娇波不顾人。

  这种追思虽然也真诚，但少了一份炽热，更像是表达追思的一种样本诗，是男人对一个女人生前的赞美和怀念，但这个男人并没有怀着一腔的爱意，这首诗换成另一个认识梅妃的男子写出来也并无差别。

  唐玄宗之所以对杨贵妃宠爱至极，除了杨贵妃长得美、是不可多得的舞蹈天后，还有一个重要的原因，因为他们之前的特殊关系，他们能在一起不是那么容易的事，虽然唐玄宗贵为天子，但也不可能完全蔑视伦理纲常。

  杨贵妃在十七八岁的时候嫁给了寿王李瑁，李瑁是李隆基和武惠妃的第三个儿子，如果不是自己的妻子和父亲的这段旷世情缘，李瑁可能跟他的兄弟姐妹一样，被淹没在历史的长河中。时至今日，即便是我们知道李瑁其人，也仅仅知道他被自己的父亲夺了妻，至于他的心理状态和想法，很少有人提及，因为他是历史的配角。记录历史的人也多是些势利眼，对这样的配角是不肯多花一点笔墨的，只在零零散散的诗句里，可以瞥见他的身影。如李商隐诗《龙池》："夜半宴归宫漏永，薛王沉醉寿王醒。"《骊山有感》："平明每幸长生殿，不从金舆唯寿王。"杨万里《读武惠妃传》："桂折秋风露折兰，千花无朵可天颜。寿王不忍金宫冷，独献君王一玉环。"这些诗都透着对寿王李瑁的嘲讽和看不起，尤其是杨万里这首，简直把李瑁写得卑躬屈膝，非常没有尊严。杨贵妃和李瑁的婚姻生活持续了五年，这五年应该是锦瑟和鸣、夫妻恩爱的，否则杨贵妃婚后这么久还没有给李瑁生个一男半女，应该早就失宠了，但是实际上，不孕这在中国女人看来是大忌的问题，并没有影响杨贵妃在自己的两任丈夫那里得到宠爱。

杨玉环嫁给李瑁的时候，武惠妃还活着。李隆基第一次见到杨玉环的时候，肯定不是没有感觉的，这是一个这样迷人性感的女人，而且李隆基精通音律，喜欢能歌善舞的女人，杨玉环恰好在这方面天分很高，在各种家庭聚会中，两人肯定有不少互相认识了解的机会。那时候，李隆基对杨玉环的爱慕之心肯定是大于杨玉环对李隆基的。她浑身上下充满了活力，生命力饱满而旺盛，气质慵懒、醉人心脾。纵有千般好，可惜她是自己的儿媳妇，所以李隆基要拼命压制自己的欲望。武惠妃死后，他对杨玉环的迷恋更深了，因为再也没有一个女人可以跟她的吸引力抗衡了。

清平调
云想衣裳花想容，春风佛槛露华浓。
若非群玉山头见，会向瑶台月下逢。

想必杨玉环的身影曾无数次让李隆基难以忘怀，并为之寝食难安，他一直在压抑和迸发之间徘徊，李隆基应该曾经深深地陷入过对杨玉环的思念之中的，如果不能让她成为自己的女人，那多见几次也是好的，所以那一段时间，宫中的家庭聚会骤然增多，李隆基以切磋音乐舞蹈为名，得以消解自己的相思之苦。到这时，李隆基才意识到自己真正是爱上了杨玉环。当局者迷，旁观者清，早在李隆基发现自己爱上杨玉环之前，高力士就察觉到了这点。

高力士心细如发，办事周全，更重要的是对李隆基那种相依相存的关系。李隆基的人格魅力和治理国家的魄力打动着他，也让他佩服。想必李隆基对高力士也是极为尊重和信任的，自己的私心私情从来不对他隐瞒，而高力士也会抢先一步，帮李隆基得到他想要的东西，摆平那些对他不利的因素。他办事非常得体，因此侍奉了三代皇帝，跟唐玄宗这段不离不弃、生死相依超越主仆的情义更是一段佳话，被历史评为"千古贤宦第一人"。中国人的价值观历来把"忠"看得很重要，这个"千古贤宦第一人"也多半是因为他对唐玄宗的鞠躬尽瘁、从一而终。他更像是唐玄宗的贴身助理，即便他的政治才华和办事能力在很多大臣之上，但他还是低调行事，很少从正面插手政治，只是任劳任怨地在私生活方面对李隆基尽职尽责。关于高力士之著名，除了因为唐玄宗和杨贵妃，他跟李白还曾有过短暂的交集。当年李白进宫来给李隆基当文秘，孤高狂傲，目中无人，醉酒之后曾让高力士给他提鞋。据说这就是他被赶出皇宫的祸根。其实以高力士的为人，以他的大度和聪明智慧，断不会跟李白这种如同儿戏的行为计较，是李白和李隆基相互不合适而已。

  高力士将陷入热恋中的李隆基的心事看在眼里，他先是去找李瑁，想必李瑁也早就察觉到了父亲对自己妻子的热情，但是高力士亲口来说，还是让他多少吃了一惊的，高力士一番分析，让李瑁权衡利弊，他当然是不从也得从，纵然跟杨贵妃夫妻关系很好，但也没好到要为她忤逆皇帝，断送自己前程的份儿上——是的，这个要抢走自己妻子的男人此刻的身份不是父亲，而是皇帝。而在杨贵妃那边，如果李隆基不是贵为天子，她恐怕也是很难乐意跟李隆基相好的，毕竟这个男人比自己的父亲还大，除非癖好特殊，一个妙龄女人怎么会喜欢老头子呢，除非这个老头子有非常大的魅力。所以杨贵妃答应跟李隆基好，最重要的是，他贵为天子，皇帝点名要你，一般人也都从了。第二是，这个皇帝也是有着比较大的人格魅力的。一般对男人来说，财富和地位跟他的自信往往成正比，这是不争的事实。财富和地位积累到一定程度，他的心胸和眼界也是不同寻常的，尤其是对李隆基这样从小就有君王气又有艺术气息的男子。他热情、阳刚、慷慨、对女人体贴、懂得怎样讨好女人，能发掘女人身上的美和好，想必女人跟他在一起是快乐而有自信的，这样的男人，即使老一点又有什么关系呢？但是如果就这样直接把杨贵妃从李瑁身边夺过来，也是不大体面的。于是高力士让二十二岁的杨贵妃以替玄宗母亲窦德妃荐福为名出家。在此期间，李隆基一边跟杨贵妃幽会，一边替寿王李瑁重新物色了一个妻子。所有的准备工作都做完之后，已是四年过去了，李隆基这才将杨贵妃从道观里接出来，直接一步到位，封为贵妃。玄宗自从将原来的皇后废掉之后，就再也没立皇后，所以杨玉环虽然名义上是贵妃，但实际地位和权力是皇后。

长恨歌

汉皇重色思倾国，御宇多年求不得。
杨家有女初长成，养在深闺人未识。
天生丽质难自弃，一朝选在君王侧。
回眸一笑百媚生，六宫粉黛无颜色。
春寒赐浴华清池，温泉水滑洗凝脂。
侍儿扶起娇无力，始是新承恩泽时。
云鬓花颜金步摇，芙蓉帐暖度春宵。
春宵苦短日高起，从此君王不早朝。
承欢侍宴无闲暇，春从春游夜专夜。
后宫佳丽三千人，三千宠爱在一身。
金屋妆成娇侍夜，玉楼宴罢醉和春。
姊妹弟兄皆列土，可怜光彩生门户。

长恨歌是最著名的描写李隆基和杨贵妃的长篇史诗了。"春寒赐浴华清池，温泉水滑洗凝脂。侍儿扶起娇无力，始是新承恩泽时。云鬓花颜金步摇，芙蓉帐暖度春宵。春宵苦短日高起，从此君王不早朝。"凡是写到杨贵妃的诗篇，无非有三方面的内容——一是对其美貌和娇态的描述赞美，二是对杨贵妃家族势力的愤慨和不平，三是杨贵妃和李隆基当时的奢华生活。

杨贵妃的美在于她的态势，"温泉水滑洗凝脂。侍儿扶起娇无力"这两句，把美人之美勾勒得淋漓尽致。她的美是中西合璧的相当于意大利文艺复兴时期的美，丰肥浓丽、热烈放纵，丰满、热情、白皙，又有中国女人的娇羞和柔弱，在热腾腾的温泉泡过之后，整个人越发白嫩，身体上像笼罩了一层烟雾一样，朦朦胧胧，汗涔涔、湿漉漉的，娇态百出。从唐朝仕女图中可以看到那个年代的女人确实是胖的比瘦的美，因为所有的服装、发型、妆容，都是给丰满一点的女子准备的，只有丰满女子配上这些东西才有锦上添花的感觉，而瘦女人在这方面不具备先天的优势，撑不起这些装备。

据野史考证：杨贵妃身高一米六四，体重有一百三十八斤；也有说杨贵妃身高一米五五，体重一百二十斤的。如果从这些数据上来看，杨贵妃并不算肥胖，顶多算丰满。而且她的五官是好看的，脸型和身体都形成自然优雅的线条，这种美也很特别。那个时代给"胖"提供了充分的先决条件和宽容的社会舆论氛围，不像现在，亚洲文化对于审美上的狭隘，直接把胖和丑划上了等号。杜甫有诗记载"稻米流脂粟米白，公私仓廪俱丰实"，开元时期经济昌盛、国力强大、文化繁荣，整个社会都在蒸蒸日上之中，人口大规模增长，人口的增长需要女人的生育能力做保证，丰满的女人被认为有生育上的优势，因此是比较受欢迎的，这是由社会和人类进化的条件决定的。而且李氏皇朝也是一个不平凡的朝代，有一半血统是鲜卑族，因此在生活习惯和审美上也具有少数民族的特点：喜欢肥臀大马，崇尚壮硕之美。可以说，杨贵妃就是唐朝审美的一个象征，是人类壮美的样本。这样的美让玄宗爱不释手，流连忘返。不得不承认，皇帝和妃子之间也有缠绵炽热的爱情，也有这种如同宿命一般如胶似漆的天作之合。

杨贵妃被接回宫中之后，君王从此不再早朝。

与其说杨贵妃是个有手段的美丽女人，所以得以专宠，不如说她是个难得的有趣女人。她生性活泼敏捷，像猫一样既有女人的乖巧又有女人的狡黠，既婉约又风流。她跟唐玄宗在一起的时候，创意多多，能想出很多好玩的点子，让两个人都很开心。比如，春天来临的时候，两人率领一众宫女和侍卫到郊外春游，在草坪上铺上美丽的桌布，摆上美酒佳肴，一边晒太阳一边喝酒聊天，为了防止被普通民众干扰围观，便让宫女们解下红裙，围成飘荡美丽的红墙来遮蔽，后来演变成男女风流放荡的娱乐游戏，杨贵妃和唐玄宗就是始作俑者，这是何其香艳的场景。为了让玄宗从朝政中解脱放松，杨贵妃发明了很多小游戏。比如让他带领一百个小太监，自己带领一百个小宫女，各成一队，排成两排，把锦绣挂在杆头当旗子，旁边还有拉拉队助阵，当敲鼓的时候，两边人就互相进攻，小太监和宫女们扭打成一团，打败的罚酒。像小孩子玩的过家家的游戏。杨玉环性格机敏又调皮，把聪明演绎得并不讨厌，而且惹人怜爱。玄宗喜欢跟人下棋，但是水平又不高，每次眼看着要输棋的时候，在一边的杨贵妃就会"不小心"把怀里的猫扔到棋盘上，将棋打翻，来挽救自家男人的尊严。冬天天冷下雪之后，唐玄宗来找杨玉环，发现她正在跟宫女们在宫中敲房檐下的冰凌，玄宗问她在干吗？她机灵地说，在玩儿"冰筷子"。杨贵妃跟皇帝闹别扭的时候，一赌气回到娘家。高力士看出这二人只是小打小闹，互相都抹不开面子而已，两个人都需要有台阶下，需要有中间人来调节，那这个最好的中间人就是高力士了。于是高力士先是让皇帝给杨贵妃送饭以示关爱，然后又让杨贵妃回赠给皇帝礼物，杨贵妃说，我所有的东西都是皇帝给我的，只有我的头发是自己的，我就把这仅有的身上之物送给皇帝吧。唐明皇一看之下，思念之情更甚，于是快马加鞭，一天都不想等，把杨贵妃从娘家接回宫中。这样一个活色生香的女人，在肉体和精神上牢牢地吸引着生性浪漫有趣的唐玄宗。在杨贵妃之前，每至春天的黄昏，玄宗便会让诸嫔妃在头发上插上花朵，玄宗亲自放出蝴蝶，蝴蝶停在哪个妃子头发上，玄宗晚上就在哪个妃子那里过夜。如今因为杨玉环得宠，后宫中就再也没有这种游戏了。

　　一人得志，鸡犬升天。在杨贵妃身上也应验了这句话。哥哥杨国忠晋升为丞相，杨贵妃把自己的三个姐姐也接到宫中，玄宗赐她们以住宅，分封她们三人为国夫人，分别为虢国夫人、韩国夫人和秦国夫人。当时都城中有歌谣唱道："生男勿喜女勿悲，生女也可壮门楣。"其实是在揶揄杨家，靠着一个女儿，让全家都飞黄腾达起来。这是一个儿子奋斗一辈子也得不到的地位啊。当时的其他诗人对杨家的势力也多有描绘。

丽人行

三月三日天气新，长安水边多丽人。
态浓意远淑且真，肌理细腻骨肉匀。
绣罗衣裳照暮春，蹙金孔雀银麒麟。
头上何所有，翠微㔩叶垂鬓唇。
背后何所见，珠压腰衱稳称身。
就中云幕椒房亲，赐名大国虢与秦。
紫驼之峰出翠釜，水晶之盘行素鳞。
犀箸厌饫久未下，鸾刀缕切空纷纶。
黄门飞鞚不动尘，御厨络绎送八珍。
箫鼓哀吟感鬼神，宾从杂沓实要津。
后来鞍马何逡巡，当轩下马入锦茵。
杨花雪落覆白蘋，青鸟飞去衔红巾。
炙手可热势绝伦，慎莫近前丞相嗔。

"绣罗衣裳照暮春，蹙金孔雀银麒麟。头上何所有，翠微㔩叶垂鬓唇。背后何所见，珠压腰衱稳称身。"这句是对杨氏家族的气派和奢华的详尽描述。身上的衣服绫罗绸缎是最好的，其华美程度犹如金孔雀、银麒麟。这种琳琅满目的华贵可谓锦绣珠宝，鲜华夺目，红头花色，眉冠日月。与这首诗在知名度上并驾齐驱的一幅画《虢国夫人游春图》，是唐朝贵族生活的真实描绘，用另一种形式来解读了杜甫的《丽人行》这首诗。当时三夫人并承恩泽，势倾朝野，连公主都不敢惹她们，曾有一个不识时务的驸马因为见到她们没有下马问候而被革职，被贬为庶人，从此更没有人敢与之抗衡了。这位虢国夫人的特权更大，因其生得美，又个性高傲泼辣，从来不化妆，让玄宗也感到很新奇好玩，特地赐予她随时可以到宫中玩耍见皇帝的特权。杜甫有诗描绘："虢国夫人承主恩，平明上马入宫门。却嫌脂粉污颜色，淡扫蛾眉朝至尊"。虢国夫人的权势结束于安史之乱。当地的叛军追到了马嵬坡，虢国夫人由于得知了杨贵妃的死讯，一听到官兵的声音就如同惊弓之鸟。恐惧的最高程度便是自杀。这个决绝的虢国夫人，先是杀死了自己的儿女和亲眷，然后自杀。这是后话。

结束杨贵妃和唐玄宗幸福生活的刽子手是安禄山——杨贵妃的干儿子。安禄山在初次进入大唐宫殿的时候，便起了觊觎之心。这也是个为了功名利禄可以随时豁得出去的人。他是怎样讨好唐玄宗和杨贵妃的呢？据说每次到宫廷来看杨贵妃的时候，杨玉环赐他在华清池里洗浴，洗完之后，命宫女用浴巾包扎成一个摇篮的模样，让安禄山像婴儿一样躺在摇篮中，然后把这坨巨型婴儿抬到杨玉环跟前，比杨玉环还大上好几岁的安禄山毫不羞愧地开口便叫妈。唐玄宗问安禄山，"吾儿腹中何物，却如此庞大？"安禄山谄媚道"臣腹中更无他物，唯赤心耳！"唐玄宗听罢觉得十分有趣，可见就算明君也有猪油蒙心的时刻。

这些恩宠对安禄山来说是远远不够的，他要的是大唐的江山，于是他终于谋反。唐玄宗措手不及，带着杨贵妃和高力士仓皇逃窜，逃到马嵬坡的时候，士兵哗变，因为杨贵妃一家的势力已经引发众怒，将士们把所有的罪过都归在杨氏兄妹身上，处死了杨国忠还不够，还要求处死杨贵妃。

长恨歌

含情凝睇谢君王，一别音容两渺茫。
昭阳殿里恩爱绝，蓬莱宫中日月长。
回头下望人寰处，不见长安见尘雾。
唯将旧物表深情，钿合金钗寄将去。
钗留一股合一扇，钗擘黄金合分钿。
但教心似金钿坚，天上人间会相见。
临别殷勤重寄词，词中有誓两心知。
七月七日长生殿，夜半无人私语时。
在天愿作比翼鸟，在地愿为连理枝。
天长地久有时尽，此恨绵绵无绝期。

白居易写这首诗时，并非在一味地谴责或者单方面的赞美，而是怀着命运无常的感慨写的。一对如此恩爱的伴侣，被历史和国家的车轮所碾压，不得不阴阳相隔。唐玄宗当然是万般不忍，高力士替他做了决定，没有什么比主人的性命更加重要的。为了保全他的主人，高力士将一卷白绫递到杨贵妃面前，默默流泪。花容失色的杨贵妃在惊恐之余，接受了自己的命运，如果不自我了断，那么自己和皇帝要么死于叛军之手，要么死于哗变的士兵之手。但是如果自己死了，那至少可以保全皇帝一个人的性命。死，是她唯一的命运，无法逃避。关于杨贵妃的死，除了在马嵬坡自缢这一说，还有多种说法。

　　其一是说杨玉环死于乱军之中。一些学者从古诗词中的考据成果可以证明。李益七绝《过马嵬》和七律《过马嵬二首》中有"托君休洗莲花血"和"太真血染马蹄尽"诗句，说明杨玉环死于乱刃之中。其他的杜甫《哀江头》有"明眸皓齿今何在，血污游魂归不得"之句，张佑《华清宫和杜舍人》的"血埋妃子艳"；杜牧《华清宫三十韵》的"喧呼马嵬血，零落羽林枪"；温庭筠《马嵬驿》的"返魂无验表烟灭，埋血空生碧草愁"等。这里面多次出现"血"或者"血污"字样，暗示杨玉环也许是死于刀光剑影中，否则自缢是不会见血的。第三种说法是，杨玉环当时并没有死成，在马嵬坡被缢死的只是个普通侍女。杨玉环被安排出逃，去了日本，但这件事是由高力士秘密安排的，并没有让唐玄宗知道。无论杨贵妃到底有没有死，可以肯定的是，唐玄宗和杨玉环今生再也没有相见过了。

　　唐玄宗回到皇宫之后，看到满目疮痍的江山，看到曾经留下贵妃倩影的华清池，回忆起跟贵妃一起度过的那些美好时光，心中无比悲怆，比英雄迟暮更凄凉的，便是永远失去自己的爱人了。据说曾经被杨贵妃赏赐过一个臂环的谢阿蛮，在安史之乱后依然活了下来。玄宗有次召见她，看到谢阿蛮手臂上的臂环，回想起这是贵妃当初赏赐给阿蛮的，皇帝便向阿蛮祈求，这是贵妃留下的信物，上面寄托着她的一缕芳魂，现在你能把它送给我吗？其情之可怜，无不让人动容。曾经跟他下过棋，被贵妃用猫掀过棋盘的贺怀智来觐见玄宗，并呈上一个锦囊，说这是当年贵妃遗留下的头

巾，上面还有贵妃的香气。玄宗打开锦囊，取出带有贵妃香气的头巾，百感交集，老泪纵横："这上面的香气，是龙脑香，这是使者送给我的，我曾赠送过贵妃十枚！"玉环的音容笑貌，历历在目。在所有的记忆中，最直接的记忆便是味道，这也是最触动人心的。据说两个人相合，首先是味道上的互相接受和融洽。伤心至极的唐玄宗，晚年的时刻是在怀念杨贵妃的日子中度过的，安史之乱后的唐玄宗被已当皇帝的儿子冷落，高力士也被流放，只有他自己孤独地终老在冰冷的皇宫中。晚年这所有的不幸中，失去杨贵妃是最最致命的打击。曾经执手相看两不厌的两个人，曾经好到将整个世界抛却在脑后的两个人，曾经灵肉契合水乳交融的两个人从此永别。世界上没有什么比这件事更悲情的。

问君能有几多悲

——词帝李煜的悲欢离合

据说李煜长了两个瞳孔,这种奇特面相一般是专属于真龙天子的。但是纵观李煜一生,作为君主的他实在无任何建树,既不特别铁面,又不够治国有方,身为皇帝,他也只是个象征符号而已。可见故弄玄虚的面相论实在不靠谱。他能当上皇帝,实在是造化弄人,阴差阳错的结果。他的父亲李璟生了七八个孩子,最后莫名其妙只剩下了李煜和哥哥李弘冀。李弘冀本来是被立为皇太子的,他性格果断、心思细腻、心机很重、行动力超强,很适合当皇帝。但是李璟曾经立下誓言,自己死后让自己的弟弟,也就是李煜和李弘冀的叔叔李景遂即位。李弘冀当皇帝心切，便杀死了叔父，没想到在杀死叔父不久，自己就得了怪病暴毙。没有任何选择的，只能赶鸭子上架，李煜当上了南唐后主。

李煜一直对政治不感兴趣，也许是残酷的政治斗争养成的自保习惯，也许天性如此。他所有的心思只放在艺术上，琴棋书画无所不通，一心向往归隐生活，"一代词帝"算是对他最准确的评价和称号了。史书里这样描述李煜，"性骄侈，好声色，又喜浮图，为高谈，不恤政事"，把李煜描绘成一个夸夸其谈的失败者一样。同样也是被记录进历史里，换一个人写，就成了这样："生于深宫之中，长于妇人之手"，"性宽恕，威令不素著"，好生戒杀，死后，江南人闻之，"皆巷哭为斋"。历史是任人打扮的小姑娘，这句话其实说的是，研究历史的人，在对某些历史人物或事件做评判的时候，不可避免地会加入自己的主观印象，史记的作者也会凭自己的好恶和价值观，自己的人生经验去判断别人，但这并不代表真理。但是字为心迹，看李煜流传下来的手书真迹，可推测出这个人优柔寡断、喜欢享乐，善于逃避。

李煜除了自己的词广受后人推崇，他跟大小周后姐妹俩的感情也颇有看点。他的词大致可分为两种内容，一种是描写宫廷生活和风花雪月的男女情事，如《菩萨蛮》《相见欢》，另一种就是对失去家园的哀伤和痛惜，如《虞美人》《浪淘沙令》等。王国维认为："温飞卿之词，句秀也；韦端己之词，骨秀也；李重光之词，神秀也。"而且还说："词至李后主而眼界始大，感慨遂深，遂变伶工之词而为士大夫之词。"是说李煜的词从民间作坊、柴米油盐的艳俗小曲，上升到知识分子和艺术家的感慨。而他早期的风花雪月，跟他的先后两任皇后大小周后联系紧密，大部分诗词都是围绕着跟她们俩的情事展开的。

南唐宰相周宗给自己的大女儿取名叫娥皇，小女儿取名叫女英，不是没有野心的。这姐妹俩的名字正好跟舜的两个妻子，娥皇女英同名，也是一对姐妹花。所以后来的小周后取代大周后也是可以预见的事。她俩的故事其实是介于历史上最著名的两对姐妹之间的，一对是娥皇和女英，一对是赵飞燕和赵合德。娥皇和女英似乎名声很好，起码在历史上留下了以丈夫为重，相敬如宾、举案齐眉的感觉。赵飞燕和赵合德同时在位，既是盟友关系，又是竞争对手，两人互相争风吃醋，但也同时联手扫荡宫中其他对她们地位有所威胁的嫔妃。

大周后比李煜大一岁，比小周后大十五岁。一般来说，长女都比次女要聪明能干一些。娥皇也不例外。她本来是李煜父亲李璟的琵琶女，可见她在音乐艺术上的造诣和才华很高，且能诗善文。娥皇容貌美丽端庄，文化修养和气质超群出众，李璟也是个有修养的君王，他对如此优秀美丽的娥皇自然十分欣赏，同时觉得她各方面跟李煜都很般配，便让他俩成亲。娥皇和李煜婚后生活可谓锦瑟和谐，俩人共同完成了《霓裳羽衣曲》残缺的部分，过着只羡鸳鸯不羡仙的"富贵闲人"的生活，李煜对娥皇的爱恋即使在她生了两个孩子之后也有增无减。

木兰花

晓妆初了明肌雪，春殿嫔娥鱼贯列。
凤箫吹断水云闲，重按霓裳歌遍彻。
临风谁更飘香屑，醉拍阑干情味切。
归时休放烛花红，待踏马蹄清夜月。

长相思

云一緺，玉一梭，澹澹衫儿薄薄罗，轻颦双黛螺。
一重山，两重山，山远天高烟水寒，相思枫叶丹。
菊花开，菊花残，塞雁高飞人未还，一帘风月闲。
秋风多，雨相和，帘外芭蕉三两窠，夜长人奈何！

这样的生活持续了十年，娥皇突然病倒，终日卧榻不起。而小周后这时已经二十五六岁，已是个亭亭玉立的少女。在自己的姐姐病倒的这个期间，她被李煜接到宫中，两人暗度陈仓，开始了一段地下恋情。他流传下

来的"花明月暗笼轻雾"和"蓬莱院闭天台女",两首《菩萨蛮》写的就是他和小周后这段私情。

蓬莱院闭天台女,画堂昼寝无人语。抛枕翠云光,绣衣闻异香。
潜来珠锁动,惊觉银屏梦。脸慢笑盈盈,相看无限情。

这首是李煜向小周后的初次表白。男女之事,只要男的无意,那这段关系十有八九就不会继续下去了。但是如果男的有意,那么起码有一半的机会可以成功。小周后这种美女没理由不接受李煜。第一,他是皇帝,君临天下有权力。第二,他多才多情,彬彬有礼有风度。在权力面前,人类的禁忌底线可以一低再低,几乎没有下限。母亲尚且为了权力杀自己的儿女,相比之下,抢自己姐姐的男人根本不算什么大逆不道。这首写给小周后的诗让小周后越发无所顾忌,频频在自己姐姐生病的情况下,跟姐夫约会。据说李煜为此修了一个漂亮的行宫,里面装修得温馨别致,麻雀虽小,五脏俱全,是他跟小周后的专属。

花明月暗笼轻雾,今宵好向郎边去。衩袜步香阶,手提金缕鞋。
画堂南畔见,一向偎人颤。奴为出来难,教郎恣意怜。

这首的标题简直可以改成《偷情》,那句"手提金缕鞋"把偷情的香艳和刺激兴奋写得活灵活现。大周后和小周后的性格区别很像是金庸小说《书剑恩仇录》里的人物霍青桐和香香公主。霍青桐翠羽黄衫,在各个方面其实都强于陈家洛,娥皇也是,她的才华、她的见识都绝不输于李煜,再加上她比李煜大一岁,女性成熟得早,所以这些年来,她和李煜的姐弟恋感情中,她付出的心力和包容要远远多于李煜。如果李煜是个将心思用在治理国家上的君主,那么娥皇也一定会是个贤内助。而香香公主和小周后这样的女性,只是负责花容月貌,我见犹怜,她们脑袋空空,性情像一般美女一样,任性又平庸,但是相貌实在是出众,外表又有无辜的气质,所以很能激发男人的保护欲。小周后就这样在自己的姐姐生病期间,悄悄的取代了姐姐的位置。

晓妆初过,沉檀轻注些儿个。向人微露丁香颗,一曲清歌,暂引樱桃破。

罗袖裛残殷色可,杯深旋被香醪涴。绣床斜凭娇无那,烂嚼红茸,笑向檀郎唾。

这首《一斛珠》也是写给小周后的,从写给大小周后的词可以看出,李煜爱大周后的端庄聪明美丽,爱她的才情和雅趣。小周后却是另一番风情,李煜爱她妩媚娇俏,活泼狡黠。到底是选她,还是选她,真是两难,最好两个都要,这是男性永远得不到答案的艰难选择。就像莫文蔚唱的那样:

一个温驯美丽,一个好可爱。
两个女孩,易感、专情、独立,
聪明、冷静、纤细。
你知道,却绝口不提分开,
你答的毫无意外,两个都爱。

纸包不住火,自己丈夫和妹妹的绯闻传到了大周后娥皇的耳朵里。她把妹妹叫来,简单询问了一下,小周后甚至连撒谎的意思都没有,没有承认,也不否认。娥皇气血攻心,再加上自己的一个儿子在这时候也病逝,让娥皇遭受双重刺激,病情更加严重,几乎奄奄一息。李煜看到这种情况很自责,也很伤心。在娥皇临终之前的时光里,李煜尽自己所能,悉心照顾自己的妻子,可谓"衣带渐宽终不悔,为伊消得人憔悴"。但是娥皇大限已至,一个月之后,便驾鹤西去。在娥皇的葬礼上,李煜从原来的翩翩君子,变成了一幅形销骨立的模样。据说大周后娥皇至死面不外向,不肯原谅自己的丈夫和妹妹。在大周后死去之后的这段时光里,李煜自称"鳏夫煜"，痛苦万分，悔恨交加，为她写了很多怀念的诗词。最为著名，也是最长的《衣昭惠周后诔》写得字字泣血，声泪俱下，作为一首诗词，长达近两千字。还有一些零星的短诗词，也都寄托了李煜对娥皇的追思。

书灵筵手巾

浮生共憔悴，壮岁失婵娟。
汗手遗香渍，痕眉染黛烟。

佩自肩如削，难胜数缕绦。
天香留凤尾，余暖在檀槽。

梅花二首

（一）

殷勤移植地，曲槛小阑边。
共约重芳日，还忧不盛妍。
阻风开步障，乘月溉寒泉。
谁料花前后，蛾眉却不全。

（二）

失却烟花主，东君自不知。
清香更何用，犹发去年枝。

挽辞二首

（一）

珠碎眼前珍，花凋世外春。
未销心里恨，又失掌中身。
玉笥犹残药，香奁已染尘。
前哀将后感，无泪可沾巾。

（二）

艳质同芳树，浮危道略同。
正悲春落实，又苦雨伤丛。
秾丽今何在？飘零事已空。
沈沈无问处，千载谢东风。

　　李煜和大小周后之间的感情，其实与平民别无二致。这里面的关系是平等的，这里的感情也是正常的——嫉妒、爱慕、背叛、悔恨、内疚。他优柔寡断，难以取舍的性格让他面对两个他同样爱的女人显得无所适从。如果不是大周后的死，恐怕他少不了要焦头烂额地面对复杂的三角关系。但是娥皇死后不出一年，李煜便用皇家最高的礼仪和待遇迎娶来小周后。小周后顺理成章取代了姐姐的位置，成为李煜最爱的女人。小周后身上有一切美丽女人的缺点，却缺少大周后的端庄贤淑。她嫉妒心极强，把宫里能看到的长得好看的女的都贬为平民，或者打入冷宫。除了自己，任何女人不得近李煜的身。

　　跟李煜在一起是很有情趣的，太适合过"富贵闲人"的生活了。他们的创造力和对美的欣赏力不仅能渗透在艺术上，也在衣食住行的生活里。小周后喜欢绿色的衣服，但是已有的绿色完全不能满足她的期待，李煜便陪她亲手研制绿色的布料，那段时间，宫里展开了轰轰烈烈的染布料活动。有个宫女前天晚上染了一匹布放在庭院里晾干，晚上忘记收回来，第二天一看，由于露水的浸润，使得这绿色格外鲜亮。李煜和小周后觉得很妙，便将这种"露水染织法"在宫中推广开来，宫中的女人们都用这方法染衣服，称之为"天水碧"。李煜爱小周后爱到不愿分开须臾的地步。小周后也属于那种应该被供养起来的女人。她喜欢香气，便和李煜研制出一种特别的香味，跟人的汗腺结合在一起之后，会散发出香甜的味道，被称为"帐中香"。总之，李煜跟小周后在一起的逍遥生活，令世人艳羡。与朝政想比，陪小周后过这种生活显然更开心，更享受。但是他不知道，战火已经烧到了自己脚底下。赵匡胤迅速攻城略地，将金陵城团团围住。

李煜自知大势已去，为了减少百姓的伤亡，李煜甘愿被俘虏，他率领后妃王公，文武百官登上了前往宋朝的首都开封府的船只。经过数月的长途跋涉，终于得以见到赵匡胤。成者为王，败者为寇，这句话用在李煜身上再合适不过。他虽然没有被杀，但是赵匡胤自然不会轻松放过他，赵赐给了他一个带有极大侮辱性的词汇"违命侯"。李煜如果不是皇帝，而是个平凡的富贵公子，这一生将会好过很多，不需要受这么多折磨。从大周后病危他衣不解带地悉心照料，到兵临城下，他为了百姓的安危，避免承受战乱之苦，顶着巨大的压力，牺牲了自己的尊严出城投降，李煜跟他的词一样，都是一个心软温柔，对世界强硬不起来的男人。论打仗，他必然不是粗暴军人出身的赵匡胤的对手。就这样，赵匡胤就把南唐给灭了，接手了李煜的国家。这对李煜来说，既是一种悲哀，也不失为一种解脱。亡国之君在新的皇帝那里自然受不到什么好的待遇，赵匡胤之所以没有杀李煜，完全是为了顾及舆论，李煜已经投降，自动交出城池，这是一种契约，两个君王之间就该遵守这种约定俗成的契约，否则要承受世人舆论的压力。虽然不杀李煜，但李煜在那里的日子并不好过。赵匡胤把他和小周后软禁了起来。从此以后，李煜的诗再也没有以前那些香艳愉快的气氛，取而代之的是对故国的思念，对现状的哀伤，对时光流逝世事无常的叹息和悲凄。

望江南二首

多少恨，昨夜梦魂中。还似旧时游上苑，车如流水马如龙，花月正春风。

多少泪，断脸复横颐。心事莫将和泪说，凤笙休向泪时吹，肠断更无疑。

这是他亡国之后写的第一首诗。李煜在艺术方面的天赋表现在，他写的诗词都看起来像非常轻松脱口而出的，并且不晦涩难懂，很有可读性。"车如流水马如龙，花月正春风"这是对南唐当年幸福生活的回忆，"多少泪，断脸复横颐"无尽的泪水在脸上纵横交错的流过，好像永无止息，这一句写得极有镜头感，彷佛是电影镜头的特写，一个男子泪流满面无比凄楚地看着镜头。这是后主李煜在赵匡胤软禁下的生活，每天思念故国，以泪洗面，而过去的美好生活只能在梦里重温了。

浪淘沙令

帘外雨潺潺，春意阑珊，罗衾不耐五更寒。梦里不知身是客，一晌贪欢。

独自莫凭栏，无限江山，别时容易见时难。流水落花春去也，天上人间。

相见欢

林花谢了春红，太匆匆，无奈朝来寒雨晚来风。

胭脂泪，相留醉，几时重？自是人生长恨水长东。

破阵子

四十年来家国，三千里地山河。凤阁龙楼连霄汉，玉树琼枝作烟萝。几曾识干戈？

一旦归为臣虏，沈腰潘鬓消磨。最是仓皇辞庙日，教坊犹奏别离歌。垂泪对宫娥。

相见欢

无言独上西楼，月如钩，寂寞梧桐深院锁清秋。

剪不断，理还乱，是离愁，别是一般滋味在心头。

这几首词是流传最广的，这是一个阅尽世事的曾经的君王，写出的沧桑悲凉的情怀，是拔剑四顾心茫然的怆然。李煜的悲情似乎越来越深，这是因为，他要面对宋朝第二代皇帝的侮辱。兄弟之间继承皇位的情况并

多见，倘若在皇兄有儿子的情况下，弟弟却还能继承皇位，这里面多半是有问题的。赵匡胤在某天夜里不明不白地死去，赵光义成为了新的皇帝。这位新皇帝比他的哥哥，在为人处世上更残暴下流。他不仅废掉了李煜的爵位，而且经常当众用言语侮辱他。以李煜的优柔性格，自然是敢怒不敢言。只是在给故人的信里提到自己的境况"终日以泪洗面"，最让他痛苦的是，他无力保护自己最爱的女人小周后了。"江南剩得李花开，也被君王强折来"，当他还是一国之君的时候，小周后当然可以享受其他女人享受不到的待遇，但是他沦为俘虏之后，小周后也得跟着受侮辱，这也算同甘共苦了吧。

新上任的皇帝赵光义是个好色之徒，而且品行不端，是个没有任何底线和原则的人。这年元宵节，宫中的女人奉命都要去宫里庆贺，小周后自然也不例外，但这一去就数日未归。李煜在家久等不至，很是着急，但是被软禁的身份又不便出门打听自己的爱妻到底出了什么事。直到半个多月过去了，小周后才回到家中，花容失色，神情憔悴，回到家中便掩面抽泣。李煜虽然知道有事，但看到小周后哭得如此伤心，也不便过问。直到晚上，小周后才趴在李煜的肩头放声大哭，大骂李煜无能，连自己的老婆也保护不了。李煜一听之下，就全明白了，但他也只是默默垂泪，无话可说。因为这剩下来的生命时光，他只能这样寄人篱下地度过。关于赵光义强暴小周后的史实，是有画为证的，这就是《熙陵幸小周后图》，"熙陵"就是宋太宗赵光义，而这个"幸"实为"强幸"。在这幅图上，小周后被一干宫女抬起驾住，在赵光义丑陋的身体面前褪去衣衫，被其当众强暴。

明人沈德符在《万历野获篇》中描述这幅作品说："宋人画熙陵幸小周后图，太宗戴幞头，面黔黑而体肥，周后肢体纤弱，数宫女抱持之，周后有蹙额不胜之态。"姚士麟《见只编》云："余尝见吾盐名手张纪临元人《宋太宗强幸小周后》粉本（即水粉画），"后戴花冠，两足穿红袜，袜仅至半胫耳。裸身凭五侍女，两人承腋，两人承股，一人拥背后，身在空际。太宗以身当后。后闭目转头，以手拒太宗颊。"

小周后的恐惧和屈辱可想而知，不仅被恶心的赵光义强暴，而且是当着宫女的面，还有一帮男画师将这个场景画了下来，这真是人类历史上的耻辱。想来，这小周后跟李煜在一起的时候虽然是个任性的女人，但也是有血性的。她宁可跟随温文尔雅的贵族李煜当俘虏，也不愿意被粗俗野蛮的皇帝侮辱。受了此等奇耻大辱，小周后必然要对李煜发泄一番。宋人王在《默记》中说的："李国主小周后，随后主归朝，封郑国夫人，例随命妇入宫，每一入辄数日，而出必大泣，骂后主，声闻于外，后主多婉转避之。"但是命运并未从此放过小周后，她这种担惊受怕的日子并没有结束。以后的日子里，赵光义总能找到理由让小周后去宫里，而李煜也只是敢怒不敢言，可能换了任何一个人都没办法，这是赵光义的天下，跟他相比，李煜不过一个被俘虏的蚂蚁，连做平民的机会都没有。

虞美人

春花秋月何时了？往事知多少。小楼昨夜又东风，故国不堪回首月明中。

雕栏玉砌应犹在，只是朱颜改。问君能有几多愁？恰似一江春水向东流。

这一首是断送了李煜性命的词。故国灭亡，山河破碎，美人垂泪，所有这些让他的悲情更深了。他除了借酒浇愁，写诗抒情之外，没有任何其他发泄的途径了。但是祸从口出，人言可畏，他本来就是失败的君王，身边肯定遍布眼线，这首《虞美人》传到了赵光义的耳朵里。尤其是那句"故国不堪回首月明中"，更是将他激怒，认为李煜存了谋反之心。宋太宗派李煜以前的臣子徐铉去探望李煜，实际上是试探李煜的口风和状态。南唐还未亡时，徐铉曾经在李煜面前中伤过对李煜忠心耿耿的大臣，说他们勾结宋军，其实是冤枉了这二员干将，导致他们在牢狱里自杀。李煜为此既自责又迁怒于徐铉，见他来看自己，态度极为冷淡，一开始两人默默不语，后来李煜终于忍不住叹息说，我当初真不该杀那两位对我忠心耿耿的臣子啊！徐铉回去之后，将此等情况如实禀告给赵光义，这更加坚定了

他杀李煜的决定。

又是一年的七月七,这是李煜生日,但他一定没有想到,这也是自己告别这个世界的日子。这天,他和小周后在自己的庭院中摆好宴席,对着月亮饮酒。这一年发生了太多的事,让他百感交集。他想起了自己儒雅的父亲,对自己的偏爱和庇护;想起了自己跟娥皇最初的爱情往事;想起了跟小周后在属于自己的宫廷里无忧无虑的时光,想到自己如何忍辱负重投降做了宋人的俘虏,在开封这些时日,自己是如何度日如年,小周后又频频被赵光义强暴,自己却无法保护,这些命运带给他的巨大落差让他百感交集,激动愤懑得不能自已,于是写下了《虞美人》这首词,并谱了曲子,让小周后唱。小周后奉劝他,不要给自己惹麻烦,四周耳目众多,要是这词让赵光义知道了,他肯定不会放过后主的。但是李煜心情实在太差,小周后也只好依着他了,两人一人吹玉箫,一人吟唱,虽然配器简单,但是小周后心有戚戚,唱得也格外动情。

隔墙有耳。一直监视李煜举动的人,察觉此事此情此景大有文章可做,便快马加鞭赶到宫中,向赵光义禀报了这一切。赵光义暴跳如雷,认定不除李煜,后患无穷。便派跟李煜一直过从甚密的秦王赵廷美去给李煜拜寿。并赐给李煜一瓶"牵机妙药"让赵廷美给李煜带去,告诉他这是美酒,喝了可以忘掉忧愁。不知情的赵廷美将这瓶掺进剧毒的酒带给了李煜,李煜喝完之后,起初不觉得有什么异样,到了夜间,头脚蜷缩在一起,好像被牵制住的木偶一样,做着机械运动。这种将李煜致死的毒叫"牵机毒",牵机毒与钩吻、鹤顶红三毒并列,是历史上最有名的三种毒药。服用此药后,全身肢体被药物控制,会像大虾那样头尾相撞,痛苦之状持续一个小时后便会暴毙。小周后在一旁吓得魂飞魄散,除了紧紧抱住李煜,没有一点办法。挣扎了将近一个小时,李煜最终死在了小周后的怀里。

李煜死后,太宗将其葬于洛阳。一代词帝就这样离开人世。李煜死后,小周后终日以泪洗面,茶饭不思,形销骨立,赵光义又不断地急切招她入宫,几次三番都被她拒绝,只是失神地守在李煜的灵位前,太宗还不放过她,她就以死相逼。几个月后,又恐惧又悲伤的小周后便撒手人寰,追随李煜而去了。

　　被赵光义逼死的女人不止小周后一个，还有一个叫窅娘的女子，先前也是被李煜欣赏的舞女。"窅"的字面意思是：眼睛凹进去，显得很深邃。从这里可以看出窅娘的相貌特征，她是个混血美女，擅长跳采莲舞。窅娘的标志除了深目高鼻之外，她细小伶仃的脚也让李煜很爱怜。她为了跳舞的时候让舞步显得更加空灵，便用白色的绸缎将自己的脚紧紧包裹起来，这样就显得很小巧，据说芭蕾舞就是窅娘发明的。从窅娘开始，妇女裹足的风俗传遍了大江南北，以至于一直到民国新文化运动之前，中国还一直保持着妇女裹足的传统，以及以三寸金莲为美的审美标准。窅娘是个烈女子，一生都只对李煜情有独钟，这种感情没有掺杂丝毫的权力和地位的因素。南唐亡国之后，李煜和小周后被赵匡胤所俘虏，宫里的其他女人都四散逃亡，唯有窅娘默默跟随在李煜身旁。赵匡胤的弟弟赵光义看中了窅娘，并在宫中瑶池之中搭建起莲花台，让窅娘给他单独跳采莲舞。音乐已经响起，但窅娘无动于衷，在众人百般呼喊之下，她纵身跳进莲花池，溺水而亡。窅娘的信仰是一生只为李煜舞蹈。

　　美人们纷纷追随李煜香消玉殒，但《虞美人》这词却得以流传千古，并获得极高的评价。王国维说："尼采谓一切文学余爱以血书者。后主之词，真可谓以血书者也。"宋黄升《花庵词选》称："此词最凄惋，所谓'亡国之音哀以思'。"李煜和小周后的前半生是在花前月下度过，后半生却如履薄冰。他们是最痛苦的那一个人群——前半生将好运花光，见识了人世间所有的繁华景象，后半生却只能在回忆中度过，这是人类的大悲哀，是命运无常的最佳范例。所以，李煜也算是被上天选中，来经历这种大起大落的人生，承受宇宙间最深沉的失落和悲哀。

女人花摇曳在帝国的晚风中

——花蕊夫人的盛放与凋零

单单是"花蕊夫人"这个称号便美丽得足以让人怦然心动。这是用来形容女子的旷世美貌,"花不足以拟其色,蕊差堪状其容"。历史上叫花蕊夫人的就有三个。虽然说,第一个把女人比喻成花的是天才,第二个、第N个就是蠢材,但是"花蕊"这个名字的确好到不可多得,它比"花"更娇更柔,所以一而再、再而三地用花蕊来给女人命名,似乎也可以理解。任世间再多美丽的形容词,都没有比这个"花蕊"更能表达一个男人想要把一个女人捧在手心、细心呵护的感觉。

在唐朝末年,有一个女人便受到了这种待遇。唐朝末年,江山摇摇欲坠,岌岌可危,一切都是面目模糊、颜色黯淡,唯有这一个女人让这段历史发光发亮。她曾被两代皇帝所宠爱,但这两代皇帝也都因她而离奇死亡。其中一个皇帝还为她干过一件极其浪漫的事,因为她喜欢芙蓉,他便为了她在整个蜀都种满了芙蓉,成都也因此有了"芙蓉城"这样一个雅号。这个花蕊夫人本姓费,是五代十国时,后蜀国后主孟昶的贵妃,又叫慧妃。慧妃原来是歌姬,后来被皇帝相中,破格提拔成皇妃。这个慧字同时也是花蕊夫人的特色,其人不仅娇,而且慧。

花蕊夫人很会包装自己,知道怎样打造自己的特色和风格,让自己给皇帝留下印象。历史上艳名远播的女人似乎都深谙此道。她常年只穿两种颜色的衣服，白色和粉红。当穿白裙的时候，就系粉红色的腰带，当穿粉红色的衣服时，就系白色的腰带，就像一株花蕊一样，盈盈一握、娉娉婷婷。头发束成云堆一样的髻，斜插一根碧绿的玉簪，从前面远远看去鸾凤步摇、摇曳生姿，从后面看宛如花朵静静盛开在山谷，吐露幽香。

她的妆容与宫中其他女子的也不一样，不管是面庞还是嘴唇，上面都覆盖着一层晶莹剔透的光泽，她的粉擦得没有那么白，但是很通透，薄薄的一层，有珍珠的光泽。嘴唇也不是红色，而是樱花红，粉粉嫩嫩，如清水出芙蓉。放在今天，花蕊夫人应该是个"氧气美女"。

她在厨艺方面也很有天赋，了解各种食材的特色，以及这些食材结合在一起可能产生的味道，是当时的"大长今"。她发明了两种食物，一种叫"绯羊首"，是将羊头用红糖和姜水煮熟，冷却之后，用酒腌制，然后放在用石头垒成的洞穴里风干，等到想吃的时候，用刀切得一片一片，像纸一样薄，用来给孟昶当下酒菜。还有一种是把煮好的山药切成薄片，用莲藕磨成的粉拌匀晒干，加入五味子，口感薄脆，味道清香，放在盘子里好像月亮一样皎洁，便有了"月一盘"的称呼，这个是给皇帝平时当零食吃的，这个"月一盘"很可能是最早的山药片。

她还是十分出色的建筑设计师。孟昶夏天怕热，在皇宫里总是被热得寝食难安，花蕊夫人便下令在水上建造了一座水晶宫殿。这个水晶宫殿在当时被当做避暑的地方，它从材质、土木结构，到外观，无一不独具匠心。宫殿的柱子用最名贵的散发香味的木材，墙壁用透明的琉璃，门和窗户都是由珊瑚和碧玉镶嵌而成，从外面看既明亮开阔，又精致高雅，皇帝和花蕊夫人在此玉枕罗衾，夜夜笙歌。

在这样安逸舒适的环境下，她的诗也写得精巧华丽，"冰肌玉骨清无汗。水殿风来暗香满。绣帘一点月窥人，欹枕钗横云鬓乱。起来琼户启无声，时见疏星渡河汉。屈指西风几时来，只恐流年暗中换。"

宫词

五云楼阁凤城间，花木长新日月闲。
三十六宫连内苑，太平天子坐昆山。

会真广殿约宫墙，楼阁相扶倚太阳。
净瓮玉阶横水岸，御炉香气扑龙床。

龙池九曲远相通，杨柳丝牵两岸风。
长似江南好风景，画船来去碧波中。

分朋闲坐赌樱桃，收却投壶玉腕劳。
各把沈香双陆子，局中斗累阿谁高。

禁寺红楼内里通，笙歌引驾夹城东。
裹头宫监堂前立，手把牙鞘竹弹弓。

舞来汗湿罗衣彻，楼上人扶下玉梯。
归到院中重洗面，金花盆里泼银泥。

    这些诗歌充满了香艳的气息，有股暖风熏得游人醉的萎靡之感。这是偏安一隅的兴盛，这种兴盛只存在于宫内，宫外的世界什么样，花蕊夫人并不知道。她每日在宫里伴随着皇帝游山玩水，吃喝享乐，觉得这就是她想要的生活，觉得这样的生活也许永远没有尽头。而那首长长的《花蕊夫人宫词》将五代宫廷的风貌完整地描绘出来，是一副活色生香的宫廷生活的长卷，是那段历史的活化石，是繁华瞬间的再现。她诗里描绘的景象，简直是一个太平盛世，像天国一样。她写得如此轻松惬意，把宫里的生活——打球射猎、斗鸡走马、喝酒赏花、宫女骑马，描绘得活灵活现，像一个儿童游乐园一般美好。跟"宫怨诗"相比，花蕊夫人的宫词，也许更应该叫"宫乐诗"。

历史上总说这样的女人是红颜祸水,把亡国的罪名推到了她的头上。但是花蕊夫人相比其他一些历史上那些出格的后妃们,既没杀过人,也没乱过朝政,只不过是长得美,才华又多,不管是发明美食还是建造宫殿,都不能成为亡国的罪证。要怪只能怪皇帝不会治理国家,不懂得平衡朝政和享受生活的时间。她只不过是个普通的美丽女人,没有野心,只是愿意跟自己的丈夫相守,享受舒适安逸的生活而已。她嫁错了男人。因为这个男人是皇帝,身上肩负着治理国家的重任,而这个皇帝志不在此,把江山抛在脑后。

外面世界是刀光剑影,兵临城下。赵匡胤已经"黄袍加身",并率领士兵攻打到蜀城了。孟昶并未做过多的挣扎便投降了,这其实是件好事,如果自己本身权力欲望并没有那么强,或者没有足够的能力来支撑自己的权力欲,最好乖乖认输,不要逞强,不要轻易发动战争,让百姓深陷水火之中。因为战争一旦爆发,不管是战败还是战胜,遭殃的只能是百姓。自古以来,不管是成王败寇,他们的罪孽都是由百姓来承担恶果的。

花蕊夫人的美早就惊动了赵匡胤。没有见花蕊夫人之前,也许赵匡胤会对孟昶网开一面,不做追究,反正他也已经回天无力了,干脆养起来算了。但是见了花蕊夫人后,赵匡胤改变了主意,孟昶三天之内便暴病而亡。稍微关注一点中国历史的人都会知道"暴病"意味着被秘密处死。一切来得如此突然,花蕊夫人这才从温柔乡中惊醒过来,她之前的奢华生活不是有意要让君王沉沦,更不是有意要让国家灭亡。后来这两首广为传诵的诗是最好的例证,这两首诗一扫以往的纸醉金迷,变得深沉悲壮。

采桑子

初离蜀道心将碎,离恨绵绵。春日如年,马上时时闻杜鹃。
三千宫女皆花貌,妾最婵娟。此去朝天。只恐君王宠爱偏。

述国亡诗

君王城上树降旗，妾在深宫哪得知。

十四万人齐解甲，更无一个是男儿。

　　这是一个女人的心碎和愤怒。她是有家国概念的，深知国如果不在，家也就不在了，这是两首杜鹃啼血的悲歌。后面这首更像是一首辩白诗，也许她能预料到，后人又会对她横加指责，把她划为"红颜祸水"那一类，这是她替无数跟她一样的，被贴上"红颜祸水"标签女子的辩解：你们堂堂男人将自己的家园不做抵抗地拱手相让，又有什么颜面来责备我这样一个天天在深宫中呆着的女人呢？她的理想也不过是相夫教子，享受风花雪月、美食华服而已，这是女人的天性。

　　赵匡胤被她的美貌和情怀所打动，将她纳为自己的妃。她也只能在历史新旧更替的夹缝中生存下来，否则又能如何？这是个没有任何野心的女人。过好日子的时候，她欢乐；家破人亡的时候，她悲哀。孟昶死后，她变成赵匡胤的妃子，就再也没写过诗。"嫩荷花里摇船去，一阵香风逐水来"，"回头索取黄金弹，绕树藏身打雀儿"这样活泼惬意的生活场景不复存在了。孟昶作为一国之君，也许是个扶不起的阿斗，作为丈夫，他应该是给过妻子幸福生活的。所以即便是改嫁之后，成为赵匡胤的妻子，花蕊夫人也没有忘记旧情，凭记忆将前夫的样子画成画像，挂在自己的寝宫里纪念凭吊。

　　但是历史好像并没有打算从此放过花蕊夫人，没有让她上演一出和赵匡胤恩爱到老的肥皂剧，而是制造了一起"烛影斧声"的悬疑剧。关于这幕悬疑剧有很多说法，说法之一就是赵光义是个好色之徒，早就觊觎花蕊夫人的美貌，但碍于哥哥当政，便收敛劣行，夹着尾巴做人。后来赵匡胤也行将就木，赵光义便一不做二不休干掉了哥哥，自己当了皇帝。花蕊夫人这次没有做第三个皇帝的妃子，她拒绝了赵光义的调戏，最后被箭射死。这株五代美丽的花朵，也随着五代的逝去而香消玉殒了。

多情痴情到无情

只羡神仙不羡鸳鸯

——王维的幸运与哀愁

《大明宫词》可能是第一个把王维的感情世界展现出来的电视剧，里面有这样一段对话：

王维："我对政治不感兴趣。"

公主："那你对什么感兴趣？"

王维："我对风、对雨、对人的心情，对月亮的形状更感兴趣。至于政治……它太高深了，又不洁净，我不感兴趣。可是其它的，我都感兴趣。"

公主："你喜欢长安吗？"

王维："长安城遍地是英雄，到处是一种霸气，它对我们写诗的人来说，是一种无穷的乐趣。可我不喜欢它，它的霸气太重，就缺少一种真情，一种质朴纯真的感情。"

公主："你指什么样的感情？"

王维："亲情、爱情、友情，我都喜欢，都让我动心。"

这段话显然是为了增加收视率，而把古人盘根错节的情感瓜葛关联在了一起，加入了编剧自己的想象。事实上，太平公主死的时候，王维才十二岁，不可能有这样一场充满罗曼蒂克气质的对话。而且说王维对政治不感兴趣也有点过于曲解那个时代，那时候断文识字，受过教育的男人，几乎都难逃政治仕途的致命诱惑力，甚至连王维都无法免俗。自然，那首著名的"红豆生南国，春来发几枝。愿君多采撷，此物最相思"。也并不是为太平公主所写的。这首诗为谁所写是众说纷纭、无法考证的事情。毫无疑问，以诗窥心，王维是个极为重感情的人，他心思之细腻敏感，心绪之缠绵悱恻不亚于女人。他如此精致纤巧，感情史却几乎一片空白，只知道妻子在三十一岁过世之后，他便穿粗布衣裳，饮茶吃素，移居偏僻幽静的处所，潜心望月听风，寄情于山水之间，写诗作画，过上了与自然大被同眠的生活。但这种生活只是半隐退而已，还有一半的他在庙堂中身居高位，用自己的艺术才华处理公文，他甚至做到了副丞相的官职。

赠裴迪
不相见，不相见来久。
日日泉水头，常忆同携手。
携手本同心，复叹忽分襟。
相忆今如此，相思深不深。

以他的个人艺术成就和当时的身份地位来说，他的感情生活可以说简单得像白开水一样。他的情诗除了那首不知道赠与何人的《相思》，其他的，只要言情，言的也只是友情。有两种可能：一种是王维对妻子的爱至深至重，乃至于无法将这种感情公之于众，公开的情诗其实都是自恋的象征，说白了是写给自己的，比如元稹那些悼念亡妻的诗篇。可王维从头到尾对妻子这件事，一个字也没提过。还有一种情况，就像野史里猜测的那样，王维与裴迪有断袖之嫌。俩人不仅在王维的乡间别墅里泛舟咏歌，谈论人生，切磋诗艺，王维更是像热恋中的少女一样表达对裴迪那种"一日不见，如隔三秋"的想念，简直尽显小儿女情态的娇憨。而裴迪，现如今被保存下来的诗歌，绝大部分都是与王维诗歌的应对作答。

九月九日忆山东兄弟
独在异乡为异客，每逢佳节倍思亲。
遥知兄弟登高处，遍插茱萸少一人。

王维被知识分子推举为"史上最幸运的诗人"排行榜第一名。他十七岁开始踏入长安文艺显贵圈儿，写出流芳百世的《九月九日忆山东兄弟》，被当时的文艺中青年们争相传诵，并以结交到他为荣。后来进京城考取功名，与之来往的都是京城的达官贵人，"谈笑有鸿儒，往来无白丁"风光一时。二十岁的时候，又被引荐给玉真公主，玉真公主是唐玄宗最疼爱的妹妹，当时很多诗人都以能与她攀交情为荣，毕竟是裙带关系，只要在哥哥唐玄宗面前说些好话，玄宗定会应允。当时的王维正值青春年少，"妙年洁白，风姿郁美"，像个风华绝代的名伶一样，作为诸位公子们送给玉真公主的礼物，怀抱琵琶，演奏了一首《郁轮袍》，他在音乐演奏上表现的艺术情感，和玉树临风的气质和相貌应该是把玉真公主吸引住了，玉真公主才开始关心他的诗文，一看之下觉得甚好，便向皇兄推荐了王维，王维从此在仕途上离权力中心越来越近，平步青云。

史书里没有写王维的政治头脑如何，官做得是否受领导肯定。在安史之乱以前，他的仕途一直是平顺的。而且无论是出于政治智慧，还是为了求生存的无奈，王维的行为甚至可以说是圆滑的。这也是个艺术家的无奈，他的心思只放在美好的、云淡风轻的东西上，用现在的话来说是个不折不扣的"小清新"。政治这个东西他确实没那么大的魄力去玩，只能像浮萍一样，依附寄生于某些较为强大的势力上，求得一席生存之地。从某种意义上来说，王维可能确实本心里是无心留恋政治的，中国的确是个官本位的国家，想要做官的欲望如此被推崇被普及，连王维都无法避免落入窠臼。传统教化衡量男人是否成功是否受人尊敬的标准便是加官进爵。他做这些一是为了缓解社会压力，实现社会家族对自己的期许，二是觉得从

此衣食无忧，生活安逸，便可以专心搞艺术了。

　　他是如此幸运，就算那场成为很多官员命运和官运转折点的安史之乱，甚至要了杨贵妃的命，但是对王维的影响也不算大。安禄山在安史之乱前，拍马屁功夫一流，一把年纪还管杨贵妃叫妈。唐玄宗和杨贵妃也没亏待他，杨贵妃认他为义子。电视剧《杨贵妃》里就有这样的片段：杨贵妃认安禄山为义子之后，还要给他"洗三"，就是小孩子生下来三天之后要给他洗澡的意思。安禄山也极为配合地将肥胖身躯塞到木桶里，洗完之后被包裹起来，几个人抬着在宫中走来走去。他的溜须拍马让杨贵妃像对待宠物一样对待他，导致他的权力便越来越大，终于发动叛乱。长安城里顿时兵荒马乱，民不聊生。有一小部分官员跟着唐玄宗跑到外地避难去了，大部分官员仍然被困在沦陷了的长安城，王维便是其中一员。事实上，安禄山对他是不错的，不仅没杀他，还给他封了个官员。从现代社会的角度来说，沦为战俘，被人绑架之后，做出任何顺从安禄山的行为都可看做是为了保存生命，人的生命权始终是第一位的。但他毕竟不是个没心没肺的人，也受过忠君思想的教育，对于自己苟全性命于乱世，甚至妥协于安禄山，当他的官员这种事，也会感到不安和忧虑。为此，他写了首题目长达三十九字，比诗句还多十一字的《菩提寺禁……示裴迪》的诗给自己的好朋友也是知己裴迪："万户伤心生野烟，百寮何日再朝天？秋槐落叶空宫里，凝碧池头奏管弦。" 这首诗是首地道的表忠心的诗，更重要的是，这首诗在唐玄宗和唐肃宗平定安禄山，收复长安城之后，救了王维一命。皇帝不仅没有惩罚他，而且依然保留了他的官衔和原有的地位。唐玄宗确实也没什么立足点去惩罚王维吧，自己连爱妃的命都保不了，倾巢之下焉有完卵。唐肃宗也还是比较讲道理的，就算对其他当初没有跟随逃难，并不得已接受安禄山官职的人来说，也只是发配边疆而已，并没有处死。

　　虽然逃过了一劫，但是王维依然被自己叛徒的身份所折磨，所以干脆半官半隐。与其说王维是诗人，不如说他是一位艺术家更准确。古人常说"琴棋书画样样精通"，但往往某些所谓的通才们只是某一方面还不错，

其他略知一二而已,像王维这样全方位的艺术才华都这么出众的,实属凤毛麟角。他的诗自不必说,跟"诗仙"李白,"诗圣"杜甫同属一个级别的"诗佛"。他还精通音律,据说当时的岐王邀请他到家里欣赏音乐,乐师们演奏完毕,岐王小心翼翼又不无得意地试探王维的看法,王维不仅准确指出这首曲子名为《凉州词》,而且对乐师们的演奏并不觉得有多好。岐王当然是有点不爽,这曲子历来是自己作为炫耀的招牌,今天在王维嘴里只得了这么个尚可的评价,心里当然又困惑又不服气,便要他说出个所以然来。王维也不示弱,就一一指出演奏上的不足,并当众现场演奏一曲,艳惊四座。王维画画也不是玩票性质,而是开一代流派之先河的大师,他是南宗山水画派的创始人,在中国绘画界绝对是大师级的人物。钱钟书在《中国诗与中国画》中说:"恰巧南宗画派创始人王维也是神韵诗的大师","在他身上,禅、诗、画三者可以算是一脉相贯,'诗画是孪生姐妹'这句话用来品评他是最切不过了。"

竹里馆

独坐幽篁里,弹琴复长啸。
深林人不知,明月来相照。

鹿柴
空山不见人，但闻人语响。
返景入深林，复照青苔上。

山居秋暝
空山新雨后，天气晚来秋。
明月松间照，清泉石上流。
竹喧归浣女，莲动下渔舟。
随意春芳歇，王孙自可留。

　　这几首充满画面感的诗很能代表王维的艺术核心。拿这些诗跟他的画比照着读，就更能体会什么是"诗中有画，画中有诗"了。他是个感受型的天才，大自然是最让他舒服的地方，是诗意的栖息地，四季变迁最能引起他的震动和共鸣。后人对王维极为羡慕的一点是他的半官半隐，既有地位有钱有身份，还有闲有情怀，这一生似乎从来也没有过生存问题，从二十岁高中状元之后，就一直顺风顺水，而且一边隐退，一边官衔还步步高升，这也未免太逍遥了。也许他真的只是一个清心寡欲的人，把所有的精力都用在钻研琴棋书画上，无心插柳柳成荫，竟成一代宗师，而他的哀愁，也只是"回归本心，还诸天地"。

原谅我这一生不羁放纵爱自由

——李白的狂放和浪漫

2011年年底,法国影坛杀出了一匹黑马,电影《不可碰触》在法国的票房连续7周独占着票房冠军的头衔,这是一部根据真人真事改编的影片,它源自于法国人约瑟·乔万尼的自传小说《第二次呼吸》。《不可触碰》讲述的是一个出身贫寒的巴黎青年与一名四肢瘫痪的富有贵族之间相处交往的故事。那位富有的贵族受过良好的教育,能得到世界上他想得到的一切美好的享受,他渴望极限体验,疯狂地想给自己内心的激情寻找一个出口,于是他选择了跳伞,可惜在一次跳伞活动中他发生了意外,头部以下完全瘫痪。而几经周折,原本玩世不恭游手好闲的问题青年成为了他的私人护理。剧中有个情节,贵族带着青年去画廊看画展,贵族在一幅画前久久注视不语,最后竟然花天价将这幅画买走,巴黎青年很是诧异,问凭什么这么一副画就值得他如此破费,贵族幽幽地说,这是一个人曾经活在这世界上的证明,艺术可以证明你活过,艺术可以让你不朽。

李白的无数天才诗篇已经证明了他的不朽,他的存在对人类社会是个多么璀璨而伟大的贡献。

李白的身世是个传奇,至今没人能做出准确的考证。据《新唐书》记载,李白为兴圣皇帝(十六国西凉武昭王李暠)九世孙,唐高祖李渊为第

七世孙。李白也曾跟人表露过自己是李氏皇族的近亲。还有一种说法是，李白的父亲因罪被贬到西域的碎叶城（今吉尔吉斯斯坦的托克马克市），但这种说法也不太靠谱，当时的吉尔吉斯斯坦并非大唐疆土，就算被贬也不会贬到那里去。还有的说李白是山东人，有说是四川人的，总之是众说纷纭。李白自己只承认是"陇西李氏"的后裔。李白从小受的教育并非当时流行的四书五经，而是"五岁诵六甲，十岁观百家"，六甲是讲道家相关的书籍，而百家就是诸子百家，比只读孔子的言论更显得博闻强识，大开眼界一些。不仅如此，他还从小学剑法，闻鸡起舞逆风而动，德智体美劳全面发展。可能父母对李白的这种粗放、无约束，充满自由的教育，造就了李白不羁的天性和饱满的创造力。

南陵别儿童入京

白酒新熟山中归，黄鸡啄黍秋正肥。
呼童烹鸡酌白酒，儿女嬉笑牵人衣。
高歌取醉欲自慰，起舞落日争光辉。
游说万乘苦不早，著鞭跨马涉远道。
会稽愚妇轻买臣，余亦辞家西入秦。
仰天大笑出门去，我辈岂是蓬蒿人。

李白也是想实现人生抱负，有一番作为的，但不同的是，他的抱负不是加官进爵富甲一方，而是真正的治国平天下，用自己的才华救人民于水火之中，让广大民众幸福指数节节升高。要想实现自己的理想，就只能加入唐代朝廷这个平台，除非落草为寇去造反，否则只能在这个平台上施展拳脚出人头地。

李白二十四岁开始，离开从小生活的蜀州，开始了一生的漂泊浪荡。他实现自己的政治抱负并非依靠考取功名的方式，李白如果是那种走寻常路的人就不是李白了。李白看不起孔子的原因之一，就在于后者对功名的追求方式，在李白看来很笨，又见效很慢，需要忍辱负重等待而出人头地的方式，是天才所不屑的。李白决定出其不意，去修道求仙和周游天下。这不能不说是一步险棋，但又足够聪明出位。道教在隋唐的时候是非常流行的，尤其是唐玄宗对道教简直是痴迷，他声称自己是太上老君的后代，太上老君就是老子，老子叫李耳嘛，所以唐玄宗对老子非常推崇，在科举应试时，加入了《道德经》的内容。有些道士的地位极高，比在野官员还要显赫，唐玄宗也不惜人力财力，大兴土木建造道观，还差点把自己的一位妹妹嫁给了张果，张果就是《八仙过海》中张果老的原型，他声称自己长生不老，已经活了一千多岁，唐玄宗还信以为真，在现在看来，张果就是个江湖骗子。

总之，李白孑然一身，开始了在这个世界上的流浪。"不要问我从哪里来，我的故乡在远方，为什么流浪，流浪远方？"李白梦里的橄榄树是什么呢？是为了不朽。为了证明自己在这个星球上存在过，不甘心让自己的生命就像流星一样，划过之后就消失得无影无踪了。也为了自己

多情痴情到无情

的个人英雄主义情结,觉得人生的使命在于济世。他离开家乡后,并没有明确的目的,没想过到底要到哪里,只是各地漫游,结交名门望族,把自己的诗拿给他们看,希望通过他们的引荐,能受到皇帝的重视,实现自己的理想。

出蜀两年后,他流浪到湖北,经过孟浩然的介绍做媒,认识了前宰相许圉师的孙女,做了倒插门女婿。这对于没有工作的浪子李白来说,不失为一个栖身的好地方。李白婚后跟许氏生了两个孩子。在婚后的十年内,李白还算安分,除了进京投官未果,其他时间都守着自己的家庭。李白是个爱天地,爱理想,爱国民,爱酒爱诗爱舞剑,但惟独对家庭生活不感兴趣的人。据说他曾经被老婆逼着写过一首诗当检讨:

赠内
三百六十日,日日醉如泥。
虽为李白妇,何异太常妻。

但是亲人无法牵绊住李白,对家庭的责任也无法束缚他想要出走想要流浪的脚步,妻子许氏死后,李白撇下两个孩子在湖北,自己孤身上路,又开始了他的旅程。

在他快四十岁的时候,机会终于来了。他经人介绍,被引荐给了玉真公主,玉真公主权倾一时,有自己单独的行宫——道观,这个道观甚至比哥哥唐玄宗的皇宫还要富丽堂皇。李白在对待男女之事上,应该属于那种混不论的,无所顾忌不讲究什么矜持的人,因为他在这方面算是没心没肺,根本不把女人当成一回事,女人无法让他伤心,所以在对待女人方面,如果他需要,他完全可以做到游刃有余。总之他跟玉真公主是金风玉露一相逢了。据野史流传的绯闻,当时的李白和王维同时都是玉真公主的男朋友。看李白给玉真写的赞美诗,也都是豪气万千,极尽夸张之能事的。

玉真仙人词

玉真之仙人，时往太华峰。

清晨鸣天鼓，飙欻腾双龙。

弄电不辍手，行云本无踪。

几时入少室，王母应相逢。

玉真公主将李白引荐给了自己的哥哥唐玄宗。唐玄宗很欣赏李白的才华，对待李白在外人看来，称得上是"宠溺"了："以七宝床赐食，御手调羹以饭之"，连皇帝都亲自去迎接他，给他添饭夹菜。李白当时的官衔是"御林待诏"，就是皇帝的文字秘书。唐玄宗经常带着杨贵妃游山玩水、花前月下。在他心情好的时候，会把李白叫来，吟诗作对，李白的地位其实跟宠物没什么区别。李白很苦闷，又不知道出路在哪里，只能借酒浇愁，醉卧石上。杜甫写过李白"天子呼来不上船，自称臣是酒中仙"。

君不见，黄河之水天上来，奔流到海不复回。

君不见，高堂明镜悲白发，朝如青丝暮成雪。

人生得意须尽欢，莫使金樽空对月。

天生我材必有用，千金散尽还复来。

烹羊宰牛且为乐，会须一饮三百杯。

岑夫子，丹丘生，将进酒，杯莫停。

与君歌一曲，请君为我倾耳听。

钟鼓馔玉何足贵，但愿长醉不愿醒。

古来圣贤皆寂寞，唯有饮者留其名。

陈王昔时宴平乐，斗酒十千恣欢谑。

主人何为言少钱，径须沽取对君酌。

五花马，千金裘，呼儿将出换美酒，与尔同销万古愁。

这首《将进酒》就是在这个时期写就的。他在酒中戏梦人生，靠酒

精的刺激来抒发内心的苦闷，据说当时他受宠到什么程度呢，杨贵妃给他研墨，高力士给他提鞋。这样放荡不羁的性格，肯定会招来不少非议和嫉妒，宫廷内斗是李白所应付不来的。

李白后来慢慢厌倦了这个看似光鲜的职业，他为的不是皇帝的宠爱，而是他的赏识和欣赏，为的不是谋求荣华富贵，而是要创立自己的丰功伟绩流芳百世。以他恃才傲物的个性，当然是懒得取悦达官贵人，懒得去公关各种皇族官员内部复杂的关系，于是他断然向唐玄宗提出辞职，唐玄宗"赐金放还"。

玉真公主为此大为遗憾，还跟哥哥面前撒娇，说如果你不让李白回来，我将散尽千金，抛弃公主的称号，从此隐居起来再不见你。唐玄宗没拦着她，她便云游四方，晚年停歇在位于今天安徽的敬亭山修行，李白对她应该是爱慕有加的，否则也不会有这首在他诸多诗歌中极为稀罕的情诗"众鸟高飞尽，孤云独去闲。相看两不厌，唯有敬亭山"。那首《长相思》也是不着一字，尽得风流的情诗，这首诗写得极其深情悲壮，在他的诗歌里也是非常罕见的，他这样自恋自负的天才，生来就是要让世人迁就他的，他这辈子只爱自己，如果爱过一个女人的话，大概就是玉真公主吧。

> 长相思，在长安
> 络纬秋啼金井阑，微霜凄凄簟色寒。
> 孤灯不明思欲绝，卷帷望月空长叹。
> 美人如花隔云端，上有青冥之高天，
> 下有渌水之波澜。天长地远魂飞苦，
> 梦魂不到关山难。长相思，摧心肝。

李白继续开始过他无牵无挂的生活，据说此间他有过两任女朋友，一任是四川刘氏，该女子据说嫌李白不靠谱，把李白抛弃了。李白很忿忿不平，还在诗里骂过她。嫁给李白这样的诗人，就是嫁给了个大爷，估计不仅要照料整天无所事事却心怀伟业的他的生活起居，还要一切都以他为中心,他可以抛下你孤儿寡母浪迹天涯,但是你不能跟他说半个不字,否则他就会写诗骂你。还有一任是位山东女子,李白从皇宫出来后,就跟她生活在一起,把自己的家财房产都交由这个山东女子保管,然后又四海为家去了。李白这样的谪仙,实在不适合当丈夫、父亲,看看他几个孩子的遭遇:"长子伯禽,许氏所生,李白逝世三十年后去世。长女平阳,许氏所生,出嫁后死。次子天然,李白在东鲁时和一女子所生,不知所踪。"

李白最后一任妻子是宰相宗楚客的孙女宗氏,他们认识的过程很有戏剧性,谱写了一曲"千金买壁"的佳话,适合改编成现代言情偶像剧。这一次,李白这个酒鬼又喝醉了,胡乱在墙上涂鸦,无心插柳地写下了著名的《梁园吟》,他未来的妻子宗氏恰好看到了这首诗,甚为喜欢。梁园的管理人员想把这首破坏公物的诗作擦掉,被宗氏制止了。为补偿梁园的损失并且能让李白这首诗存活下来,她不惜花千金将这面墙壁买了下来。宗氏受过良好的家庭教育,知书达理,同时也是道教信仰者,两人就顺利成章地结识、恋爱并且完婚。

安史之乱,玄宗的一个儿子,永王李璘想将李白招致麾下,为自己效命,在平定叛乱的同时,也可以抢先一步夺取皇权。李白本以为是自己实现政治理想的一个契机,可以平定天下扬名立万。但是在这场复杂的政治军事斗争中,李白站错了队,永王战败,唐肃宗在平定安史之乱,拨乱反正之时,将李白流放到了夜郎(今贵州桐梓一带)。不久李白便郁郁而终,终年六十二岁。度过了自己颠沛流离又矢志不渝的一生。

他虽然在现实生活中,在强大的国家机器面前始终是个异类,是个远离权力中心,不被重视的人,但在自己的诗歌世界里,就是宇宙之神,随意拨弄山水,翻云覆雨。

李白的可爱之处,在于他是中国古代世界的堂吉诃德,一生都怀揣着理想抱负,挥洒性情永不停休。李白一辈子的大部分时间都在漂泊,有的是他自愿的,有的是被迫流放。李白终身都在追求的是不朽,他做到了,通过他天才的诗篇,他已经不朽了。

多情和薄情，只在一念间

——元稹的翻手为云覆手雨

"曾经沧海难为水，除却巫山不是云。"谁能想到这首一往情深的诗句竟然是一个在感情上极为自私的男人写就的，这个男人就是元稹。

"白头宫女在，闲坐说玄宗。""不是花中偏爱菊，此花开尽更无花。""贫贱夫妻百事哀"。对于不熟悉文学史的人来说，这些耳熟能详的句子比"元稹"这个名字更有知名度。而在学者那里，元稹这个以艳情诗和悼亡诗闻名于世的人，私德方面可谓声名狼藉。陈寅恪就曾极为刻薄地批评他为"巧婚""巧宦"，翻译过来就是"会结婚，会做官"，讥讽元稹在情场和官场上都很有手段。

元稹八岁丧父，由母亲一手拉扯大，不仅照料他的生活起居，更是亲自教他诗文，令其研读孔孟学说。众所周知，这一学说的核心思想无非是实用主义，这为元稹后来疯狂追求仕途光耀，不气馁不服输，在做官的路上一条道儿走到黑奠定了思想基础。能让他后来在做官婚嫁的路上平步青云，情场官场都很得意，除了他的目标坚定，野心勃勃，手段灵活，头脑聪明（十五岁便考中进士），善巧言艳诗外，其硬件容貌身材也不凡，他的好朋友白居易曾写诗夸过元稹风流倜傥的相貌。元稹和白居易的友谊关系保持了数十年，相比于他对女人的态度，简直称得上忠诚。

  这个从小发奋图强，过目难忘的人，是《红与黑》的于连在中国唐朝的化身，一生都在权力和女人中打转，而且借女人上位。与其他同样情史丰富的浪子不同的是，元稹对于自己想要什么，头脑非常清晰，挑选女人的条件也很高：女朋友玩伴要漂亮的（崔莺莺、刘采春），娶老婆要家世显赫的（韦丛、裴淑），红颜知己要才华横溢名气大的（薛涛），而那个其实各方面条件都不错，但是在身世、容貌、才华上都无法出类拔萃的安氏，则只区区做了个妾。

  王实甫的《西厢记》就是根据元稹与一名叫"双文"（又名莺莺）的女子真实的情史改编的。鲁迅在《中国小说史略》中说："元稹以张生自寓，述其亲历之境。"而最先披露自己这段情史的恰是元稹本人，他为了纪念自己的初恋而写下《会真传》，为王实甫写出那本著名的《西厢记》提供了原始素材，也为后人研究他的八卦情史呈上了有力的证据。

    赠双文

  艳时翻含态，怜多转自娇。
  有时还自笑，闲坐更无聊。
  晓月行看堕，春酥见欲销。
  何因肯垂手？不敢望回腰。

除此之外，他还写有《莺莺诗》：

> 殷红浅碧旧衣裳，取次梳头暗淡妆。
> 夜合带烟笼晓月，牡丹经雨泣残阳。
> 低迷隐笑原非笑，散漫清香不似香。
> 频动横波嗔阿母，等闲教见小儿郎。

这两段诗写尽了崔莺莺的美貌和风情，而且更带有轻微的性意味。再到后来，这种性的描写更加露骨直白，从《会真诗三十韵》可见一斑，被人揶揄为开了后世"身体写作"之先河。

> 眉黛羞偏聚，唇朱暖更融。
> 气清兰蕊馥，肤润玉肌丰。
> 无力慵移腕，多娇爱敛躬。
> 汗流珠点点，发乱绿葱葱。

这名叫莺莺的女子是元稹二十出头，进京赶考的途中相识相爱的，也有一说莺莺是烟花女子，而元稹把莺莺的身世写成是官宦世家，显然是他自己名利至上的价值观驱动的。不管如何，这位元稹的初恋对于元稹最大的魅力，只是来自于性的原始本能驱动。这段感情最后的结果是元稹不仅把自己与女友的床上事曝光，更在对崔莺莺始乱终弃之后振振有词地说："我自顾悠悠而若云，又安能保君皑皑之如雪。"意思是说这个女人是尤物，即使是我不抛弃她，她也会再度与别人发生暧昧，与其是这样的结果，不如让我先结束掉这段感情。这段话透露了两个信息：元稹彻头彻尾的自私，宁可我亏欠女人，也不要女人亏欠我，简直是恋爱界的曹操，曹操说过差不多的一句"宁负天下人，不叫天下人负我"。另一个信息是：这是一句心虚的借口，恐怕连元稹自己都说得底气不足。他对自己的人生目标有着如此清晰的规划，又怎会为了一个一晌贪欢的女子而耽误前程呢？要知道没有任何背景白手起家的艰难，对于家境节节败退的元稹来说，有着格外切身的体会。元稹大概就是最早的"凤凰男"吧。清代诗评家冯班在《才调集补注》里就说："微之弃双文只是疑她有别好，刻薄之极，二人情事如在目前，细看只是元公负她。"而另一位清代诗评家王闿运则说："小人之语，是微之本色。"

元稹结束掉跟崔莺莺的这段情之后，便去了长安，但在长安的考试并不顺利。好在长安就像如今的北京，天子脚下人杂事多，机遇丛生。元稹结识了当时的西安市市长韦夏卿，得到他的赏识，还与市长的女儿韦丛一见钟情，并完成自己人生第一次婚姻。说是一见钟情，想必也是元稹动用了一番自己的聪明才智的。史书上对他们这段婚姻给两人的命运带来的转机显得前后矛盾：一说元稹利用裙带关系坐上了校书的位置，从此飞黄腾达；另一种说法却是，韦丛嫁给元稹之后，生活水平一落千丈，在元稹后来悼念妻子的诗句"贫贱夫妻百事哀"里可见一斑，而且命运很不好，生了七个孩子，最后只存活了一个女儿，可怜的韦丛二十七岁便撒手人寰。这段婚姻持续了七年。联想到后来元稹的两位妻子都早逝，再加上一个自杀身亡的刘采春，让人不得不怀疑元稹命硬克妻，与之有过交好的女人要么被他抛弃，要么早死。

遣悲怀·其一

谢公最小偏怜女，自嫁黔娄百事乖。
顾我无衣搜荩箧，泥他沽酒拔金钗。
野蔬充膳甘长藿，落叶添薪仰古槐。
今日俸钱过十万，与君营奠复营斋。

遣悲怀·其二

昔日戏言身后事，今朝都到眼前来。
衣裳已施行看尽，针线犹存未忍开。
尚想旧情怜婢仆，也曾因梦送钱财。
诚知此恨人人有，贫贱夫妻百事哀。

遣悲怀·其三

闲坐悲君亦自悲，百年多是几多时。
邓攸无子寻知命，潘岳悼亡犹费词。
同穴窅冥何所望，他生缘会更难期。
惟将终夜常开眼，报答平生未展眉。

从某种角度上说，妻子的早逝成就了元稹的诗名，他为此写了一系列情深意切的悼亡诗，并因此被后人记住。但是联想到在妻子韦丛奄奄一息即将撒手人寰，他正和一代名伶薛涛双宿双栖，缠绵悱恻的时候，很难说清他到底这是多情还是薄情。说到底，这还是他的利己主义价值观在作祟，两个我都爱得真切，但我一定会选对我最有利的事和人，我跟妻子自然是有情义的，但对于艳帜高挂的薛涛我没理由拒绝。

元稹和薛涛是中国诗歌界又一对才子才女的组合。元稹是在去蜀地出差公干的时候认识薛涛的，那时候元稹三十岁，而四十一岁的薛涛对元稹来说，是个充满吸引力的御姐——有容貌，有才华，有地位，有阅历。最重要的是他知道以薛涛的聪明和阅历，不会给他以牵绊，他从一开始就是抱着成就一段佳话的轻松自在的心态。而薛涛，再怎么说也是男权社会下，一个无可依靠的女人，加之自己年岁渐长，而且得知元稹妻已病入膏肓，想必对元稹和自己的未来是抱有希望的。元稹赞美女性的方式别出心裁投其所好，对薛涛不仅赞其美貌，更说巾帼不让须眉，她的才华和能力比男人强多了，对薛涛年长自己十一岁的事实也毫不在意，赠诗安抚薛涛"风花日将老，佳期犹渺渺。不结同心人，空结同心草"，言外之意是"我懂你"，薛涛自然将元稹引为知己，几百年之后，张爱玲和胡兰成也重新将这个桥段演绎了一遍。陈寅恪说元稹在用自己的头脑换取女性的芳心，而自己的心则牢牢握在自己的手中。说到底，他最爱的是自己。因为是出差认识的，所以这段婚外情只持续了四个月，然后元稹就回到了长安，又跟妻子生离死别，痛苦悼念一番。他跟薛涛自此之后便是永别。

  元稹的发妻死后，元稹的朋友李景俭念其生活无人照料，便把自己的表妹介绍给了元稹做侧室，这个叫安仙嫔的女人，也在嫁给元稹三年后，生下一个孩子去世了。写到这里，不禁恶毒地想，虽然说人非草木，孰能无情，但安氏的死恐怕对元稹并没有多少触动吧，并非系出名门，也没有倾国倾城的貌，只不过是元稹生活上的陪伴，一个生育工具而已，是元稹生命中一个过客，像一阵籍籍无名的风。

  不知道元稹的生命中有没有感情上的空白，总之他很快又跟裴淑结婚了，裴淑是当时重庆市长裴郧的女儿，他俩的故事简直就是元稹和韦丛的翻版。那个时候元稹三十七岁，薛涛已经在原地等了他七年了。说是翻版，不仅妻子的命运都以死亡收场，而且在裴淑还活着的时候，元稹又利用出差公干的机会开始追求江南名妓刘采春。但同时他也没忘记安抚自己的妻子，"穷冬到乡国，正岁别京华。自恨风尘眼，常看远地花。碧幢还照曜，红粉莫咨嗟。嫁得浮云婿，相随即是家"。他能在不同的女子之间自由切换，他的恋爱不仅没有像其他人一样有痛苦难言和辗转反侧，反而令他平步青云，所以说，他从来没有真正爱过一个女人，对妻子的那些悼念也都是"炫技"，只不过是用诗歌才华满足自己的某种自我欣赏、自我感动的心理而已。

他和刘采春的认识更有讽刺意味的是,刘采春是在他计划要去接薛涛的中途认识的,那时候薛涛已经等了他十年了。认识了美娇娃之后便把跟薛涛的约定抛在了脑后,因为他从一开始对薛涛就没做过任何承诺,去接薛涛也是出于聊胜于无,反正此时没有别人,闲着也是闲着,并且那四个月的美好时光令他想要旧梦重温一下。可是半路杀出个程咬金,刘采春出现在了他的生命里,所以跟薛涛的情缘自然要再放一放了,况且那个时候薛涛已经是五十多岁、退隐江湖的老妇人了,孰重孰轻他一向分得很清楚。他跟刘采春生活了将近十年,完全忘记了薛涛的存在。

元稹五十三岁的时候暴毙家中,野史对他的死有很多说法,其中一种是说他被雷劈死了,可见他的名声之差,差到大家希望他死于横祸。但是元稹毕竟并非大奸大恶之人,除了私生活混乱,他政治生涯的污点最多也是利用权力,取消了与自己有私怨的李贺的考试资格而已。私生活混乱也是那个时代诗人的常态,他为世人所诟病的想必是给自己脸上贴了深情的金,却干了些薄情的事。他被其他男人所嫉妒的也无非是万花丛中过,片叶不沾身,在春风得意马蹄急的风月无边里,一边风流一边清醒而已。

情人别后永远不再来

——白居易一生的心痛

白居易的一生是从清教徒到浪荡子，晚年重返本真，归于寂然的一生。

他从儿童时代就不得快乐，也许是天性使然，也许是环境所迫，总之学习非常刻苦，饱读诗书，因过于劳心费力，导致头发全白。当你读到"离离原上草，一岁一枯荣。野火烧不尽，春风吹又生。远芳侵古道，晴翠满荒城。又送王孙去，凄凄满别情"这首诗的时候，一定不会想到，这首苍凉凄恻的诗是出自一名十六岁少年的手笔。这首诗写尽了宇宙间的本质，长江后浪推前浪，生命一代一代更替，人不能两次踏进同一条河流，逝去的永远逝去了，我们每天都在向自己告别，向时间告别，向身边的亲朋好友告别。所谓向死而生，即是如此。老话说得好，三岁看老。有时候人的气质更多的是天赋，敏感是天赋，多虑是天赋，深沉是天赋，有同情心是天赋，而这些天赋，构成了白居易诗歌的底色。在白居易成年以后的诗作《长恨歌》《琵琶行》《卖炭翁》中更淋漓尽致地体现了出来。

"不得哭，潜别离。不得语，暗相思"，这是白居易写给青梅竹马的湘灵的《潜离别》。湘灵是邻家女子，跟白居易一起长大，两人情投意合。但是在讲究门当户对的时代，他们是无法完婚的，要想冲破社会的阻力谈何容易。尤其当白居易跟母亲提出要跟湘灵在一起的时候，正赶上白居易的父亲去世。白母软硬兼施，一方面告诫白居易自己跟湘灵家庭有等级差别，将来结婚可能要承受经济和社会舆论的双重压力；一方面发动泪海战术，就像惯常的中国家长最愿意使的那招一样，诉述自己养育儿子的辛苦，中年丧夫的凄惨，指责白居易是个不孝子。在中国"忠孝"二字是对一个人最最重要的评价标准，对君不忠要被灭门，对父母不孝则会被群众的唾沫星子淹死。农业文明的国度，一个最重要的特征就是倚老卖老，所以发展缓慢。要知道"老"未必代表有智慧，很可能是越老越糊涂，成为妨碍年轻人自由和创造力的绊脚石。

白居易曾多次向母亲提出要跟湘灵结婚，但是得到的是一次比一次更严重的反对。最后一次，母亲干脆带着白居易搬家，远离湘灵。白居易拗不过，终于带着深深地遗憾跟湘灵分手了。他一边身体上顺从母亲，不跟湘灵再继续谈恋爱了；另一方面，也暗地里用自己的独身，坚决不娶来跟母亲抗衡，作为对她反对自己与湘灵婚事的惩罚。这段感情给白居易带来的是终身的相思和悼念。看看白居易给湘灵写了多少诗，再看看这些题目多么哀婉便可体会他的心情。

邻女

娉娉十五胜天仙，白日嫦娥旱地莲。
何处闲教鹦鹉语，碧纱窗下绣床前。

寄湘灵

泪眼凌寒冻不流，每经高处即回头。
遥知别后西楼上，应凭栏杆独自愁。

这两首诗，一首写了白居易对湘灵的爱慕，湘灵是个天仙般的女子，也是自己的邻居，自己对她的爱慕就像《读你》那首歌词写的一样：

读你千遍也不厌倦,
读你的感觉像三月。
读你千遍也不厌倦,
读你的感觉像春天。
你的眉目之间,
锁着我的爱怜。
你的唇齿之间,
留着我的誓言。
你的一切移动,
左右我的视线。
你是我的诗篇,
读你千遍也不厌倦。

初恋总是这般难舍难分。而另一首《寄湘灵》则满篇凄怆,看这些意象:"眼泪""寒""冻""回头""别后""独自愁",可谓字字啼血,凄风惨雨。

寒闺夜
夜半衾裯冷,孤眠懒未能。
笼香销尽火,巾泪滴成冰。
为惜影相伴,通宵不灭灯。

长相思
九月西风兴,月冷霜华凝。
思君秋夜长,一夜魂九升。
二月东风来,草坼花心开。
思君春日迟,一日肠九回。
妾住洛桥北,君住洛桥南。

十五即相识，今年二十三。
有如女萝草，生在松之侧。
蔓短枝苦高，萦回上不得。
人言人有愿，愿至天必成。
愿作远方兽，步步比肩行。
愿作深山木，枝枝连理生。

白居易这缠绵不绝的思念，"妾住洛桥北，君住洛桥南"跟那首著名的"君住长江头，我住长江尾。日日思君不见君，共饮长江水"所表达的情怀有异曲同工之妙。

冬至夜怀湘灵

艳质无由见，寒衾不可亲。
何堪最长夜，俱作独眠人。

感秋寄远

惆怅时节晚，两情千里同。
离忧不散处，庭树正秋风。
燕影动归翼，蕙香销故丛。
佳期与芳岁，牢落两成空。

寄远

欲忘忘未得，欲去去无由。
两腋不生翅，二毛空满头。
坐看新落叶，行上最高楼。
暝色无边际，茫茫尽眼愁。

生离别

食檗不易食梅难,檗能苦兮梅能酸。
未如生别之为难,苦在心兮酸在肝。
晨鸡再鸣残月没,征马连嘶行人出。
回看骨肉哭一声,梅酸檗苦甘如蜜。
黄河水白黄云秋,行人河边相对愁。
天寒野旷何处宿,棠梨叶战风飕飕。
生离别,生离别,忧从中来无断绝。
忧极心劳血气衰,未年三十生白发。

潜别离

不得哭,潜别离。
不得语,暗相思。
两心之外无人知。
深笼夜锁独栖鸟,利剑春断连理枝。
河水虽浊有清日,乌头虽黑有白时。
惟有潜离与暗别,彼此甘心无后期。

其中《长相思》里那句"愿作深山木,枝枝连理生"应该是后来那首著名的《长恨歌》里那句"在天愿作比翼鸟,在地愿为连理枝"的前身。在三十七岁之前,白居易一直没有谈恋爱也没有结婚。后来在母亲的高压下,终于不得已娶妻,但婚后还是没有停止对湘灵的思念。据说在白居易四十五岁的时候,跟湘灵有一次重逢,当时的湘灵也四十岁了,仍没有嫁人,俩人抱头痛哭一场。白居易是个情深情也长的人,只可惜家有悍母。妻子是同僚杨汝士的妹妹,应该是通情达理的人,白居易跟湘灵的这次重逢,她也在场,但她并没有阻止白居易或者跟他闹,而是给了自己丈夫充分的时间和空间跟初恋相见又告别。白居易对湘灵的思恋一直持续到五十岁。

白居易二十七岁通过乡试，二十九岁再赴长安，考进士，位居第四。三年后又参加吏部"拔萃科"考试，他榜上有名。白居易从此之后，做了三十多年的官。据说他在做官的时候口碑还不错，有忠君爱民的荣誉称号。忠君不用说，一生被贬多次，从未提皇帝一个"不"字，并且对皇帝写诗表忠心，大意是一个人忠诚与否是要通过时间的检验的，总有一天您会知道我对您的一片赤诚。皇帝也算没有辜负他的期望，在他死后，终于幡然醒悟，并给他题诗一首，以表达对他的追思和赞赏。"缀玉联珠六十年，谁教冥路作诗仙？浮云不系名居易，造化无为字乐天。童子解吟《长恨》曲，胡儿能唱《琵琶》篇。文章已满行人耳，一度思卿一怆然。"乐天和居易都是白居易的名号，皇帝的意思是，爱卿白居易的诗传遍天下，大家都在争相诵读你的诗篇，连外国人都钦佩你的才华。越发让我想起你，便一阵怆然。能让皇帝亲自写诗悼念，并且高度承认他的才华，这在历史上并不多见。而且白居易是个乐善好施的人，兼济天下的前提是"达"，即，你得有这个能力帮助别人。

白居易可以说是作家卖文获得财富的典范，连朝鲜人都愿意拿最珍贵的国宝高丽参来交换他的诗，愿意请他题写碑文和润笔的人趋之若鹜，并以此为荣，所以他非常有钱。他当时有钱到什么程度呢？据说他家里有大片的池塘，池塘里停泊着好几艘船，当他跟客人一起泛舟玩耍时，会让家丁准备几百个空囊随船而行，空囊里装着酒肉饭菜，吃完一个就再拉过来一个，跟酒池肉林也差不多了。有钱，又豪爽大方，对下属体贴，让他人缘非常好，广交朋友。据说他被外放到杭州的时候，他把自己在杭州这几年的工资全捐了出来，为杭州政府设立了一个小金库基金，用来调剂"公用不足"的专款特用，这笔钱一直用了五十年。对于某些境遇不好，但又品行高洁的同事同行，他丝毫不吝啬钱财，甚至动辄给对方买一栋房子来安顿。白居易是个做事很妥帖的人，据说他在给别人救济的时候，还要变换方式来保护对方的自尊，比如给别人房子的时候，他不说这个房子是我特意给你买的，他说这房子是我闲置的，闲着也是闲着，房子长时间没人住容易腐坏，不如麻烦您帮我看一看家。

> 七月七日长生殿，夜半无人私语时。
> 在天愿作比翼鸟，在地愿为连理枝。
> 天长地久有时尽，此恨绵绵无绝期。

后世在传诵唐明皇和杨贵妃的爱情时，白居易的这首《长恨歌》一定是一个重要的蓝本。白居易写这首诗的时候，正在盩厔（今陕西县）县城当县尉，离周至县不远的地方有个仙游寺，他闲暇时刻常跟好友去那里踏青喝茶晒太阳，谈古论今。他们谈论起了几十年前发生的安史之乱，谈到了贵妃之死，朋友便鼓动他写一首关于杨贵妃和唐明皇的诗歌，用来纪念这段历史，否则这样的好故事如果没人记录传播，恐怕会失传，那就太可惜了。那时候的白居易还没结婚，也没有后来那样名气大，所以他也只是抱着试试看的心情写下了《长恨歌》。陈鸿和元稹甚至连夜写下《长恨歌传》，为了记录下白居易写就《长恨歌》的这一历史性时刻。《长恨歌》很快就传到了长安，引起轰动，白居易成名了。朝廷封他为翰林学士，相当于皇帝的机要秘书。皇帝对各个领域和行业所做的重大决策，都是咨询他们的专业知识，并通过他们草拟和完善。自南北朝以来，有很多宰相都是从翰林学士进阶而来的。

《长恨歌》实在是中国古代诗歌里叙事诗的一个典范和高峰。

> 杨家有女初长成，养在深闺人未识。
> 天生丽质难自弃，一朝选在君王侧。
> 回眸一笑百媚生，六宫粉黛无颜色。
> 春寒赐浴华清池，温泉水滑洗凝脂。
> 侍儿扶起娇无力，始是新承恩泽时。
> 云鬓花颜金步摇，芙蓉帐暖度春宵。

这段行云流水的白描，把杨贵妃的身世和魅力写得很巧妙，而且白居易应该是品鉴女人的高手，他选择两个特定的场景来展现杨贵妃的妩媚和

娇艳欲滴,"回眸一笑"和出浴之后"娇无力"这两句并非静态地形容,而是活脱脱勾勒出两个香艳的场景,给人以无尽的想象。从这首诗可以看出,白居易对宫廷生活非常熟悉,不管是洗温泉还是承恩泽。这首《长恨歌》是非常具有史料价值的,原因在于它的诸多细节都非常有代表性,没有经历的人,对女性的美不敏感的人也是写不出来的。这首诗细节别致又丰富详实,诗里的元气和感情都非常饱满,娓娓道来。这既是一段佳话,又是一段生动凄美的爱情,这未尝不是白居易对自己爱情的感怀和纪念。如果杨贵妃和唐明皇在世,也一定会非常感谢白居易把自己这段史诗般的爱情写得这般准确贴切。

后来白居易又创作了《琵琶行》。

千呼万唤始出来,犹抱琵琶半遮面。
转轴拨弦三两声,未成曲调先有情。

大弦嘈嘈如急雨,小弦切切如私语。
嘈嘈切切错杂弹,大珠小珠落玉盘。

这两句是《琵琶行》中最为脍炙人口的诗句了。前面说过,白居易非常敏感于捕捉女人的媚态,比如这句"犹抱琵琶半遮面",能使人迅速自行在脑中浮现出一个女人含羞、不甘不愿的情态。这个弹琵琶的女子还没有开始正式演奏,只是闲闲地调试了一下琵琶的琴弦和音准,白居易便从这里听到了一个婉转的故事。这是一个什么样的故事呢?"弦弦掩抑声声思,似诉平生不得志。低眉信手续续弹,说尽心中无限事。"而那句"同是天涯沦落人,相逢何必曾相识"一句,更是对这个女子无限同情,我们都是这个世界上的匆匆过客,都被命运裹挟着徐徐向前,你有你的心事,我有我的过往,我们的命运其实都是一样的,所以才有了"座中泣下谁最多,江州司马青衫湿"。这首《琵琶行》跟海明威的《丧钟为谁而鸣》有异曲同工之妙,"谁都不是一片孤岛,任何人的死亡都是我的一部分在死

亡。不要问丧钟为谁而鸣，它为我，也为你。"白居易的诗在当时非常流行，原因之一，是白居易对于诗作的可读性和易懂性是有严格要求的。他写完一首诗后会拿去给老太太念，如果老太太不懂，那么他就要反复修改到她懂为止，所以他的诗才得以在民间和朝廷广泛流行，甚至远销海外，影响了很多朝鲜诗人。在日本人心中，白居易才是中国唐诗的代言人。"闻有军使高霞寓者欲聘娼妓，妓大夸曰：'我诵得白学士《长恨歌》，岂同他妓哉？'由是增价。"这段记录是记载着当时白居易诗歌的流行程度，连妓女们会背白居易的诗都能让身价高一等，可见白诗的地位和影响。白居易有许许多多的超级粉丝，这些粉丝对他的诗痴迷到什么程度呢？据说有个叫葛清的男子，把白居易的诗刺在身上当纹身，除了脸之外，身上的一切地方都被他纹上了白居易的诗。"若人问之，悉能反手指其去处，沾沾自喜。"他的身体简直是白居易移动的诗篇，而且是最佳的宣传推广，在当时的长安可为一道风景，被称为"白舍人行诗图"。

这种对女性的同情在白居易的诗篇里一直占有一席之地，但是"关盼盼"事件却让人十分费解，觉得白居易简直是杀人于无形的刽子手。

关盼盼是武官张建封的妾，她出身于书香门第，能全篇背诵《长恨歌》，还会跳当年杨贵妃跳的"霓裳羽衣舞"，加上容貌秀丽，很受张建封的喜欢和宠爱。这对父亲早逝、家道中落的盼盼来说，也不失为一种安慰。张建封同时也是白居易的朋友，而且对白居易非常仰慕，白居易来到张家中做客，张定然是要把他奉为座上客，不仅好酒好肉招待，还把自己的妾请出来，令其在白居易面前唱歌跳舞。白居易对盼盼的歌喉和舞姿赞不绝口，并写下了"醉娇胜不得，风袅牡丹花"的诗句，关盼盼也因此艳名远扬。张建封去世的时候，关盼盼还很年轻，其他家丁和妻妾都四散了，盼盼念旧情，便只带着一个仆人，迁居到"燕子楼"居住，在这里居住的时候，她素衣素食，不打扮也很少见客，过着近似于隐居的生活，这对张建封来说，已经是莫大的忠诚和怀念了。

　　白居易的一个朋友听说了关盼盼的事迹后，觉得很是同情和钦佩，便登门拜访。盼盼听说该生是白居易的朋友，很是欣喜，让该生把自己写的纪念丈夫的诗，拿给自己心目中的大诗人白居易看。白居易看完，回赠了一首：

赠关盼盼·其二
黄金不惜买娥眉，拣得如花四五枚；
歌舞教成心力尽，一朝身去不相随。

　　这首诗是说，"想当年张建封老兄把你们这些女人养在家中，给你们衣食，教你们歌舞，让你们过着衣食无忧的生活，现在他人死了，你们却没有一个追随而去的"。白居易说的这简直不是人话，只把女人当成男人的附属物，男人死了女人就该陪葬，这是一种非常无耻的道德绑架。但是关盼盼是个非常要尊严的女子，为了向白居易证明自己对丈夫的忠贞，她在看到这首诗后就开始绝食，一周之后就死了，就跟随丈夫而去了。死之前，关盼盼写了一句"儿童不识冲天物，漫把青泥汗雪毫"用来讽刺和反抗白居易。言下之意是，枉我这么高看你，原来你的智商和情商只相当于一个儿童，黑白不分好赖不识。这位烈女子就这么香消玉殒了，用鲁迅的话说，这吃人的礼教！

　　后人肯定也想不通，对初恋那么长情，对琵琶女那么同情，对皇帝忠贞，对百姓和同僚仁慈义气的白居易为什么会这样不公正地对待一个弱女子，难道那些都是他苦心经营的形象吗？白居易本身是传统礼教的受害者，因门不当户不对，痛失自己的爱人，现在他又要这个弱女子为丈夫陪葬，当年的受害者现在变成了施暴的人。这是白居易永远无法抹掉的黑点，他就这样不负责任、轻飘飘地断送了一个女子的性命，这是无法原谅的，也可以看到他身上的分裂。

晚年的白居易独自居住于洛阳香山。他盛年的时候，家里曾豢养过一批家姬，这些家姬的身份也很多样，有唱歌跳舞的，有写诗作画的，还有专门搞公关的。其中最为有名的是樊素和小蛮，现在流行的"小蛮腰"一词的说法就源自于他的"樱桃樊素口，杨柳小蛮腰"的诗句。也许源于对关盼盼一事的忏悔，白居易在自己风烛残年的时候，把这些贵重的附属物，马和女人都散尽了——马送人了，女人们都给一笔钱财，还她们自由身，让她们寻找自己的出路。其中最让他舍不得的也是樊素和小蛮："两枝杨柳小楼中，袅娜多年伴醉翁，明日放归归去后，世间应不要春风。五年三月今朝尽，客散筵空掩独扉；病与乐天相共住，春同樊素一时归。"樊素和小蛮走了，带走了春天，也带走了白居易的生命力。

纵观白居易一生，似乎真正动情的只有青梅竹马的那个湘灵，前半生的清教徒式的守身如玉，到后半生的酗酒狎妓，如此大的反差，原因如果像有些史料说的那样是因为湘灵，那么失去湘灵后，白居易便再也没有像年轻时那样全心全意爱一个人的能力了，这究竟算是情圣还是爱无能？已经是无人知晓的事了。

此情可待成追忆，只是当时已惘然

——李商隐的寂寞情殇

锦瑟无端五十弦，一弦一柱思华年。
庄生晓梦迷蝴蝶，望帝春心托杜鹃。
沧海月明珠有泪，蓝田日暖玉生烟。
此情可待成追忆，只是当时已惘然。

大概八零后一代人认识李商隐，都是从这首《锦瑟》开始的。能入选语文教科书的标准大多数遵从着"伟光正"的原则，但这首是个异数，不仅在当代语文教科书里是一个异数，在当年恢弘一时，繁花似锦的唐朝诗歌中也是个异数。它被研究者称之为"野狐禅"，甚至20世纪80年代曾名噪一时的"朦胧派"诗人们也推崇李商隐为鼻祖，毫不讳言对这首诗的偏爱。

到如今，谁也无法考证这首诗究竟是为谁而作，在什么样的心情下作的？这是一个陷阱，这是一种诱惑，这是一个千古之谜。它就像是一枚琥珀，从久远时代一直保存到今日，随着年岁久远，越发打磨得精巧圆润，美轮美奂。千千万万的人为之迷思，一生被李商隐这首诗所迷醉的王蒙，曾发出这样的感慨，"它甚至能够产生一种驱动力，使读者继续为之伤脑筋动感情动文字不已。这简直是一种物理学上不可能的荒谬的永动机。"他的诗像一个饱经情事，藏满秘密的女子，越是捉摸不透，似有似无，越是吸引后人前仆后继地沉浸其中，兴致勃勃地解读和把玩。更有后人好事者，把李商隐这首诗的意象腾挪位置，想制造出一种新的氛围和诗意。可是在如此高度凝练和精致的词语迷宫面前，一切模仿、改写、解读都显得极其笨拙可笑。

唐诗是对一个人文学才华最大的考验，对格式的要求毫不妥协，音韵平仄一丝不苟，在方阵里要筑出一片华丽清绝的楼宇，可谓带着镣铐舞蹈。没有捆绑束缚当然能成就文学理想，可是在有束缚的情况下，拼的是凝练的概括，敏锐的表达，奇绝的想象。古代并没有"诗人"这一职业，在今天被我们称为诗人的那些人，写诗只是他们的业余爱好，或是谋取功名的一个手段。就像古代没有专职的书法家是一样的，只要有机会读书，便人手一支毛笔，造化全看个人。在古代，文官的地位比较高，这倒跟现代的美国很像，美国历任总统们基本上都是文官出身，文官势力强大的朝代，其文化必然璀璨，审美较之蛮夷民族也高些。

李商隐被那个时代造就，被那个时代牵绊，被那个时代的洪流裹挟着前行，他这一路走来，不可谓不辛苦。翟永明有一首《在古代》的诗："在古代，人们要写多少首诗，才能变成崂山道士，穿过墙，穿过空气，再穿过一杯竹叶青，抓住你。更多的时候，他们头破血流，倒地不起。"

想必如果李商隐看到这首诗，一定会引翟永明为知己。纵观他的诗句，总是弥漫着一股无法言说的遗憾和浓到化不开的深情，每一句诗后面都难掩一声深深地叹息。他的诗有一种"弥漫的无端之美"，这种美是点到为止，绕梁三日的美。营造了一种说者无意，听者有心的意境。他是那种在刀尖上舞蹈，在苦难上雕刻花朵的天才，他能把那些苦闷，忧愁，悲观，用文字雕琢得如此美妙动人，在精神和感情上的废墟上建造了一座如此瑰丽迷幻的宫殿，令人叹为观止，堪称中国版的王尔德。

　　毫不夸张地说，他是那个时代最伟大的情诗作者。其他很多写爱情诗的诗人，往往以一种玩赏的态度来对待女子及其爱情生活。李商隐的爱情观和女性观在当时是非常前卫的，他以一种平等的态度，从一种纯情的朦胧的，艺术化的角度来写爱情、写女性。史上流传下来的资料对李商隐的情史几乎没有记载，他不像那些有名的放浪形骸，对酒当歌，沉醉于莺歌燕舞温柔乡的性情诗人那样，有那么多供后人津津乐道的八卦和艳遇可谈。情诗写得如此之好，之寂寞，之深情，他著名的情史也只有三段，他对每一段都倾注全部心力和感情，是个爱情至上主义者。

　　他的人生是落寞的。十岁时，父亲死于浙江幕府，小小年纪的他跟随其他家人又回到老家河南，那个群雄逐鹿的地方。在古代，夫和父就是天，所谓的天，更大的含义是指家中的所有经济来源。只有经济独立才能真正的人格独立，像李商隐这样的诗人，生性必定敏感孤高，却不得不接受亲戚的救济，看人脸色，在夹缝中求生存。因为是长子，为了承担起家族的重担，他早早的为了生计给别人抄书挣钱，补贴家用。从李商隐的情诗里可以看出，他不像同时期的其他诗人如温庭筠、杜牧那样轻薄，把亲近女人作为一种风雅和虚荣。李商隐是重情义的，他对女性不是玩赏，而是发自内心的爱恋，欣赏，真正付出感情。

无题

八岁偷照镜，长眉已能画。
十岁去踏青，芙蓉作裙衩。

> 十二学弹筝，银甲不曾卸。
> 十四藏六亲，悬知犹未嫁。
> 十五泣春风，背面秋千下。

从这首诗的可以看出，李商隐是个极为尊重女性呵护女性的人，这首诗几乎浓缩了一个女性的一生，也许是为自己的妹妹所做，也许是为自己的初恋情人所作，总之是饱含同情。异曲同工的，台湾音乐人黄舒骏写过一首《你》的歌曲，里面表达的对女性的人文关怀，与李商隐同出一辙。

> 亲爱的你是否记得自己曾是怎样的少女？
> 是否记得自己曾是多麼羞涩多麼纤细？
> 什麼时候开始收集寂寞的诗句？
> 什麼时候开始用日记细细编织你的忧郁？
> 什麼时候开始陷入琼瑶设下的陷阱？
> 什麼时候决定今生只有一支恋曲？
> 你像一朵静静的睡莲，
> 认真等待别人来获取芳心。

李商隐有据可查的情史有三段：与女道士宋华阳的恋爱仙梦、与柳枝姑娘的难圆情缘、与"元配夫人"的生死爱情。

十六岁，正是情窦初开的时候，李商隐到玉阳山学道，大约三年的时间，他一直住在这里。东山是男道士的居所，西山住着女道士，在李商隐的眼里，西山最美的女子是宋华阳。宋华阳是侍奉公主的侍女，后随公主修道。她聪明伶俐，年轻漂亮，同样的智商，同样的情怀，同样的年少美好，"金风玉露一相逢，便胜却人间无数"，如同言情电视剧中，男女主角必定要相逢并堕入情网，他俩很快相恋了。即便是唐朝，也不容许这样的恋情发生，很快，李商隐被驱逐下山，宋华阳随公主回到宫中。两人饱受相思之苦，只好书信往来。

无题

相见时难别亦难，东风无力百花残。
春蚕到死丝方尽，蜡炬成灰泪始干。
晓镜但愁云鬓改，夜吟应觉月光寒。
蓬山此去无多路，青鸟殷勤为探看。

据说直到晚年，二人还有来往。

二十三岁，李商隐开始了和同时代其他男性一样的命运——进京赶考，当时的他宿在了洛阳西郊，在那里遇到了"柳枝"姑娘，李商隐对柳枝姑娘一见钟情。柳枝的父亲曾是洛阳当地一方富贾，所以柳枝从小接受了良好的家庭教育，琴棋书画样样精通。古代文武双全的女子大概就是她这样的——文能吟诗作赋，武能弹琴咏歌。世界上没什么能阻挡两个青春无敌的人相爱，于是他们以诗为媒，开始了一段心心相印的感情。柳枝为李商隐的才华所倾倒，两人"断带为盟"，约好再相逢。然而李商隐却因朋友的作弄误了约定。在古代，通讯如此不发达，一时离别很可能就是终身离别。等到李商隐再去找柳枝的时候，柳枝已经"老大嫁作商人妇"了。可以想象，李商隐简直要抱憾终身，他对柳枝情深如此，甚至直接用柳枝的名字来命名一首诗。

柳枝词五首

花房与蜜脾，蜂雄蛱蝶雌。
同时不同类，那复更相思？

本是丁香树，春条结始生。
玉作弹棋局，中心亦不平。

嘉瓜引蔓长，碧玉冰寒浆。
东陵虽五色，不忍值牙香。

柳枝井上蟠，莲叶浦中干。
锦鳞与绣羽，水陆有伤残。

画屏绣步障，物物自成双。
如何湖上望，只是见鸳鸯。

文学的局限性正在于此，任你写得天崩地裂玉石俱焚肝肠寸断，一叹五百年，也只是抒情，改变不了任何既成的事实。

无题
昨夜星辰昨夜风，画楼西畔桂堂东。
身无彩凤双飞翼，心有灵犀一点通。
隔座送钩春酒暖，分曹射覆蜡灯红。
嗟余听鼓应官去，走马兰台类转蓬。

第三段跟发妻王氏的爱情，更表明李商隐是个爱美人不爱江山的情圣。早在父亲早亡，自己要靠抄书换取家用的少年时代，李商隐结识了令狐楚，令狐楚欣赏他的才华和品格，教他写诗做文章，视他如己出，待他如师如父。但李商隐却最终选择了令狐楚政治对手的女儿为妻。婚后二人清贫，为了前程和家庭责任，李商隐不得不一次又一次跟妻子告别，奔赴远方寻求立锥之地，实现理想抱负。在他三十八岁这年，妻子终于等不到他回家了。入仕途这十年来的奔波劳碌，丝毫没有换取地位的提高，妻子在相思等待中病逝。生存的艰辛，生命中的失去和离别，幻灭和虚无，简直是百感交集。即便如此，李商隐在写诗给阴阳相隔的妻子时，你也会察觉到他的隐忍和节制。这种节制和隐忍，不仅仅是才华天赋，更是人品修养的象征，李商隐是个高贵的人，他知道命运无常，人生多舛，好时光不会永远延续下去，因此，在能爱的时候用力地爱，在爱人逝去的时候，他选择内敛的方式来表现他的哀思和追忆。

刻意伤春复伤别
——杜牧的浪人情歌

杜牧对自己的家世是引以为傲的,他曾毫不掩饰地写出"旧第开朱门,长安城中央。第中无一物,万卷书满堂。家集二百编,上下驰皇王"的诗句。他的家族是政治和文学世家,远祖是西晋著名政治家和学者杜预,曾祖是唐玄宗时代著名边塞名将、军事家杜希望,祖父是中唐著名政治家和历史学家杜佑,而且连任三朝宰相,是一代大学者。他受过良好的家教,据说杜牧从小不仅熟读《孙子兵法》,而且注释了《孙子》,著名的《〈孙子〉十家注》,杜牧按时间顺序列第四家,对历史和政治军事有浓厚的兴趣，家人对他的教育不仅在头脑上，身体上也让他习武让他健壮，杜牧小时候的这种教育，类似于古希腊的那种"文明其头脑、野蛮其体魄"的理念。

有这种童年打底子，这种贵族式的教育方式，无论将来际遇如何，至少都会给他的人生奠定一个心理上富裕的基础。可以想见，受这种教育长大的男子，文武双全，体格健壮，经常运动给人造成性格上的正面影响是不言而喻的，他是自信而开朗阳光的，他的聪明也不是鸡贼似的，而是光明正大、远见卓识。对待女人想必也是慷慨大方、善解人意的（这是他后来女人缘很好的一个原因）。总之，这种教育不论主观还是客观，都把他往一个世家贵族、翩翩公子上面引导。

他的童年过得富裕而快乐，这个童年给他的影响是深远的，从后来的《樊川文集》中可以看出，樊川是他从小生活过的地方，位于长安之南，空气清新、草木郁郁葱葱，亭台楼阁曲径通幽，是个既处于市中心，又闹中取静的一个"世内桃源"，可见杜牧祖上是很富庶又有格调的。杜牧在这里度过了一个快乐的童年。好景不长，祖父和父亲相继去世，家道中落，家里便变得异常贫困，"食野蒿藿，寒无夜烛"。但是杜牧的爱好没有变，一转眼他二十岁了，经史文典无一不精通，对军事有丰富而独到的见识。作为一个读书人，为了光宗耀祖，为了个人价值的体现和发挥，他也不可免俗地走向科举考试之路。

当年杜牧的才华早在考试前就闻名遐迩，甚至有贵人相助。当时在洛阳主持科举考试的是崔郾，他前往洛阳之前，受到隆重的礼遇，门前车水马龙，官员纷纷大设宴席，前来送行。这时候杜牧的贵人出场了，他的出场跟古代某一位神仙张果老一样，都是倒骑着毛驴出场。这位贵人是吴武陵，是柳宗元的老朋友，地方名流，德高望重，说话还是很有分量的。崔郾见贵人来了忙起身相迎，吴老先生也不客气，便开门见山，直抒胸臆，大意是说，你崔先生现在风华正茂，正是为朝廷效力、选拔人才的大好时光。不比我这种老朽，再也无法像你们有为青年一样，建设国家、造福人类了。但是呢，就算是快要燃尽的蜡烛，也要有一点余晖不是，我就本着为朝廷好的心愿，向你推荐一位人才，这位人才就是杜牧，他的《阿房宫

133

赋》写得相当好，不如我马上就给你朗读一遍吧。古代人有古代人彰显自己的方式，这位吴老先生的方式很可爱，他声情并茂地当着众多官员的面，把杜牧的文章朗读了一遍。崔郾听后也觉得确实好，吴老先生便趁机说，他写得这么好，不如把他录取为状元吧。崔郾面有难色，说状元已经内定了，而且前四名都被内定了，实在要给他个名次，就只能是第五名了。

就这样，杜牧有惊无险，在重重的考场黑幕下，得贵人相助，考取了个进士。所有这些唐诗名家里，杜牧是最适合走科举之路的人。科举之路就是给读书人一个做官的机会，做官是为了搞政治，政治就是军事、人文、公共生活的综合体。要当政治家，文采固然重要，但那实属锦上添花，文学才华跟治国能力没什么关系。让曹雪芹去当政治家是可怕的；当然，奥巴马如果文采出众，那将是一段佳话。杜牧跟其他那些诗人不同，他不仅文学才华出众，在政治、军事和历史上，都有自己的见解，他是做过知识储备的，他的兴趣点就在这里，所以他是历任大诗人里，最适合走仕途的人。

二十岁由名流推荐而进士及第，对踌躇满志的杜牧来说是种荣耀，那时候他年轻，还没像后来那样看破唐朝帝国已经无法避免地走向衰落，再无辉煌之时了。"东都放榜未花开，三十三人走马回。秦地少年多酿酒，却将春色入关来"。这是杜牧的可爱之处，他的喜悦有"春风得意马蹄疾"的轻松感。他从来不是个沉重的人，即便后来他的天才让他洞悉时代的最终结局，但他也没有做苦口婆心、痛心疾首状，仍然不失清丽的气质。

他的政治能力是超群的，既没让力荐他的吴武陵失望，也没让朝廷失望。他不仅有才华，而且是尽职尽责的。如前所述，他曾细致地研究过孙子，写过十三篇《孙子兵法》的注解。也写过很多议论当前政治问题、向朝廷献策的文章，对如何平定战乱也很有计谋和经验，他的平息战乱的一次计策曾被宰相李德裕采用，大获全胜。可惜个体再有才华，也无法逃开时代的局限性。那时候正值朝廷末年，就像一辆破车命定要驶向悬崖的边缘一样，这是历史的车轮，谁也无法阻挡。坐在这个车上的人无论多有才华，放在历史长河中看，也不过是跟破车一起下滑而已。这种才华是不足以力挽狂澜的，这种气数已尽是上帝和宇宙的旨意，人又如何能反抗得了呢？杜牧对这一点应该是非常清醒的，常读史书，又身处政治战场的第一线，不会不知道这个时代的境况和自己的局限性，他知道自己虽然能在局部尽一点力，但最终也只是在一个千疮百孔马上要溃烂的衣服上修修补补而已，唐朝气势江河日下，杜牧又怎能力挽狂澜呢？这种悲痛如同受了天启，提前洞悉了某种悲剧的命运一样，动弹不得，便只能将注意力转移到饮酒、作诗和温柔乡里。在此期间，他写了大量为后人所传诵的诗歌。

泊秦淮
烟笼寒水月笼沙，夜泊秦淮近酒家。
商女不知亡国恨，隔江犹唱后庭花。

江南春
千里莺啼绿映红，水村山郭酒旗风。
南朝四百八十寺，多少楼台烟雨中。

这两首明显是在哀悼即将没落的王朝，这两首从情绪上来说，前一首是哀，后一首是哀过之后的看清世事，用时光的眼睛来看待一个王朝的衰败。这些诗即使背后弥漫着一股挥之不去的忧愁，但绝不痛哭流涕。大地上的事情就是这样一代一代，代代更替，只有四季长存。

在报国无门的情况下，杜牧开始借酒浇愁，沉沦于风月之中，将自己的生命交付于青楼的温柔乡和酒精的麻醉中。"借问酒家何处有，牧童遥指杏花村"，俨然一个酒鬼投胎的样子，即便在清明节这样一个大家都忙着祭拜先祖的时刻，路上都是雨和断肠人，他也要喝酒。从他一些诗里，感到杜牧简直比李白还厉害，几乎每时每刻，不管何种心情，都在酒中泡着。"高人以饮为忙事"，"但将酩酊酬佳节"，"半醉半醒游三日""一世一万朝，朝朝醉中去"，"乞酒缓愁肠，得醉愁苏醒"这些写酒的诗句中，如果前三句只是说杜牧爱好饮酒，那么后两句，则清楚地表明，杜牧这是买醉，是找酒喝。凡是找酒喝的人，都是内心怀着无法与外人道的巨大的悲伤。用酒精麻醉自己是忘掉世事、放松解脱的一个最快最省事的途径。

与此同时,他写下了大量的风月诗。

东风不与周郎便,铜雀春深锁二乔。

一骑红尘妃子笑,无人知是荔枝来。

十年一觉扬州梦,赢得青楼薄幸名。

二十四桥明月夜,玉人何处教吹箫。

这些诗里的"青楼""明月"也好,"妃子""玉人"也好,都并非实指,只是一种象征,美丽易逝之物的象征。"十年一觉扬州梦,赢得青楼薄幸名",是自况,也是自嘲。对他来说,"青楼"和"酒精"是同义词。

张好好是他"十年一觉扬州梦"中第一个让他动心的女人。张好好是湖州名妓,他们是在南昌沈传师的府上相识,据说张好好是个萝莉,只有十三岁。不知道张好好对杜牧是怎样的感情,反正杜牧对能歌善舞、面容姣好的张好好是倾慕有加。沈传师已将张好好纳为妾,杜牧也只能望洋兴叹。而且也许,杜牧根本就不想占有张好好,作为一个美丽的少女,就像清新的花朵,我只要看到你的美丽绽放就好了,不需要折回家放在案头天天把玩独占。离别时分,杜牧给张好好赠了一首诗。

娉娉袅袅十三余,豆蔻梢头二月初。
春风十里扬州路,卷上珠帘总不如。

看得出,这是一次愉快的相逢。杜牧并没有因为张好好是他人的妻妾便缩手缩脚,也没有过分遗憾,只是如实地抒发对这个少女的赞美之情。

造化弄人,杜牧再一次遇到张好好的时候,她已容颜渐老,沈公早逝,而好好的身份因是歌姬,无法被沈家人接纳,从此无依无靠,流落街头，后来成为街头卖酒的妇人。这次的重逢给杜牧带来深刻的震惊，他不仅写下了在文学上足以流传百世的《张好好诗》，可以媲美那些著名的史诗《琵琶行》《长恨歌》。而且其一气呵成、万分感慨的情怀，让他写这首诗时的墨宝，后来成为传世之作的国宝，后来的宋徽宗、袁世凯、溥仪都在这首真迹上盖过印章做鉴定。明代董其昌更是站在书法家的角度大赞这首作品"气格雄健，与其文章相表里"。"豪而艳"是最能准确体现杜牧诗歌风格的形容词。还有人说"如铜丸走坂、骏马注坡，谓圆快奋急也"。杜牧诗歌的气质跟书法是一脉相承的，可见他是个表里如一的人。他的诗和书法都像是一个矫健的人从山坡上奋力冲下去一样。《张好好诗》这首书法作品的字里行间、走笔运气无一不隐含着巨大的遗憾和感慨，还有深深的同情，一种对命运无常彻骨的感慨和哀叹。书法比文章更能体现一个人的"心迹"，所以杜牧是个飞扬的，同时将大情怀藏于心间的人。

张好好诗

君为豫章姝，十三才有余。
翠茁凤生尾，丹叶莲含跗。
高阁倚天半，章江联碧虚。
此地试君唱，特使华筵铺。
主公顾四座，始讶来踟蹰。
吴娃起引赞，低徊映长裾。
双鬟可高下，才过青罗襦。
盼盼乍垂袖，一声雏凤呼。
繁弦迸关纽，塞管裂圆芦。
众音不能逐，袅袅穿云衢。
主公再三叹，谓言天下殊。
赠之天马锦，副以水犀梳。
龙沙看秋浪，明月游东湖。
自此每相见，三日已为疏。

玉质随月满，艳态逐春舒。
绛唇渐轻巧，云步转虚徐。
旌旆忽东下，笙歌随舳舻。
霜凋谢楼树，沙暖句溪蒲。
身外任尘土，樽前极欢娱。
飘然集仙客，讽赋欺相如。
聘之碧瑶佩，载以紫云车。
洞闭水声远，月高蟾影孤。
尔来未几岁，散尽高阳徒。
洛城重相见，婥婥为当垆。
怪我苦何事，少年垂白须？
朋游今在否？落拓更能无？
门馆恸哭后，水云秋景初。
斜日挂衰柳，凉风生座隅。
洒尽满襟泪，短歌聊一书。

  从文学角度看，这也是一首具有"一个陌生男人的来信"气质的诗，这是一首对美丽凋零的挽歌，是最后一次在诗里，杜牧把张好好重新爱过一遍，将她的美回顾了一遍。

  无独有偶，当时像张好好一样命运曲折的还有一个著名的女子叫杜秋娘。杜秋娘是官妓的私生子，从小被父亲抛弃。但杜秋娘出落得容貌娇美，兰心蕙质，跟其他官妓一样，都有一手绝活。她除了被杜牧写进诗里纪念，另一个令她流芳千古的事情就是她十五岁时创作的《金缕衣》。

  "劝君莫惜金缕衣，劝君惜取少年时；花开堪折直须折，莫待无花空折枝"。这首歌打动了一位李姓将军李锜，将她纳为妾，没有几年，李锜便死于战乱，杜秋娘便被充公为奴，继续当歌舞妓。《金缕衣》又一次改变了她的命运，唐宪宗听到她唱的《金缕衣》之后，也立刻爱上了她，将她封为秋妃。唐宪宗颇为宠爱杜秋娘，两个人无话不谈，从诗歌音乐到国家大事，才貌双全的秋娘，不仅有容貌，也有头脑，宪宗凡事爱找她商量，因其理性仁慈，见解独到。据说两个人好到什么程度呢，有大臣向皇帝进谏，说您治国有方，也该犒劳一下自己了，不如再招一批妃子吧？宪宗却回应到"我有一秋妃足矣"，能够这样牢固地占据着一个皇帝的全部身心，杜秋娘的魅力可见一斑。宪宗死后，杜秋娘在政治斗争中失利，被贬为平民，其实这对她来说，也并非多么悲惨的结局。

但因其容貌和事迹辉煌一时，所以当年老色衰，穷困潦倒的时候，会格外引起诗人的同情，尤其是杜牧这样怜香惜玉的。

开篇就将杜秋娘狠狠赞美了一顿：

> 京江水清滑，生女白如脂。
> 其间杜秋者，不劳朱粉施。
> 老濞即山铸，后庭千双眉。
> 秋持玉斝醉，与唱金缕衣。

据说这首《杜秋娘诗》在当时引起巨大轰动，因为杜秋娘的名气，再加上杜牧的才华。就好比如果当年的鲁迅为阮玲玉写一首诗的话，那肯定也算是文化界的一桩盛世，一定会引起民间的议论和轰动。其实这些诗都是表达他对韶华易逝和似水流年的感叹。杜秋娘和张好好在杜牧眼里，都是生命之美的化身，是这个世界上美好的东西，而她们的美丽逐渐逝去，便是一种悲剧，悲剧就是把美好的事情毁给你看。

杜牧的这些对女人的赞歌，只是纯文学意义上的，但真正让他动心的据说也是个萝莉，一个十三岁的小姑娘。这段浪漫史同样也是发生在"十年一觉扬州梦"里的。杜牧听闻湖州美女如云，便前去游玩，湖州刺史崔君素仰慕杜牧才华，便尽地主之谊，对杜牧盛情款待。崔君素知其浪子本性，从不讳言热爱美女，便把湖州的所有美女叫出来给杜牧过目，但是杜牧对这些妓女们都不满意，他想起了一个点子，在湖州江边搞一场盛大的划船游戏。那时候民间娱乐生活匮乏，一旦有这种大规模的同城活动，必定会引起所有人倾城出动围观的。那时候就在全城的女人中挑选岂不是更全面，美女一个都不会被漏掉。但是杜牧马不停蹄地挑了一天也没有合意的人选，就在活动即将结束的时候，有个老妇带着一个女童姗姗来迟，立刻吸引住了杜牧的眼睛，杜牧认为这才是真正的国色天香，就对老妇说，希望能让这个小萝莉等自己十年，十年之后自己定会来湖州做官，那时候将风光迎娶她。如果超过十年，她可自行嫁人。但是事与愿违，直到十四年后杜牧才被调到湖州，等他再千辛万苦地找到当年的意中人时，姑娘已经嫁人了，毕竟过了十年期限。杜牧无奈，只能写诗聊以自慰。

叹花

自是寻春去较迟，往年曾见未开时。

如今风摆花狼藉，绿叶成阴子满枝。

看这些诗的时候，无法忽视这样一个事实，就是杜牧占有女人的心并不强烈，就像对这个小姑娘，他完全可以将小姑娘带走，跟随在自己的身边，等她成年之后再跟她做夫妻。但是他并没有这样做，他这种十年之约，倒更像是一种浪漫的感情契约游戏，结果不重要，重要的是过程好玩有趣。杜牧对女人从审美上其实非常挑剔，他一爱萝莉，二爱瘦子。不仅爱瘦子，还经常揶揄讽刺胖子。"盘祖当时有远孙，尚令今日逞家门。一车白土将泥脸，十幅红绡补破裈。瓦棺寺里逢行迹，华岳山前见掌痕。不须啼哭愁难嫁，待与将书问岳神。"意思说人家胖姑娘擦脸用的香粉得一车泥那么多，一条内裤要废十丈红布。这种调皮的刻薄即便是非常过分，但也实在对他讨厌不起来。

在这种不拘小节的浪荡不羁背后，是一颗容易触景生情的伤感之心。与杜牧同时代的李商隐，曾赠送过他两首诗：

杜司勋

高楼风雨感斯文，短翼差池不及群。

刻意伤春复伤别，人间惟有杜司勋。

　　　　赠司勋杜十三员外
　　杜牧司勋字牧之，清秋一首杜秋诗。
　　前身应是梁江总，名总还曾字总持。
　　心铁已从干镆利，鬓丝休叹雪霜垂。
　　汉江远吊西江水，羊祜韦丹尽有碑。

　　其中那句"刻意伤春复伤别"是点睛之笔，是李商隐对杜牧精神内核的概括。这两个人是晚唐诗歌界熠熠生辉的双子星座，被人并称为"李杜"，为区别盛唐"李（白）杜（甫）"，又称"小李杜"，李商隐是节制内敛的，而杜牧则是奔放轻快的。也许只有写诗的人才更有资格评价同行的诗，从这两首诗中，李商隐对杜牧的惺惺相惜之情跃然纸上。在"伤春伤别"上，李商隐显然更有发言权，这也是他的生命和诗歌主题之一，而像他这种含蓄内敛的人把这种溢美之词毫不保留地奉献给杜牧，可见杜牧确实是天才，他的才华照耀到了同时代另一个天才的眼睛，这是一种更高层次的承认和恭维，无论是从诗歌地位还是诗歌才华，都是如此。杜牧有李商隐这样的知己，是一种幸运。

　　李商隐评价杜牧诗歌的核心精神"刻意伤春复伤别"，这里的"刻意"并非是故意、矫揉造作，或者为赋新词强说愁的那种刻意，而是"此中有深意"的意思。是"忧愁风雨"，是此中有真意，是把忧国忧民埋藏在风花雪月和柔情蜜意中。这种深意是天才的一种洞察力，也是一种预言式的朦胧的启示，是一种深刻的寂寞。

　　据说杜牧死前已经预感到自己大限将至，便闭门在家专心撰写自己的墓志铭，也许他预感到自己将是在晚唐尾巴上划过的一颗璀璨的流星，预感到自己将被载入史册，于是将生前自认为写得不好的文章一一焚烧，仅仅留下百分之二十。墓志铭一扫杜牧"豪而艳"的文风，笔法朴实而谐趣，几乎无任何文采和玄机可言。这是一个至死都宁可扮演谐星，也不将自己真正的悲凉示人的人。

痴情才女的千古绝唱

越写越寂寞

——李清照,浪漫的才女生涯

李清照的存在,可以看做是造物主对她的格外恩宠。她的前半生可谓一帆风顺,后世的林徽因有点像她,都是从小在名人堆里长大,有着得天独厚的教育环境,而且先天条件极好,聪明、有天赋。她从小被捧为掌上明珠,出生的时候,父亲李格非已经三十六岁。人到中年才获得自己的第一个孩子,从本能上来说,不管是女儿还是儿子都值得惊喜和宠爱。李格非思想开明、性情豁达,对这个女儿视若珍宝,更何况李清照一生下来就长得眉清目秀,大了之后更是聪明伶俐。

看一看小时候李清照家里,来往的都是什么人吧:李清照的父亲李格非是苏东坡的学生,秦桧的老丈人是李格非的亲哥哥,也就是说,秦桧是李清照的堂姐夫。母亲是状元王拱宸的孙女。从小,父亲便带着李清照在这些达官贵人之间来来往往,他们之间谈论政事和文学诗词,李清照也都可以在一边旁听,谈笑有鸿儒,往来无白丁,再加上漂亮,李清照在很小的年纪,就在上流文化圈里以名门闺秀的身份颇有名气了。宋朝相对于唐朝,妇女地位急剧下滑,开始崇尚女子无才便是德,在那个气候下,李清照的父亲并没有当一回事,没有像其他父母那样,让李清照做一个规规矩矩的女孩,学学绣花做饭什么的,而是任由女儿的天性自由发展。李清照

的童年过得无忧无虑，造成了她不拘小节、没心没肺，甚至迷迷糊糊，有点二的性格。

她没有受过来自于父母的道德上的约束和禁忌，因此，她的本性得以完全流露在诗词中。比如这首少女时代写就的《点绛唇》：

蹴罢秋千，起来慵整纤纤手。露浓花瘦，薄汗轻衣透。
见客入来，袜刬金钗溜。和羞走，倚门回首，却把青梅嗅。

这首词基本上就是在白描自己的少女时代，秋千这一物件象征着少女的浪漫情怀。家里设有秋千，说明父母疼爱女儿，这样被捧在手掌心呵护长大的女儿自然拥有做梦的权利，和比寻常女子更善思春的天性。而且李清照在这首诗里，展露出其骨子里明眸善睐、万种风情的小女人情怀。这一系列有关少女动作和衣着的描写，彷佛展开了一个电影长镜头，充满了故事情节和浪漫情怀：少女穿着柔软的裙装荡秋千，一阵风吹过，衣袂飘飘，少女停下秋千，活动了一下纤纤小手，这时才发现自己的衣服已经透出了微微香汗。此时察觉有男子到来，含羞躲到一边，却并没有真正离开，只是依门回首，假装在闻花香，其实是在欲拒还迎地暗暗打量这位男子。这种风情其实也是一种天赋，面对异性该用什么样的语态和反应，每个人的应对情况都不相同，心里有风情是一回事，能把这些风情恰如其分地释放出去，让对方愉悦地接收到信号，是另一回事。风情各异的女人各有各的招数，这就构成了"风情万种"的每一种。一眼望去，这首诗道不尽的活色生香，薄、透、露、金钗、青梅，无限娇羞地回首，软、糯、香、滑的少女气质跃然纸上，一个成年男子恐怕是很难抵御这样的媚态，前提是这个少女长得漂亮。

李清照可不是史书里记载的端庄温良恭俭让的淑女，那只是她的身份和表面给人的印象而已。她的父亲李格非并没有纯粹把她当女儿养，而是放任她的天性，养成了她不羁的性格和口无遮拦的个性。她自己曾写过一篇重要的诗词研究《词论》，在这篇文章里，李清照把宋朝历届的大文学家，无论多著名，或者跟她家的渊源多么深厚，她一个都没有放过，洋洋洒洒近千言，把这些文豪全部批评了一遍，这份文豪的名单包括：柳永、晏殊、欧阳修、苏轼、秦观、黄庭坚……她的"二货"精神完全淋漓尽致地表现了出来——柳永，词语尘下，太俗。张先、宋祁，"虽时时有妙语，而破碎何足名家"；跟自己的家世有渊源的长辈也不放过：晏殊、欧阳修、苏轼，这三者的关系是，晏殊是欧阳修的老师，欧阳修是苏轼的老师，苏轼是李清照父亲李格非的老师。李清照批评他们虽然学问无人能及，但是写的词却不好，他们写得并非真正意义上的词，只是把诗切割成长短不一，组合在一起而已。说苏轼的不符合潮流，因为描绘的多是壮志豪情，跟当下市井生活相去甚远。对于王安石，她用了极为尖刻的评价"若作一小歌词，则人必绝倒"，类似于人类一思考，上帝就发笑，王安石一写词，人类就发笑。批评写"两情若是久长时，又岂在朝朝暮暮"的秦少游，"譬如贫家美女，终乏富贵态"。李清照提出过词"别是一家"的观点，意思是说，词和诗、文，都无法混为一谈，因此评判标准也各不相同。词是音乐性的，是要跟音乐结合在一起，唇齿相依、相得益彰的。

　　这其实算是第一个把宋词独立于诗歌之外的观点，让宋词和诗歌的地位并驾齐驱，意即，宋词的地位并不比唐诗低下，所以判断宋词写得是否好的标准也该独树一帜，也不是用唐诗的标准来判断宋词，是两套标准而已，并无伯仲之分。写诗当然可以天马行空，但是写词，就是在既定的曲调里填写歌词，不能说哪个更自由，各有束缚的标准而已。用这个标准来看，被她批判的那些大家们也不算冤枉，当然，毕竟标准是她定的嘛。

　　李清照在十八岁的时候嫁给了二十一岁的赵明诚，这是最好的年纪。赵明诚是当朝宰相赵挺之的儿子。赵明诚从李清照年轻的时候就是她的粉丝，因为她在上流文化圈子是有一定名气的，这些高官之间必然是相互关注的。上帝在他们年轻的时候对他们是多加眷顾的。元宵节赏花灯，赵明诚结识了李清照，他原本早就读过了李清照的诗词。读过之后，便有所牵挂。等今日见了李清照真身之后，更加一见倾心，决心娶她为妻。回家之后，赵明诚以非常委婉的猜字谜的方式向父亲提及此事，他给父亲写了十二个字"言与司合，安上已脱，芝芙草拔"，意即"词女之夫"。赵挺之倒也开通，马上便派人去向李格非提亲。

而李清照也早已暗中相中赵明诚，两个人幸运的一点是，家庭背景相似，算是标准的门当户对，因此虽然先是暗许芳心，但还是可以走媒妁之言、父母包办的程序，两个人就这样顺利结婚了。一开始的婚后生活是甜蜜的，赵明诚能娶到这样的妻子，想必他也很开心，李清照明眸善睐，又懂风情，喜欢玩恋人之间卿卿我我、小打小闹的小把戏，又跟他志同道合，文学上的造诣甚至超过了他。李清照的词从时间上可以划分为两个阶段，这两个阶段又恰好是两种截然不同的风格。前一个阶段，是她跟赵明诚锦瑟和鸣的婚后生活，这一类词带有浓浓的女人味儿和小资情调。

"绣幕芙蓉一笑开，斜偎宝鸭亲香腮，眼波才动被人猜。一面风情深有韵，半笺娇恨寄幽怀，月移花影约重来。"这首应该是她和赵明诚刚刚相恋的时候写成的，眼波才动被人猜，这句简直活灵活现地展现了谈恋爱的人之间那种百转千回、难以言传的默契和心有灵犀。连恋爱的手段也都在这短短的四十二个字里写得很详尽——先是眉目传情，然后写情书诉衷肠，然后定下约会的地点面见——月移花影之时不见不散。李清照的词贵在叙事上的流畅和整体性，一个动作连着一个动作，非常流畅地讲述了这一个故事片段的起承转合，里面有情绪、有戏剧性，因此有可读性。

减字木兰花

卖花担上，买得一枝春欲放。泪染轻匀，犹带彤霞晓露痕。

怕郎猜道，奴面不如花面好。云鬓斜簪，徒要教郎比并看。

李清照太会调情了。这个片段大概是她和赵明诚去春游，俩人走在热闹的集市上，先是看到了一朵奇漂亮无比的花，彷佛这花一开，春天也跟着开了一样。这朵花是如何漂亮的呢？好像用泪水轻轻染匀，带着晚霞和朝露的印记。女诗人心思流转间，将簪子斜斜地插进云鬓，然后站在花的旁边，撒娇地问道，你觉得是我好看还是花好看呐？这就是为什么赵明诚愿意跟李清照生活在一起，这个女人有着各种各样的小情趣，善于在各种微小事物上与丈夫调情逗乐。

李清照除了是个善用风情的女人，更是个才华横溢的知识女性，她不仅是作为取悦于男人的那部分特质存在，而且用自己的思想和智慧跟丈夫举案齐眉。其实很可能以她的傲气，根本是不把丈夫的才华放在眼里的，丈夫只是她的玩伴而已。赵明诚致力于金石之学，这是个从小到老矢志不渝的爱好，小时候就跟着大人到处寻找拜访以前的金石刻辞。和李清照结婚后，这个爱好也没有丢失，因为李清照对此事也有着浓厚的兴趣。夫妇二人琴瑟和鸣，为寻找金石拓片寻遍了大江南北，四处游历寺庙宫殿，获得了大量的碑文资料，经过多年的田野调查和细致的探访搜集，在李清照的帮助下，赵明诚完成了《金石录》的编写。这是集欧阳修的《集古录》之后，规模更大、更有价值的研究金石的著作。这也是李清照和赵明诚关系最亲密美满的时刻。他们每次得到一本珍贵的史料，便共同校验、整理，要是得到了珍贵的金石器物，便仔细把玩，分别给出自己的评价，然后琢磨切磋。两个人还玩儿互相出题当考官的游戏，随便用手一指，指到哪本书，便以哪本书的内容为依据出试题，答对的可先饮茶，把这个当成乐趣。

然而好景不长，赵明诚被派往异地做官，夫妻二人开始了两地分居的生活。这时候李清照笔下就诞生了一批这种离愁别绪的词。

一剪梅

红藕香残玉簟秋。轻解罗裳，独上兰舟。云中谁寄锦书来？雁字回时，月满西楼。

花自飘零水自流。一种相思，两处闲愁。此情无计可消除，才下眉头，却上心头。

醉花阴

薄雾浓云愁永昼，瑞脑消金兽。佳节又重阳，玉枕纱橱，半夜凉初透。
东篱把酒黄昏后，有暗香盈袖。莫道不消魂，帘卷西风，人比黄花瘦。

点绛唇

寂寞深闺，柔肠一寸愁千缕。惜春春去，几点催花雨。

倚遍栏干，只是无情绪！人何处？连天衰草，望断归来路。

这里面的离愁别绪、难舍难分一开始也是香艳的、粉红色的、颇具女性气息的。但是上引两首跟下面这首比，显然上引第三首的感情更加悲切。上面那首还有一些漂亮的、华丽的意象——红藕、残香、兰舟、西楼、闲愁，动作上还有轻解罗裳等稍带闺房气息的动作，表示两人还有小别胜新婚的甜蜜。但是长久的别离给夫妻关系带来的只有悲哀。"半夜凉初透"，说的是长夜漫漫，孤枕难眠的凉意。据说这几首词寄给赵明诚之后，赵也写了几首作为应和，然后将自己写得跟李清照写的混在一起，让自己的朋友看，朋友看过之后，觉得最好的只有三句"莫道不消魂，帘卷西风，人比黄花瘦"，赵明诚对妻子李清照的才华心悦诚服。

跟唐婉一样，李清照在婚姻上的"污点"来源于她无法生育。李清照结婚二十来年，膝下始终无儿无女，这在宋代，几乎是致命的。纵然两人感情再深厚，赵明诚也难免要考虑到家族的传宗接代问题。据说除李清照之外，赵明诚还有纳妾。但是跟唐婉相比，李清照幸运的一点是，赵明诚依然爱护着她，只是自己在外地做官的时候偷偷纳妾，为的是侍奉自己的生活也为自己家族添丁，生儿育女，仅此而已。

敏感的李清照不会察觉不到这些，他们感情开始出现裂缝。李清照心高气傲，怎能容忍自己的丈夫除了自己之外，还拥有别的女人。自己无论从才华、相貌、风情上都不差，却无奈地因为无法生育的问题，而被别的女人分享丈夫。她作为一个身心都非常敏感的女人、绝对需要人陪伴呵护和崇拜的女人，甚至离了男人都活不了，从她的诗里也能窥见一二。他们的婚姻开始出现危机。但是殊不知，除此之外，他们的感情更经受着时代变迁、家国离乱的考验。

命运之神已经不打算再垂青这对夫妻了，他们的情形每况愈下。赵明诚因先要去给母亲吊孝而去了江宁（今南京），并在那里任知府。李清

照返回老家青州，整理好自己和丈夫多年来研究金石的成果，准备随后就与丈夫会合。他们结婚这三十多年来，搜集到的人间珍宝无数，最后精挑细选了十五车随李清照带走，剩下的都分布在青州家中这十几间屋子里。但时局动荡，李清照离开家乡没有多久，当地就发生了战乱，所有的家产悉数被毁坏。

赵明诚虽然作为一个金石学家很尽职尽责，并且名不虚传，但是作为一个官员是很不称职的，他只做了一年的江宁知府便因渎职罪被免职。起因是下属察觉当地御营统治官王亦叛乱，下属向赵明诚如实禀报，赵却置之不理。下属无奈之下，自行排兵布阵击败叛军，次日向赵明诚禀报的时候，发现他已经秘密潜逃了。李清照被丈夫的行为震惊了，她是个对人要求太高的女人，这个丈夫不仅要对自己温存体贴，还要是一个尽忠职守的官员，作为男人和社会人的身份都要体面有尊严才行。她倒并没有因此跟丈夫大吵大闹，只是用冷暴力来对待他，用疏远、嘲讽等态度来惩罚赵明诚。局势越来越糟，赵明诚又被重新启用，派到湖州上任，李清照的敏感告诉自己，这次夫妻分别不同以往，她担心凭着自己的妇人之力，恐怕保护不了这些金石物件，于是便和赵明诚商量出这样的结果：如果真的发生不测，先丢家具细软、再扔衣服、最后一次是书、画册、卷轴和古器。其中最最珍贵的《赵氏神妙帖》不能失去，若非万不得以，只能与李清照共存亡。

局势继续恶化，金朝灭了北宋，二人向江西逃亡，一路上两人也无话，真应了那句，夫妻本是同林鸟，大难临头各自飞的事实。两人各怀一段心事。到了乌江边，多愁善感又酷爱抒发自己情感的李清照脱口而出，吟诵了"生当作人杰，死亦为鬼雄，至今思项羽，不肯过江东"的千古名句，来讽刺赵明诚的懦弱。赵明诚听后羞愧难当，从此郁郁寡欢、一蹶不振，一个月之后就去世了。这段将近三十年的美满姻缘就此落幕。

李清照节奏明快、无忧无虑的前半生也结束了。随之而来的是一落千丈的家世和经济状况，还有情感上的孤独。

李清照开始借酒浇愁。

浣溪沙

常记溪亭日暮，沉醉不知归路。兴尽晚回舟，误入藕花深处。争渡，争渡，惊起一滩鸥鹭。

这原来并非是惬意田园生活的写照，而是一个落寞的借酒浇愁的女作家失意的生活片段。

孤寂的日子毕竟太难捱，于是李清照接受了她的追求者张汝舟的追求，在赵明诚死后一年，李清照嫁给了张汝舟。张汝舟是李清照和赵明诚夫妇的旧相识，也是赵明诚的同学，他在赵明诚死后乘虚而入，抚慰了李清照的情感。乘虚而入是个贬义词，用在他身上并不为过，李清照并没有唐婉那样的好运气，再嫁还能嫁给一个知冷知热的如意郎君。这个张汝舟在当初追求李清照的时候，便是动机不纯。他对赵明诚很了解，知道他喜欢研究金石器物，家中珍藏着大量的珍宝，赵明诚一死，这些珍贵的东西肯定都在李清照的手里，对这些珍宝的觊觎，使他展开了对李清照的追求。

二人很快结婚，婚后双方又都很快失望。李清照发现张汝舟更感兴趣的是那些宝贝，而张汝舟发现原来那些宝贝早已经在战乱中遗失殆尽，李清照只是个贫困潦倒的老女人而已。他恼羞成怒之下，经常对李清照拳打脚踢。李清照又怎么会如此心甘情愿地忍气吞声呢？她可是写《词论》

批判一堆文豪的人物，她可是写教人怎样赌博，而且十赌九赢，有着非凡头脑的奇女子！于是她决定铤而走险，宁可玉碎不为瓦全。她发现张汝舟的官衔原来是靠行贿花钱买来的，于是向官府告发了自己的现任丈夫张汝舟。那时候的法律规定，如果丈夫犯罪，妻子也要陪着一起坐监狱。李清照是铁了心地想把张汝舟扳倒。舍得一身剐，敢把皇帝拉下马。宁可自己坐牢，也要把张汝舟也送进去。后来李清照的家人买通狱卒，才悄悄把她从监狱中接回家。这场类似于闹剧的婚姻，也就这样无疾而终了。

生活经历的坎坷，让她的词越写越纯熟，也越来越寂寞。里面的颜色从原来的姹紫嫣红也变成了浓重的冷色调。

声声慢

寻寻觅觅，冷冷清清，凄凄惨惨戚戚。乍暖还寒时候，最难将息。三杯两盏淡酒，怎敌他、晚来风急？雁过也，最伤心，却是旧时相识。

满地黄花堆积，憔悴损，如今有谁堪摘？守着窗儿，独自怎生得黑？梧桐更兼细雨，到黄昏、点点滴滴。这次第，怎一个愁字了得？

这首词被后人千百年地称颂，因其大胆的创造性，成为李清照文学才华的集大成之作，凝聚了李清照诗词方面所有的特点和高妙之处。无论是在音乐韵律上的把握，还是这种层层推进的叙事，以及丰富细腻的情感表达，都丝毫不生僻，将那种难以言表的落寞和凄清丝丝入扣、抽丝剥茧地铺展开来。这首词几乎算得上她的最高成就了。

之后的岁月，李清照跟张爱玲一样，闭门不见客，专心金石研究，帮助丈夫把《金石录》校验完毕，编纂完整。最后以78岁高龄，寂寞地死在湖州。

纵观李清照一生，她命运的转折点，在那不可逆转的历史车轮，还有中年丧夫这一沉痛的经历。但是命运有的时候会让某些天才失之东隅收之桑榆，如果李清照真如韩剧里演的那样，生活美满如意，一直顺顺利利地终老，那么她后来也就写不出那些饱含巨大悲痛的诗词，也成就不了她作为史上诗词格局最辽阔的女词人的地位了，这是历史和时间对她的补偿。

爱比死更冷

——朱淑真,古代诗坛唯一的"真女子"

朱淑真的一生才是纵有万种风情,无人可说,无人可表,最后也只能寄托在诗词中。

清平乐

恼烟撩露,留我须臾住。携手藕花湖上路,一霎黄梅细雨。
娇痴不怕人猜,和衣睡倒人怀。最是分携时候,归来懒傍妆台。

这首诗是道学家们指责朱淑真"有伤风化"的凭证。从"娇痴不怕人猜,和衣睡倒人怀"可以看出,朱淑真的天真浪漫和追求爱情、不怕别人说三道四的勇气。这是一个可以为爱痴狂的女子。失之东隅收之桑榆,尽管被道德家们翻了白眼,但这首词的艺术价值,却受到评论家的高度赞扬。清朝评论家吴衡照的《莲子居词话》一书中,曾这样评价"易安'眼波才动被人猜',矜持得妙,淑真'娇痴不怕人猜',放诞得妙。均善于言情。"两相对比,李清照在对爱情的追求和表达上,显得矜持和端庄,那种欲拒还迎是在男权社会许可和欣赏的范围。而且李清照的运气显然要比朱淑真好太多。这种运气,既是身世背景上的——一开始便嫁了个如意郎

君,这种幸运还有性格上的,李清照性格属于大大咧咧,比较想得开,不会一棵树上吊死的。比如她在自己的丈夫死后,没有经受住张汝舟的爱情攻势,便与之结婚,婚后发现原来他动机不纯,便毅然决然把他投进大狱。

而朱淑真的"娇痴不怕人猜"则像一个晴天霹雳,杀男人一个措手不及,他们看到这首词的内心独白应该是,这种大胆的追求和表白,不是男人的特权吗?女人不是只含羞带笑地等着被追就行了吗?可是你朱淑真凭什么就这样天不怕地不怕,如此炽热地表白?而且这种表达女性感情的角度,也不是男性可以模仿揣测的。她给男性带来的这种措手不及的震撼,才是她最最宝贵的地方。

十二阑干闲倚遍,愁来天不管。——《谒金门》

拨闷喜陪尊有酒,供厨不虑食无钱。——《江上阻风》

梦回酒醒嚼盂冰,侍女贪眠唤不应。——《酒醒》

朱淑真不论是婚前还是婚后,她的生活一直是富足的,从以上几首可以窥一斑而知全貌。诗词可以让人不朽,当你的身世经历无一点戏剧性的时候,是不会入写史书的人的法眼的,朱淑真便是如此。她的身世太过普通,以至于很难找到确切的只言片语,但幸好她用笔、用诗句将自己的心曲丝丝缕缕记录下来,让后人可以穿过厚厚的时空隧道,撷见那个年代一个内心充满柔情和才情的女孩,她的音容笑貌。

这个女孩家境小康,从小过着衣食无忧的生活,在她的世界里,只有"春天的花开秋天的风以及冬天的落阳/忧郁的青春年少的我曾经无知地这么想/风车在四季轮回的歌里它天天地悠转/风花雪月的诗句里我在年年的成长"。

就在这多愁善感而初次等待的青春里,朱淑真应该是有了一个青梅竹马两小无猜,互相中意的男子。这是她的初恋,也是她最后一次恋爱。这两个人曾经花前月下你侬我侬,爱意满满过,因此才有朱淑真那些真挚活泼的爱情表白。但是这段恋情,不知道什么原因,总之最终的结果是无疾而终。

江城子

斜风细雨作春寒。对尊前。忆前欢。曾把梨花,寂寞泪阑干。芳草断烟南浦路,和别泪,看青山。

昨宵结得梦夤缘。水云间。悄无言。争奈醒来,愁恨又依然。展转衾裯空懊恼,天易见,见伊难。

春日杂书

门前春水碧于天,座上诗人逸似仙。
白璧一双无玷缺,吹箫归去又无缘。

这是在这段感情结束时,朱淑真留下遗憾的诉说。这段美好的青春和爱恋的时光一过,能够被记录下来,仅仅是这些追忆了。

朱淑真的父母固然为女儿的生活和成长提供了优渥的环境,和浓厚的人文气息,但在女儿的婚姻大事上却非常保守,不顾她的个人意志,将她嫁给一个商人。很多史书里对这段都有描写,最有代表性的是田汝成《西湖游览志余》卷十六:"朱淑真者,钱塘人。幼警慧,善读书,工诗,风流蕴藉。早年,父母无识,嫁市井民家,其夫村恶,篷篨戚施,种种可厌;淑真抑郁不得志,作诗多忧愁怨恨之思。"而从"初合双鬟学画眉,未知心事属他谁。待将满抱中秋月,分付萧郎万首诗"可以看出,一代才女,也像其他山村老民一样,在结婚之前,竟然连自己的丈夫长什么样都还不知道,就稀里糊涂,惴惴不安地嫁了出去。她从一开始并没有满腹忧愁,虽然有点不安,但对未来还是有一丝憧憬的,也许这个人还不错,还有几分文质彬彬的儒雅气质;也许跟自己有共同语言,能够珍惜自己。总之,一开始的朱淑真还没有彻底绝望。

新娘子满心犹豫地梳妆打扮,上了花轿,等繁文缛节的婚姻仪式过后,被新郎把盖头掀起的那一瞬间,朱淑真就知道,这不是自己的意中人,这场婚姻就是赌博,而这个结局无任何惊喜之处。在以后日复一日的婚姻生活里,朱淑真更是认清了一个事实:这个丈夫跟自己完全不是一路人,而且两人互相看不顺眼,他嫌朱淑真过于敏感多情,显得事儿事儿的,女子无才便是德,有了才之后便是麻烦,他曾多次对朱淑真舞文弄墨的行为表示反感和排斥。朱淑真嫌他粗俗无趣,跟自己没有半点心意相通的地方。

自责·其一

女子弄文诚可罪,那堪咏月更吟风。
磨穿铁砚非吾事,绣折金针却有功。

愁怀·其二

满眼春光色色新,花红柳绿总关情。
欲将郁结心头事,付与黄鹂叫几声。

闷怀

黄昏院落雨潇潇,独对孤灯恨气高。
针线懒拈肠自断,梧桐叶叶剪风刀。

黄花

土花能白又能红,晚节由能爱此工。
宁可抱香枝上老,不随黄叶舞秋风。

但是她似乎有点准备接受这样的命运,这种没有感情的夫妻生活如同行尸走肉,但也只能安于现状,靠上面这类诗词来排遣内心的苦闷和忧愁。但是厌恶是相互的,朱淑真讨厌丈夫,丈夫同样也对朱淑真没什么感情,对她这种林妹妹似的情怀很不耐烦,觉得这个女人真是无限麻烦,无法生养,不会持家,也不想取悦我,我在家里供一个这样的女人干什么呢?于是自然而然地起了纳妾之心。这对朱淑真来说,无疑是屋漏偏逢连雨天,在她敏感的女人世界里,虽然这个丈夫是她不爱的,但她也无法跟别的女人争宠和分享同一个男人,但是有什么法子呢,她又一次将这种愁怀写进了她的诗歌里。

愁怀

鸥鹭鸳鸯作一池,须知羽翼不相宜。
东君不与花为主,何似休生连理枝。

感情上的落空,使她只能将所有的感情都用来追忆昔日情人,她这一生唯一一个知心爱人,如今已经娶妻生子,留下自己在这里空空凭吊。有很多史料学家表示,朱淑真写的这些情诗,一定是有宿主的,一定是发生了婚外情。他们这种论调是典型的男性论调,男性一般只有出现真正的热恋对象时,才会诗情大发,为求偶写情诗。但是女性并非完全如此,她仅凭自己当年的情史或者仅凭一种幻想,也可以营造出自己陷入爱情的状况。朱淑真就是如此。当年被父母拆散的那段姻缘,对比现在食之无味、满是痛苦的婚姻来说,不知道要美好多少倍。她把自己陷入到当年热恋的场景里,陷入到对往事的追思中,好像自己又跟当年的翩翩少年,重新谈了一场恋爱一样,这是一种憧憬,也是对现状的逃避。回忆和重塑都比现实美好一万倍。这种甜蜜的虚构是毒药,是鸦片,但却可以麻醉朱淑真的身心暂时逃离痛苦。

窗西桃花盛开

尽是刘郎手自栽,刘郎去后几番开。

东君有意来相顾,蛱蝶无情更不来。

春词二首·其一

屋嗔杨柳噪春鸦,帘幌风轻燕翅斜。

芳草池塘初梦断,海棠庭院正愁加。

几声娇巧黄莺舌,数朵柔纤小杏花。

独倚妆窗梳洗倦,只惭辜负好年华。

　　她有意,他们无情,时间辜负了她的好年华。这样一个内心感情丰富的女孩,这一生却在空耗自己的生命,相思无处可寄。"泉水白白流淌,花朵为谁开放。永远是这样美丽负伤的麦子,吐着芳香,站在山冈上。"这简直是朱淑真一生的真实写照。

　　朱淑真无法忍受心如死灰的状态,也无法忍受与这个自己厌恶至极的丈夫再共同生活下去,于是回到娘家。但是娘家人却在信奉"泼出去的女儿嫁出去的水"这种愚蠢至极的信条,在这些戒律清规面前,人性荡然无存。作为父母本应保护好自己的女儿,家就是女儿的避风港,但在朱淑真最需要帮助的时刻,父母无情地把她推出家门。两个家对于朱淑真来说,一个形同虚设,一个则是无尽的乏味和冰冷,走投无路的她愤而投水自尽。

　　她自杀之后,冷酷的父母觉得她的诗会给家族带来不好的名声,便将她百分之八十的诗歌都焚烧殆尽,散落在民间的那百分之二十,让魏仲恭编成了《断肠诗集》。

　　朱淑真的去世,留下了文坛一宗悬案,就是那首著名的《生查子》到底是她和欧阳修谁写的?"月上柳梢头,人约黄昏后"一阕,这句一直被后世认为是欧阳修写的,但据说在当时,大家对真正的作者是朱淑真这一事心知肚明,但是因为此诗是她婚后所写,涉嫌私通约会的内容,怕作品传播开来,带坏了其他女人,社会影响不好。因此在后世道学家的眼里,不论你写得有多好，但只要"政治不正确"，我就有权利对你说"不"，我掌握着你作品的生杀大权，连你署名的机会都不给。但至于为什么安在了欧阳修的名下就不得而知了。总之，她是个让道学家们尴尬的姓名，她诗里描绘的那些真实情感也让男权世界为之暗暗羞愧。

唐代的好诗，其主人都是有定论的，不会乱串，但宋代的好词，其主人则往往甚多，如欧阳修的集子中，那些最经典的作品，就在五代人冯延巳的词集中见录，而作者最多的一首词，就是《生查子》，其作者有欧阳修、朱淑真二人，甚至连秦观、李清照都来凑热闹，后人对于此词的归属，倾向于欧阳修的可能较多，而从主观上来讲，我更愿它是朱淑真的词。

第一，欧阳修的词写女人的多，其情写得迷离婉转，从意境上来说，朱淑真的词是无法与欧阳修相比的，差距有很大。但欧阳修的词虽然写意境，写情都出色，但他终是一个男人，他词中女子的情，纵然再婉转，也不如朱淑真写得真切，从女人的情这一点而言，月上柳梢头这一首词，更象是朱淑真的作品。

第二，从个人经历上来说，欧阳修也许有那"不见去年人，泪湿春衫袖"的经历，但恐怕没有"月上柳梢头，人约黄昏后"的经历，而这些经历，这些感触，恰是朱淑真所刻骨铭心的。

第三，欧阳修写了很多《采桑子》《蝶恋花》《玉楼春》《渔家傲》，但《生查子》只有一首，而朱淑真则写了三首。

从感情和风格上看，月上柳梢头一词，与朱淑真的另两首词气息非常相似，极可能为一个人的作品。

她的词充满了女人的婉转心思，以及喷薄而出的热情，而且同是宋代有名的女词人，朱淑真经常被拿来与李清照相比较。朱淑真虽然在词方面的艺术成就比不上李清照高，但她却是中国历史上唯一当行本色的女诗人和词人。

对比朱淑真，李清照并不是本色的女词人，因为她的学问，她所受的熏陶，她的创作，都深受文人士大夫的影响，而中国文化就是男权文化，薛涛、李冶、李清照等，之所以能在文人中传名，是因为她们的作品融入了文人士大夫的风气之中，成为他们的一员，她们的作品固然有女人独有的气味，但已失去了本色。而只有朱淑真，就是一个率性的女人，她的创作不受男人那种风气的影响，没有被潜移默化，她的作品是真正女性的作品。李清照等人是如何受男人的影响呢？假如她们写女人，写闺怨，与欧阳修等诗人词人写闺怨，并无本质的差别，甚至历史上的王涯、欧阳修等人比她们写得更凄婉，而朱淑真写闺怨，就与欧阳修等人截然不同，男人们写女性，总不免出乎臆想，虽然会有极高艺术成就的作品出世，但终是写不出真正的女性。

中国的女诗人成名不易，要成名就要跟诗词的主流接近，如唐代的张文姬，诗写得很好，可是你能从她的诗中读出一点女性的气息吗？她的诗作几乎一点也没有，李清照也同样无法避免她的命运，虽然她的词作中保留了女性的气息，但却已是细枝末节，或者说女性的味道只是残味。朱淑真是中国历史上，唯一没有被男人同化却能取得骄人成就的一个女诗人，她的诗无法替代地在诗坛中，刮起一股阴柔的女性之风，这就是她在中国文学史上不可替代的价值。如果男性的诗歌是阳，女性的诗歌是阴，那么中国的诗坛就是十足的阴阳不调，而朱淑真创作了那唯一的一片阴柔。

年轻的时候读李清照的词，认为她词情旷达，认为苏东坡是假旷达，而李易安是真旷达，是词人中的高士，真正的名士风流，后来读到朱淑真的诗词时，又觉得朱淑真的词具有真情性，是一个率性的真女人。

李清照是女词人中的士大夫，而朱淑真则是女词人中的小女人。李清照的词情是经由男人们的经典文化塑造而来的，朱淑真则是放纵了中国历代无数的小女人的本性，所以朱淑真的诗词有好多并没有极高的艺术成就，也被认为思想境界不高，甚或是完全没有思想性，但她的作品在中国诗词之林中，却最是独特，最是本色，是一朵独一无二的奇花。

我们只有读到朱淑真的诗作时，才能读到女人味，读到女人的气息，她的诗不必要有意境，不必要有艺术的特色，她完全不必在这些方面与男人们争雄，单是这种气息，这种独一无二的女人气息，就足以成就她在诗坛的显要地位。

宋朝上流文艺男青年的女知音

——李师师的个性、独立和自由

李师师作为一代名妓,以她为出发点,跟她有过情史的人,几乎能串起北宋的半壁艺术江山。她不仅貌美而且人缘好,为人圆滑周到,皇上、大艺术家、商人,都以能一睹她的芳容为荣,甚至在小说里,连梁山好汉也有求于她。历史上对她的美貌也有很多描绘,其中比较有名的是,张先在《师师令》写的:"不须回扇障清歌,唇一点,小于花蕊。"秦观也写过:"看遍颍川花,不及师师好。"南宋初年朱敦儒有诗云:"解唱《阳关》别调声,前朝惟有李夫人。"这些诗句的主角都是李师师。

她出身普通,是开封城里一个普通染坊工人的女儿。宋朝时期,汴京有个习俗,如果家里有孩子出生,而父母又特别宠爱这个孩子,就要在名义上让他出家。于是出生后父母将她送进寺庙，想让她接受佛法的洗礼，希望从此人生路上一帆平顺。寺庙的僧人认为她生得眉清目秀，很有佛缘的样子，而佛门弟子一般被大家称为"师"。当寺庙里德高望重的老僧为李师师摩顶的时候，她突然大哭，哭声嘹亮，响彻云天，这让老僧更加坚定了自己的想法：这个小女孩是个有慧根的人，于是给她取名为"师师"。然而好景不长，第二年李师师的父亲因罪死在狱中，母亲也早逝了，她从此便成了流落街头的孤儿，靠吃百家饭为生。妓院老板李姥在一次偶然的机会，遇到了从小在容貌和气质各方面都崭露头角的李师师，将她收养，开发她的潜力，教她艺妓应该掌握的一些技能——琴棋书画、唱歌跳舞，以取悦于他人。

李师师在这种艺妓训练下慢慢长大，容貌越发秀丽，体态风流婉转，明眸善睐。长到十三岁，李师师便已初步具备成年女子的妩媚风情，便以青倌人的身份开始挂牌接客。清倌人是只负责唱歌跳舞、写诗作画的艺妓，不负责卖身，相当于现在的演员。但是这些才华也必须依附于相貌出色之上，也就是说，光有才华是不够的，要在美貌之上，附加才华，才能引起客人的关注和兴趣。张爱玲说，用思想取悦于男人，并不比用美貌取悦于男人来的高尚。而在古代的艺妓那里，必须要调动容貌和才华共同来吸引男人，以此给妓院赚钱。李师师很快就靠着色艺双绝吸引来了当时汴京上流社会的眼光，有朝廷命官、文人雅士、王孙贵族、富甲名商、民间草莽英雄、甚至皇帝，都怀着对她的倾慕和好奇，不惜重金、不远千里来到汴京一睹其芳容。

第一个有据可查的便是秦观。说到秦观，他最著名的就是那句："两情若是久长时，又岂在朝朝暮暮。"他是北宋名气非常大的词人就不用说了，而且还是苏轼的弟子，与黄庭坚、张耒、晁补之合称"苏门四学士"，深得苏轼赏识，被称为"有屈宋之才"，当时的宰相王安石对他的才华也大加称赞。南宋张炎之《词源》："秦少游词体制淡雅，气骨不衰，清丽中不断意脉，咀嚼无滓，久而知味。"同时也是一位书法家，小楷写得极好，在书法史上很有名。秦观的正妻是徐文美，岳父是高邮的一位富商。秦观流传下来的诗词有四百多首，其中有一半都是爱情诗，这个秦观也是个情种。但是这四百多首修文中，妻子文美的名字没有出现过一次。文美唯一的一次出现是在秦观的《徐君主簿行状》一文末尾："徐君女三人，尝叹曰：子当读书，女必嫁士人。以文美妻余，如其志云。"这篇文章还不是秦观自己想写的，而是替岳父代写的。意思是说，我家有三个女儿，我曾经感慨道，儿子应该好好读书，女儿嘛，就嫁个读书的士大夫。我家文美就嫁得不错，如愿以偿。

其他的词里，只是很隐晦地提到妻子，甚至是不是真的是文美，也很含糊，有待商榷。比如：

临江仙

髻子偎人娇不整，眼儿失睡微重。寻思模样早心忪。断肠携手，何事太匆匆。

不忍残红犹在臂，翻疑梦里相逢。遥怜南埭上孤篷。夕阳流水，红满泪痕中。

满庭芳·茶词

北苑研膏，方圭圆璧，名动万里京关。碎身粉骨，功合上凌烟。尊俎风流战胜，降春睡、开拓愁边。纤纤捧，香泉溅乳，金缕鹧鸪斑。

相如方病酒，一觞一咏，宾有群贤。便扶起灯前，醉玉颓山。搜揽胸中万卷，还倾动、三峡词源。归来晚，文君未寝，相对小妆残。

仅能从"归来晚，文君未寝，相对小妆残"一句来将文美比作文君。"文美一夜没有睡，妆都花了，在等我回来。"这首词写得并不怎么样，前半部分是大话，后半部分是轻浮。它存在的价值，也仅仅是作为研究秦观夫妻关系的侧证了。

但是能让妻子"独自一个人流泪到天亮"的丈夫肯定不是好丈夫。

比起他写给其他女人的情诗,这些给妻子的只言片语只能算是沧海一粟、九牛一毛。钱钟书在《宋诗选注》的序里,说秦观的诗是"公然走私的爱情",说的就是秦观在自己有妻子的情况下,还光明正大,甚至不无浮夸地抒发自己对其他女性的爱慕之情、相思之苦、鱼水之欢。当这种风流文人的老婆真的是好辛苦,丈夫未必能挣得到钱,自己还得辛苦操持家务,给他当传宗接代的工具。丈夫在外面当甩手掌柜风流无羁,妻子还得睁一只眼闭一只眼,可是你躲也无法躲,自己丈夫的这种不负责任的风流行径甚至会被当成是佳话四处传诵,即便自己装傻不去追究,但总是躲不掉,还会传到自己耳朵。秦观多情而且轻浮,经常是刚刚看见一个漂亮歌姬,便立刻贱兮兮地给人家写情诗。那句著名的"销魂,当此际,香囊暗解,罗带轻分。漫赢得青楼,薄幸名存",就是他在绍兴的时候,被当地官员接待,游山玩水,赏花望月之后,最后总是要去青楼,这是千百年来,不管哪个朝代的官方指定娱乐活动,他在这里看中了一个歌妓,便赋得了这一首《满庭芳》。他的风流韵事远远不止这一桩。

纤云弄巧,飞星传恨,银汉迢迢暗度。金风玉露一相逢,便胜却人间无数。

柔情似水,佳期如梦,忍顾鹊桥归路!两情若是久长时,又岂在朝朝暮暮!

点绛唇

醉漾轻舟,信流引到花深处。尘缘相误,无计花间住。

烟水茫茫,千里斜阳暮。山无数,乱红如雨,不记来时路。

明代的蒋一葵在《尧山堂外纪》中则透露了秦观的另两次艳事,说秦少游在蔡州的时候,与一名叫娄玉东的艺妓过从甚密,他为这位艺妓情人写过一首《水龙吟》,还费心地将娄玉东的名字写了进去:"小楼连苑横空""玉佩丁东别后",这首词的下半部分是"花下重门,柳边深巷,不

堪回首。念多情，但有当时皓月，照人依旧"描绘的是他们的约会情景。秦观还有过一位叫陶心儿的情人，他曾赠一首《南歌子》给这位名妓，末句的"天外一钩残月，带三星"，据说是为一位叫陶星的知己打的哑谜。总之秦观是很喜欢拿诗词来取悦情人的。这就像富豪们为取悦女明星而买名贵的包、买车、甚至赠送房产一样，秦观赠送她们的是自己的词，但是人家富翁给的是实打实的物质财富，而秦观，他的感情并不真挚，这种轻浮的抒情充满了敷衍和不尊重。如果是真挚的调情倒也罢了，但秦观的调情更像是一种应景之作，廉价的取悦，充满了洋洋得意的得瑟和卖弄。这些放浪文人们的情诗，除了一部分真情实意的，其他的分为两种，一种是孔雀开屏似的取悦，另一种就是心虚地为自己的薄情和滥情开脱，找借口。

当时有点名气的艺妓，几乎都会受到他的青睐，说他见一个爱一个也不算偏颇。当时汴京城的头牌李师师自然不会被他错过。他为李师师写的几首词作，水平自然比他为其他女子写得要好几倍。他有点像近代的胡兰成，很善于发掘他欣赏的每个女性的优点，并不惜颜面地极尽吹捧之词。很擅长传情，又很能豁得出去夸人。

生查子

远山眉黛长，细柳腰肢袅。
妆罢立春风，一笑千金少。
归去凤城时，说与青楼道。
遍看颍川花，不似师师好。

这句"遍看颍川花，不似师师好"可真是殷勤备至，又赞美又狎昵的感觉。而李师师对秦少游的放浪早有耳闻，内心的独白更像是"姐这样的赞美听得多了，不缺你一个"这种笑而不语的感觉。李师师跟秦观应该也是打过照面，应酬过他的，秦少游当然不会遗忘这些香艳的、梦寐以求的瞬间：

一丛花

年来今夜见师师。双颊酒红滋。疏帘半卷微灯外,露华上、烟袅凉飔。簪髻乱抛,偎人不起,弹泪唱新词。

佳期谁料久参差。愁绪暗萦丝。相应妙舞清歌夜,又还对、秋色嗟咨。惟有画楼,当时明月,两处照相思。

李师师在他的诗词里,固然是美艳的亲近的,但更像是他炫耀的一种美丽的符号,我跟师师关系不一般。那时候的才子们都以能结交到李师师为荣。李师师在当时充当了很多人的梦中情人和红粉知己,但是这一干汴京城上流社会的知识分子里,她最中意的是周邦彦。周邦彦跟秦少游一样,也是在宋代影响力很大的文化人。题材也都写男女之间的感情、感时伤怀的羁旅,被看作诗宋代词人的代言人,词的风格典雅、细密、浑厚,"负一代词名"。

并刀如水,吴盐胜雪,纤手破新橙。锦幄初温,兽香不断,相对坐调笙。低声问向谁边宿,城上已三更。马滑霜浓,不如休去,直是少人行。

这首《少年游》是写给李师师的,它的出色之处,是对气氛的描写非常精妙。这首诗的背后,是一个三角恋的故事,故事的三位主角,除了李师师和周邦彦,还有一位是当时的皇帝,宋徽宗。

宋徽宗是宋代的第八任皇帝。说到宋徽宗,他最著名的应该算两件事了,一件是正事,一件是邪事。邪的当然是他作为一代皇帝,酷爱逛妓院,跟自己的臣子周邦彦同为李师师吃醋的风流韵事。正事就是,他是所有皇帝里书法和绘画成就最高的,不仅是在皇帝这个范围内,他独创的"瘦金体"绝对可以排进中国历届书法家前五名的位置。这种字体能最大程度的彰显中国汉字的精妙之处,有种惆怅旧欢如梦的感觉,这种字体至今无人超越。2012年1月,宋徽宗书写的《千字文》更是在一场艺术拍卖会上,创下了亿元的价格。也许诗词未必如其人,但书法是心迹在纸上的走向，最能体现一个人心灵活动的沟沟坎坎。瘦金体这种字体虽然并不大气磅礴，但是瘦挺爽利，侧锋如兰竹，清秀、风流，有浓厚的文人气息，散发着一种闲适、玩赏的气质，显示了书法的写作者生活富足、没有经受磨难。瘦金体如此富有个性，又如此漂亮，从古代流传到现在，更是现代艺术家们膜拜的对象，许多中国美术院校的必修课都是要临摹瘦金体。

宋徽宗的前半生是个没心没肺、衣食无忧，又有着极高艺术修养的富贵闲人，跟南唐后主李煜有得一拼。他当皇帝也不是他选择了命运，而是命运选择了他。宋徽宗之前的皇帝，他哥宋哲宗年仅二十五岁就驾崩了，而且很奇怪的是，堂堂一代皇帝，三宫六院七十二妃，却没有留下任何子嗣，那么下一任皇位的继承者就只能从哲宗的兄弟中挑选。哲宗的父亲神宗一共育有十四个儿子，在为哲宗挑选继任者的时候，这十四个皇子也只剩下了五人，后来的宋徽宗赵佶就在其中。但是赵佶本没有资格继承皇位，按照皇家的宗法制度，他并非是正宫所生，所以没有参与被挑选当皇帝的资格。

哲宗死后，向太后垂帘听政，这位皇太后向各位执政大臣期期艾艾地诉苦："哲宗年纪轻轻就撒手人寰了，又没有儿子来继承皇位，这真是国家的不幸啊。选皇帝这等大事关系到江山社稷的安稳，必须要早做决定，诸位大臣费心了。"虽然向太后跟大臣说的时候好像很没主意的样子，其实她早已有了内定的人选，这个人就是赵佶。赵佶无论从血缘还是年纪，本来都不在被选中之列，但是向太后对他印象很好，觉得他彬彬有礼，有艺术修养，又够乖，每天都早晚请安的，因此她早已在哲宗病重期间就选好了赵佶，以至于其他大臣进谏和推荐人选的时候，都被她一一否决，语气坚决地说："老身无子，所有的皇子都是神宗的庶子，不应再有区别，简王排行十三，不可排在诸兄之前，而申王眼有疾病，不便为君，所以还是立端王为好！"当时有影响力和洞察力的大臣纷纷劝阻，说赵佶是个轻佻的人，其气度和格局都不足以当君王，并且人品也不怎么样。人越老越固执，尤其是向皇太后这种权倾一时的人，又没什么特殊才能和智慧，怎么可能听得进去这逆耳的忠言呢。另一群大臣则明哲保身，附和着皇太

后的言论，这群势力是如此强大，人挡杀人，佛挡杀佛，直接把赵佶顺利地推上了前台，坐上了皇位。

据说赵佶的母亲是南唐后主李煜的超级粉丝，所以在怀赵佶的时候，屋里挂上了李煜的画像，在生赵佶的前一夜还梦到过李后主，据说因此赵佶相貌气质上与李煜非常相似。由于生在皇家，并且受着良好的教育，赵佶的天赋得到了良好的发掘，宋徽宗从小就喜欢写大字、画画、射箭、骑马、踢足球等，简直是受着现代贵族教育，智体美劳全面发展的选手。后来的谄媚宰相高俅当年就是足球运动员出身。高俅一开始是某位皇亲的家丁，这位皇亲派高俅去给当时仅是位王爷的宋徽宗送礼物，高俅去的时候，宋徽宗正在踢足球玩得不亦乐乎，但是自己一个人玩未免有些寂寞，踢足球正好是高俅的强项，早年他是汴京街头著名的业余足球运动员，踢球对他来说，相当于重操旧业，这是他的绝活。高俅便加入了陪玩的阵营，踢的时候一边为宋徽宗喝彩，一边故意输给他。高俅的本事之一，除了把国家搞乱，另一个就是讨好权贵的欢心。他的人生经历再一次验证，搞国家建设可不是搞权谋术那么简单，玩人和人之间的勾心斗角或许是把好手，但是真的建设国家，让一个国家富强，跟这种权谋术不成正比。总之，当下的高俅是讨了宋徽宗的开心，他直接把高俅留下当自己的侍从。

宋徽宗身上纨绔子弟的气息极为明显，说他轻佻丝毫不为过。这个人除了在艺术方面有极高的天赋，在其他各方面都很不入流。行为不检，私生活放荡不说，对自己个人的德行、人格没有一点要求。他爱好美女也就罢了，但因后宫佳丽已经远远无法满足他的好奇心，于是他将目光投到了皇宫外的青楼妓院中。这真是一个大胆的尝试，以前的皇帝没有几个有勇气这么做的。当时他身边围绕了一群跟他臭味相投的朋友，很像今天出现在各种负面新闻里的富二代群体。其中一位便是赵佶的妹夫王诜，王诜也是个浪荡子，自己的妻子，贵为天子之女的魏国大长公主生病之时，王诜竟然在她面前跟小妾卿卿我我。品行如此恶劣，却因与赵佶共同的爱好走到了一起——逛妓院。他们经常结伴微服私访，将汴京城所有的青楼妓院都考察了一遍。至于治理皇朝，这不在宋徽宗的脑容量范围内。他一方面是个伟大的艺术家，一方面是个荒唐的、分不清是非的皇帝。有大臣斗胆向他进谏，说这种花柳巷的女子都没有做过体检，而且皇帝这么频繁的出入这种地方，对身体很不好，要爱惜自己的身体和名声啊。宋徽宗勃然大怒，让高俅处理此事，高俅立刻会意，将这位官员发配到边穷地区。从此以后，大臣们再不敢提这种反对意见，并且乖乖地学会了为皇帝遮丑。要是当天没有上朝，就说徽宗有社交应酬，会见使节；次日未归，就说他身染疾病，无力主持朝政。宋徽宗当时还为了方便，专门在距离皇宫不远的地方修建了一座行宫，专门用来接待宫外让他心动的女子。

这其中最让他动心的，当然要数汴京第一名妓李师师了。李师师的名声，赵佶早有耳闻，因此，他外出考察青楼女子生活的重点内容，当然是放在李师师的身上。李师师当时在汴京城的名气，无人不知无人不晓。宋徽宗身边的宦官张迪就专门为他介绍和搜罗各样美女。张迪在没有进宫当宦官之前，是京城第一大嫖客，对汴京城脂粉巷的各种情况都了如指掌，跟各个妓院的青楼女子和妈妈桑关系都混得很熟，跟李师师的妈妈桑李姥关系尤其好。他给两方面都通了气，互相撮合。先是把李师师介绍给皇帝，说李师师是古今第一美女加才女，并且性情豪爽，有"飞将军"之称。这对皇帝来说太好奇了，一个女人，如果相貌出众、国色天香就很了不起了，如果再有才华，懂得琴棋书画，那就更上一层楼了。李师师不仅仅兼具这两点，而且在性情上也大开大合，并非一般的小女人，这就格外难得了，皇帝非得亲自会会李师师不可。一方面，张迪跟李师师的妈妈桑说，有一个家世显赫、非常有钱的大商人对李师师久仰大名，想一睹芳容，妈妈桑很高兴，便答应了。于是这件好事就促成了。宋徽宗当即命令从皇宫中拿出上等的"紫茸两匹(八丈)，霞氉两端(十二丈)，瑟瑟珠两颗，白银二十镒(四百八十两)"，作为见面礼送给李姥。光是见面礼就这么隆重，妈妈桑当然欢迎这样的金主儿光临自己的妓院。

到了晚上，皇帝便开始偷偷行动，更换衣服，带着几个随从便来到李师师的青楼所在处，让随从在不远不近处候命，没有皇命不许过来。然后只跟张迪二人悄悄走进去。进门之后，妈妈桑端出几样新鲜的水果招待，虽说不是山珍海味，但是这些水果的成色非常好，不仅非常新鲜，而且品相出众，连鲜枣都有鸡蛋那么大，这是衡量一个家庭或者一个人的物质生活的指标，这种水平，估摸东京城一半的官员都做不到。妈妈桑在一边陪坐，聊天，可是等了很久也不见李师师出来见客。但是赵佶也并没有流露出不耐烦。张迪以为，这下李师师肯定要出来了，便知趣地告退，但是李师师还没有出现。就好像游戏里的通关那样，妈妈桑又带着赵佶换了一个地方，算是晋级了。这个地方虽然不奢华，但是却有一股清平雅致之趣。家具的选取既名贵但又低调，不奢华，只有懂行的人才能看出这些都是价值连城的名贵玩意儿。窗边有书桌，桌上有笔墨纸砚，还有一些诗词古书，窗外种着几棵竹子，风吹过的时候，竹叶婆娑作响。夜已经深了，于是妈妈桑又给皇帝准备好了晚餐，这晚餐也很别致，并非常见的饕餮大餐，鸡鸭鱼肉之类的，而是一些清淡的小菜，每个菜都有一个别致的菜名，相当于现在的私房素食菜，这种菜一般是有点贵族追求的人的心头之好。皇帝每样吃了几口，李师师还是没有来。

这时妈妈桑又出动了，请赵佶先沐浴更衣。赵佶推辞不掉，但是又心怀疑惑：这都是玩儿的哪一出啊？但是因为初次来拜访，对这里的路子还不熟，便还是顺从的把澡洗了，妈妈桑说，这都是师师的意思，她爱干净。洗完澡过了很久，又等了很久，妈妈桑终于把赵佶又领到了一个卧室里，卧室里灯光很暗，空无一人，只有一张床，墙上挂着一把琴，赵佶便在床边坐下了。这算是皇帝第三次通关晋级了。这次赵佶真的有点急了，就说酒好不怕巷子深，但李师师让自己等的时间也太长了。正在有点恼怒的时候，妈妈桑带着一个年轻女子来了。女子很娇艳，像一朵水莲花，但并不娇羞，脸上有淡漠倨傲的神色，但是气场很足，给人光芒万丈之感，毫不夸张地说，她的到来让整个屋子都顿时生辉。她对赵佶并没有格外的亲热或者取悦讨好。妈妈桑退下，屋里只留下李师师和赵佶。李师师也不多做寒暄和客套，脱下外套，取下墙上的琴，仪态万方地坐下，弹奏起《平沙落雁》的曲子来，曲子弹得无限落寞而悠远，将赵佶深深吸引，别忘了，皇帝也是个大艺术家，对音乐的鉴赏力也很高，他能听出来，李师师这琴弹得绝不是玩票性质的。李师师也没话，连续把这曲子弹了三遍，赵佶完全被她的美艳和气场震住，也不敢多话，只是乖顺地跟着听了三遍。这一晚上为了一睹美女芳容，赵佶经历了再三的通关晋级，终于得以近距离地欣赏李师师的美丽容颜和她的琴声心曲，一晚上的时间很短，现在已经天亮了，外面还有一堆人马在等着皇帝，宫里还有一堆大臣等着他去开会。曲终人散，皇帝也悄悄地离去，李师师也并未做过多地挽留。这是他们的初次见面。从这次会面可以看出赵佶的性格，确实有那种不急不慢，懂得鉴赏的贵族风范。这一年皇帝二十七岁，李师师二十岁。皇帝回去后便写了一首诗词，来抒发二人初次见面的感怀。

念奴娇

雅怀素态，向闲中、天与风流标格。绿锁窗前湘簟展，终日风清人寂。玉子声干，纹楸色净，星点连还直。跳丸日月，算应局上销得。

全似落浦斜晖，寒鸦游鹭，乱点沙汀碛。妙算神机，须信道，国手都无勍敌。玳席欢余，芸堂香暖，赢取专良夕。桃源归路，烂柯应笑凡客。

妈妈桑见这位姓赵的客人品貌不俗，而且出手阔绰，为人彬彬有礼，即使让他等一夜，他也不骄不躁，便问李师师，为何这样怠慢他？李师师对赵佶倒并不感冒，说只不过是个做生意的商人罢了，干吗要巴结他呢？但是这一晚上，皇帝御驾光临李师师的处所，这一消息不知道被谁走漏了风声，全城的人都知道当今皇帝光临李师师的处所了。妈妈桑感到很后怕，觉得怠慢了皇帝，不知道皇帝当晚是否生气，也不知道后果到底有多严重。李师师则表现出超出年纪的成熟和冷静，反过来安慰惊弓之鸟般的妈妈桑说，皇上既然来看我，并且当晚并没有表现出不悦的神色，说明他并非残暴之人，而且肯定对我还心怀倾慕之情，既然如此，他又怎么舍得杀我呢？并且皇帝当晚只是听我弹琴，并没有越轨做什么出格的事，他自己心里也一定很坦荡磊落，也不至于恼羞成怒把咱们杀掉，所以这件事应该不会那么严重。

后来的事实证明，确实如李师师所说，皇帝并没有恼怒，不仅如此，还派随身的宦官张迪送给李师师一张蛇腹琴，这是一种非常名贵的琴，当初由国外使节请制琴大师制作，作为送给大宋皇帝的礼物，这把琴一直被当成宝物珍藏在宫内，可以说是一件镇宫之宝。这把琴的奇妙之处是，随着年代的久远，琴音会越发深邃清凉。琴身上的漆会越发变得油亮，并且出现蛇身上的那种花纹，非常罕见。不仅如此，还赐给李师师白银五十两。

皇帝并没有因此就马上去找李师师，在送完礼物的三个月后，皇帝又微服私访，来到了李师师的住所。这次李师师依然是淡妆素裹，但是态度跟上次截然不同了，皇帝还没到，她便跪在门口迎接圣驾。皇帝跟李师师久别重逢，这第二次见面，李师师对自己的态度热络了很多，赵佶自然很高兴，连忙拉起她的手，跟她一起进屋。赵佶进屋之后才发现，上次雅致的小房间，一改过去的古朴气质，变得奢华宽敞了。所有的屋檐廊柱，都雕刻着繁复的花朵，优雅的趣味消失了，变得彷佛一个小皇宫，这是妈妈桑的杰作，觉得皇帝要来光临寒舍，不能把李师师的住处搞得太简朴了，要有个富丽堂皇的样子，才配得上皇帝的身份。殊不知，皇帝正是厌倦了宫里那种雕梁画栋的无聊，特意来寻找这份古朴的清雅。他把妈妈桑召唤

来，妈妈桑的态度不像上次那么亲切，变得拘谨和惊慌，赵佶很亲民，对妈妈桑和颜悦色，也很会说话，说咱们都是自家人，以后我来呢，您就不用这么拘束了。妈妈桑听后，心里那块大石头才算落地了。师师带领皇帝来到刚建成的大楼，跪请皇帝给赐几个字，皇帝见庭前杏花开得正旺，便用他漂亮的瘦金体写了"醉杏楼"三个字。

接下来是一场隆重的盛宴，满汉全席般的美味佳肴应有尽有，连菜上雕刻的都是龙和凤凰的图案，跟上次的素雅完全不一样了，自己本来是想到宫外寻找另一种情调，结果所见所闻跟宫里的并没有区别。皇帝顿时兴味索然，竟然产生了一种"曾经沧海难为水，除却巫山不是云"的感慨，他跟妈妈桑说，以后不要这样铺张，一切规格就跟自己上次来一样。他匆匆喝了几口酒，听李师师演奏完她的蛇腹琴，便回宫了。这个故事很像是有个淳朴的庄稼人在自己园地里挖出了一个宝贝，懂行的人对他说，这其实是个价值连城的宝物，庄稼人看这宝物很破旧的样子，便想让它脱胎换骨，变得更值钱。于是他不仅把这宝物清洗干净，还把斑斑驳驳的地方都擦拭干净，然后满怀欣喜地跟那个懂行的人说，这下是不是可以卖更多的钱，懂行的人一看，这件宝物的价值本来就在破损和斑驳里，所投射出的历史的印记，和时间旅行的痕迹，被这庄稼人一翻改头换面，原本古朴厚重的气息全部消失殆尽。妈妈桑将李师师的住所翻修得美轮美奂富丽堂皇，以及李师师对赵佶的态度由原来的倨傲冷艳变成现在的毕恭毕敬，都让赵佶觉得丧失了原来的趣味。但是赵佶对李师师仍然是宠爱有加，这宠爱甚至包含了一点点敬畏：我不图你什么，就是跟你说说话，听你弹弹琴就满足了。他把李师师基本上是当成一个艺术品来供奉的。

宋徽宗对宋代文化的发展功不可没，其中最重要的贡献之一，就是发展壮大了翰林画院。虽说他对国家大事并不感兴趣，但是对画院的发展却尽职尽责。他放在今天，最适合的职位应该是文化部部长。翰林院的招生考试非常严格，每年成千上万的人来应试，但是最后只录取一两个人。这一年，又到了给翰林画院的应试者们出题目的时候了，宋徽宗把"金勒马嘶芳草地，玉楼人醉杏花天"为题让众考生画，而自己也亲笔画了一幅，并且把这一幅价值连城的名画送给了李师师。还赐给了她一堆名贵的工艺品，史料上记载有："藕丝灯、暖雪灯、芳苡灯、火凤衔珠灯各十盏；鸬鹚杯、琥珀杯、琉璃盏、镂金偏提壶各十件；月团、凤团、蒙顶等茶叶一百斤；汤饼、寒具、银饼等点心好几盒；还赐给她黄金、白银各千两。"徽宗对李师师的一掷千金，当时的朝野之中无人不知无人不晓。皇后知道了这件事之后，主动找徽宗谈话。她的劝阻未必是出于女人的争宠之心，毕竟当皇帝的老婆，就必须要忍受皇帝身边迎来送往的各种女人，但作为皇室的管家婆，必须要替皇帝把好关，在私生活方面不能出任何差池。于是就苦口婆心，晓之以理动之以情，跟皇帝说，这种妓女身份卑微，身体也不洁净，皇上您是九五之尊，任由这些低等人接近您，恐怕会给您的龙体带来疾患。并且您是这个国家的最高统治者，外面不知道有多少人想要取代您的位置，您为了见妓女，而每天晚上私自出宫，恐怕会出意外，希望您能自爱，为了自己为了大宋的子民，更为了赵氏皇族。皇帝听进去了皇后的良言，两年的时间再没有去找过李师师，但是李师师却依然能源源不断地接受到来自皇宫的隆重昂贵的赏赐。

　　两年之后，皇帝又想起了李师师，觉得应该再去拜访一次这个佳人，于是偷偷出宫，来到李师师家。妈妈桑和李师师并没有料到宋徽宗的到来，所以并没有迎驾。赵佶乐得清闲，便独自在大厅里看自己的题字"醉杏楼"。正在赏味的时候，突然觉察旁边有人在看自己，回头一看是李师师，两年不见，李师师越发出落得风情万种，原来的倨傲神色依然存在，但更加内敛了，取而代之的是圆融和自信，有种阅人无数的气场和底蕴。赵佶赞美的话脱口而出，又有趣又夸张得不令人讨厌，他说"画里的人竟然站在我面前啦！"然后又赐给李师师"避寒金钿、映月珠环、舞鸾青镜、金香炉"四种宝物，第二天回宫后，皇帝又派人送给李师师"端溪砚、凤嘴砚、李廷制的墨、玉管宣毫笔，剡溪绫纹纸"，并且捎带手的，也给了妈妈桑十万贯铜钱。

　　由于当初皇帝答应了皇后的劝告，说不再去找李师师了，但是又违背了自己的诺言，所以赵佶不能那么光明正大地到了夜间就微服私访了，既不安全，又对名声会产生不好的影响，但赵佶的风流本性决定了他一定会铤而走险寻找这种快活。这时候李师师和赵佶的介绍者，宦官张迪又来献计献策了，说从皇帝的寝宫下面挖一条暗道，赵佶觉得这个办法很妙，既有创造力又非常实用，就将这事交给张迪来办了。这条暗道快马加鞭地修了不到三个月就修完了。从此，皇帝得以更加方便地出入李师师家里。这之后赐予了李师师大量宝物，不知道为什么，史书上对这些宝物记载得分外详细，这个清单几乎抵上了宋朝的半壁江山，赵佶几乎快把皇宫整个连锅端给了李师师：

玉片棋盘、绿白两色玉棋子、画院的宫扇、九折五花簟、鳞纹蕈叶席、湘竹绮帘、五彩珊瑚钩。珠钿、金手镯各两件，一箱子玑，几端氆锦，一百匹鹭毛缯和翠羽缎，一万两白银。紫绡绢幕、五彩流苏、冰蚕神锦被、却尘锦褥子、麸金千两，桂露、流霞、香蜜等美酒。又赐给妈妈桑一千万文钱。

历史学家们统计，这些金银钱财、布料、用具物品、食物等，差不多值十亿文钱。这是个什么概念呢，宋代一文钱相当于现在的两毛钱，那么赵佶前前后后送给李师师的宝贝，加起来折合人民币两亿了。一掷千金用来形容赵佶的大手笔一点也不夸张。据说有人很好奇，觉得皇帝的后宫这么多佳丽，他的权力和地位决定了他想要何种美女都能得到，为什么偏偏只对李师师这么好？赵佶回答说，因为李师师具有一种神闲气定的优雅高贵的气息，并且有潇洒不拘小节的气度，宠辱不惊。这不单单是只具有美貌的问题。

李师师将皇帝的万千宠爱都囊括在了自己的身上，那时候很多达官贵人都因为她跟皇帝的特殊关系，纷纷去她门下拜访，赠送给她巨额财富贿赂，以期利用她跟皇帝攀上关系。这里面最著名的有两人，一个是因《清明上河图》著名的画家张择端，他贿赂李师师完全是出于自己作品完整性的考虑，自己的史诗性画面已经把汴京城的各种地标和民俗风情都画进去了，但是仍然无法呈现出京城的全貌，因为缺少了非常重要的一部分——皇宫。于是他灵机一动，找到了李师师，希望她能把自己带进皇宫，帮自己完成画出皇宫全貌这个心愿。李师师也是个爱才之人，便痛快地应承下来。所以说，《清明上河图》的绘制里也有李师师的一臂之力。

另一个真假难辨，是《水浒传》写的八百里水泊梁的寨主宋江。宋江为了使皇帝将自己顺利招安，便找到李师师，希望她替自己说一点好话。李师师看不起宋江，并没有搭理她。于是宋江派出了燕青来降服李师师。燕青是个美男子，而且风度极佳，在相貌和身材上不知道比周邦彦和赵佶好了多少倍，李师师对燕青很倾慕，但是燕青始终跟她保持着若即若离的距离，他对李师师的诉求很简单，完成老大哥交给自己的任务，让李师师替宋江说好话。李师师当然没有拒绝燕青的要求。事成之后，燕青便离开了李师师，"事了拂衣去，深藏身与名"。江湖上彻底找不到这一号人了。这些都是李师师生命里的小插曲，真正算是铁打的营盘，却是这个九五之尊的皇帝和李师师的蓝颜知己周邦彦。

自从皇帝垂青李师师之后，基本上李师师就成了皇帝的偏房，虽然不在皇宫，但是跟皇妃一个待遇，其他那些以前跟她有过往来的大才子们也都不敢跟皇帝夺爱。李师师也乐得清静，她对皇帝，自然是觉得自己被临幸的感觉，纵然她一代名妓心高气傲，也不太可能去忤逆皇帝的意愿，并且皇帝对自己不薄，没有爱情还有恩情在呢，而且自己跟他也可以吟诗作画，也是个不俗之人，相处起来并没有什么痛苦的。但是唯有一人她放不下，就是周邦彦。周邦彦是李师师最在乎的蓝颜知己，李师师还跟他保持着秘密的联络。于是这三角关系难免出现撞车的时候。这天，皇帝生病，周邦彦趁机来秘密会见李师师，二人正在话衷肠，突然传来妈妈桑的紧急报告：皇帝驾到了。周邦彦慌乱之中被李师师藏到了床下。赵佶兴冲冲地就来了，手里拿着一个新鲜的橘子，说这是这个季节成熟的第一个橘子，得到它之后就马上要拿给师师分享。

两人聊了一会儿，皇帝说今天还有要紧的事，我就是来送给你这个

最新鲜的橘子吃，我看着你吃完它，我就该回宫啦，师师假意挽留，说"现已三更，马滑霜浓，龙体要紧。"徽宗大病还没好，也不敢在这里留宿，就急忙忙走了。二人在屋里的情形被床下的周邦彦听了个一清二楚，便做了一首词，就是我们前边引过的，"并刀如水，吴盐胜雪，纤指破新橙。锦幄初温，兽香不断，相对坐调笙"，既是吃醋，又是一个小小的抗议，但更多的还是对李师师的赞美。李师师在两个男人的爱意中自然是很享受，觉得这词很合心意，便谱上曲子。后来有一次不小心忘记了，竟然在皇帝面前唱起来。宋徽宗得知这词竟然是周邦彦做的，一切都了然在心了，觉得周邦彦竟然跟自己抢夺李师师，便随便找了个借口把周邦彦贬离汴京，到边穷的地方做官去，从物理距离上将他从李师师身边赶走。

李师师给周邦彦践行完之后很悲伤，想到自己跟周邦彦多年的情份，竟然因为自己一时疏忽，连累他被贬官，格外内疚，一方面从此再见不到他，思念之情便油然而生，以至于在给宋徽宗唱歌的时候，毫不避讳地弹唱由周邦彦作词的《兰陵王》：

柳荫直，烟里丝丝弄碧。隋堤上，曾见几番拂水，飘绵送行色。登临望故国，谁识京华倦客。长亭路，年去岁来，应折柔条过千尺。

闲寻旧踪迹，又酒趁哀弦，灯照离席。梨花榆火催寒食，愁一箭，风快半篙波暖，回头迢递便数驿，望人在天北。

凄侧，恨堆积。渐别浦萦回，津堠岑寂。斜阳冉冉春无极，念月榭携手，露桥闻笛。沉思前事似梦里，泪暗滴。

李师师这一曲唱得是感时花溅泪，恨别鸟惊心，花容失色泪满襟的。宋徽宗对女人极为心软，对李师师更是宠爱呵护，一看美人这么伤心，又觉得对周邦彦的惩罚过于严厉了一些，毕竟他没有跟自己明目张胆地抢女人，而且自己是皇帝，只要自己想见，就可以随时见到李师师，他又能有多少机会接近她呢？这样一想，就又找了个借口把周邦彦调回来了。周邦彦回来之后，由于这次惩罚，对李师师疏远了很多。

宋徽宗和李师师的关系断断续续保持了十几年。后来徽宗因金兵围城，索性让位给儿子，去找李师师的次数也越来越少。那个时候，金兵的战火已经快烧到汴京城了。李师师自知大事不妙，一旦汴京沦陷，自己的命运也变得很难揣测，便将皇帝赐给自己的所有财富全部捐给了军队。但是这依然没有阻挡金兵破城的脚步，并终于在第二次发动总进攻的时候攻破了汴京城，金兵将宋徽宗和儿子贬为庶人，皇室的所有人，任何一个工种和职位的人都难逃魔掌，一起被押送到北方。将宋代皇朝的所有财产都洗劫一空，一文钱都没有放过，这是历史上著名的靖康之变，从此北宋灭亡。对于财产，宋徽宗看得很淡，但是听到所有的皇家藏书和艺术品也都被焚毁和抢夺去了，十分痛心疾首。

但是他没有料到，这只是屈辱的开始，宋徽宗在被金兵押送去往北方的路上受尽了屈辱。先是看着自己的妻子们一个个被金兵强暴，然后是到了金国都城后，被命令穿上丧服，披麻戴孝地去朝拜金太祖完颜阿骨打的庙宇，这是金兵羞辱俘虏的方式之一，就是命令俘虏们为过去的祖先守灵和忏悔，是金人光宗耀祖的方式，同时也是羞辱宋朝皇帝及其先帝的方式。灾难远远没有结束，金帝赐给了徽宗一个极具侮辱性的称号，叫"昏德公"，徽宗赵佶的才华虽然可以与南唐后主李煜相比，但是所受的待遇比李煜要差得多。都是亡国君，宋朝皇帝起码还为李煜保留了一份体面的尊严，没有将他当成真正的囚犯关起来，他过得还是衣食无忧的贵族生活，只是被软禁而已。但是赵佶是真正被当成囚犯关押起来，跟其他的杀人、强奸、纵火犯关押在一起，在监狱中就受尽身体上的酷刑和精神上的折磨。辗转几个监狱，宋徽宗在这期间写下了很多凄楚的亡国诗：

无题

彻夜西风撼破扉，萧条孤馆一灯微。
家山回首三千里，目断山南无雁飞。

但是北宋已经灭亡，他作为皇帝的生涯也早已经结束，等待他的是漫

长的俘虏生涯。被折磨了九年之后，宋徽宗等不到儿子来解救自己，便撒手人寰。而李师师的命运也扑朔迷离，有说被金兵俘虏，宁死不屈而自刎身亡的；也有说流落民间从此隐居，隐姓埋名，平凡终老的。

纵观李师师的一生，她见证了整个北宋最后的时刻，她身边围绕的都是北宋艺术圈里的国宝级人物。而对于他们，她的每个选择都不同于绝大部分女人，绝大部分女人都愿意尽快走进婚姻，寻找一个栖身之所，变成"家养""驯养"的动物。但是李师师选择了继续当艺妓这种"散养"的方式，这是一种对自己非常有自信，内心强大的表现。这种生活方式既有一大帮男人倾慕自己，欣赏自己，赞美自己，但又不隶属于他们任何一个，有独立的人身自由和精神自由，这种生活的好处就是特立独行的生活方式，引来万千宠爱，精神生活和感情生活丰富多彩。不好的地方就是，要承担年老色衰之后，没有固定依靠的后果——你的身心不属于我，那我对你也没有责任，因此你的未来我也不会去关心，除非你愿意交出你的时间和自由，把这些珍贵的东西给我，换你一个老有所养的温饱未来。所有传奇的女子都是如此，美丽危险又不可琢磨。她们的强大之处就在于愿意独自承担独立带来的任何后果。勇敢带来自由，自由带来美丽，这些成就了她们的千古芳名。

我只留下一段传说

奉旨填词，醉倒花间

——柳永的千古靡靡之音

秋天的蝉在叫…
我在亭子边…
刚刚下过雨，
我难受…我喝不到酒。
我咋个都舍不得，
就是么船家喊快点走。
我拉起你的手，看你眼泪淌出来，
我日他坟，
我讲不出话来，
我难受…我讲不出话来。
我要说走咯，
这千里的烟雾不让了，
那黑叭叭的天…好怕哦。

他们讲是这样嘞，
离别是最难受嘞，
更球不要讲，

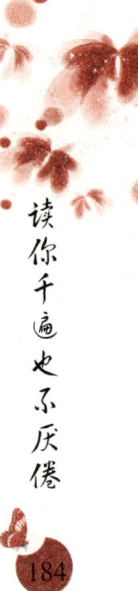

> 现在是秋天嘞。
> 我一会酒醒来,
> 我在哪里?
> 杨柳的岸边,风吹一个小月亮。
> 我一去…要去好多年,
> 漂亮的小姑娘都不在我边边,
> 就算这日子些再唱安逸,
> 我也找不到人来讲咯。

最近,民谣界都在流传这一首新歌,名字叫《瞎子》,这首歌因其苍凉苦涩、痛彻心扉,打动了无数人。细看下来,觉得歌词很眼熟。这是民谣歌手尧十三改编自柳永《雨霖铃》的一首歌。其实就是用贵州方言转译了一遍柳永的宋词。我们可以拿柳永的词作一下对比。

寒蝉凄切,对长亭晚,骤雨初歇。都门帐饮无绪,留恋处,兰舟催发。执手相看泪眼,竟无语凝噎。念去去千里烟波,暮霭沉沉楚天阔。

多情自古伤离别,更那堪冷落清秋节!今宵酒醒何处?杨柳岸晓风残月。此去经年,应是良辰美景虚设。便纵有千种风情,更与何人说。

断肠人在离别,都让这首词给写尽了。而上面那首贵州方言的《瞎子》是将这首词里的悲伤给彰显提炼了出来。便纵有千种风情,更与何人说,无人可说,无人听,此去经年,所有的人都是人生中的远行客,天地之间寂静,人情悲凉,只有"杨柳的岸边,风吹出一个小月亮"。

宋朝叶梦得的《避暑录话》里记载说:"凡有井水处,即能歌柳词。"这就是柳永的词,他的词贴着人的皮肤,人的温度,人的悲欢离合。他的词有两种气质,一种是来自民间的轻浮和艳丽,一种是来自民间的离愁和哀伤。他的身世际遇让他的词在中国文学史上有着独特的地位。

古人的画像实在是很容易让现代人产生"一个一个偶像都不过如此"

的慨叹。总之都是一个个尖嘴猴腮,带一抹山羊胡,看起来脏脏的样子。只要有了那种胡子,再帅的男子也都显得獐头鼠目。柳永就是这样一个被画像糟蹋的人。史书里关于柳永的记载少而又少,以他的地位,甚至连是否有老婆孩子,老婆孩子是谁都不给写一两句。不论如何,他的家庭生活,在所有的史书里都不提一个字。好像他生下来就是在烟花巷长大似的。其实他是正统的世家子弟,祖父、父亲、弟弟,甚至下一代,都在做官。他童年的时候也曾寒窗苦读,觉得自己有朝一日必定会跟自己的家人一样光宗耀祖。他的天资没有辜负他的勤奋,在七岁时,他已写出像《中峰寺》这样的诗:

> 攀萝蹑石落崔嵬,千万峰中梵室开。
> 僧向半空为世界,眼看平地起风雷。
> 猿偷晓果升松去,竹逗清流入槛来。
> 旬月经游殊不厌,欲归回首更迟回。

少年时代,他便进京城一试身手了。从武夷山这灵山秀水,民风淳朴的地方来到京城汴梁,简直大开眼界。当时的北宋商业开始繁荣,GDP名列全世界前列。自由市场经济很是昌盛,所以应运而生了许多青楼。柳永自然就被青楼里鲜亮旖旎的风景给深深吸引住了。他每日流连忘返于青楼女子之间,乐不思蜀,还曾写过一首"帝里风光好,当年少日,暮宴朝欢。况有狂朋怪侣,遇当歌,对酒竟流连"来描绘当时的状况。事实上,人生食色性,妓女永远是男性文人们绕不过去的话题。妓女的出现绝对是件好事,试想,当一个少年或者青年没有女朋友的时候,该如何缓解性焦虑呢?从这个角度来说,妓女简直就是这些荷尔蒙无处发泄的男子们的天使。当时的柳永,正值青春年少,又没有女朋友,身体又好,在礼教和道德方面又没有对自己格外的约束和要求,就算流连青楼有什么不可以呢?毕竟性压抑久了的人是比较容易变态的。没有性压力的人相比有这种焦虑的人显然活得更轻松健康一些。

或许是这种终日流连花前月下的行径耽误了读书，或许科举制度并不适合柳永，这个自信满满的武夷山少年，在放榜之日发现自己榜上无名，失望之余，便写下一首《鹤冲天》"黄金榜上，偶失龙头望。明代暂遗贤，如何向？未遂风云便，争不恣狂荡？何须论得丧。才子佳人，自是白衣卿相。"这句话里有失望，也有"此处不留爷，自有留爷处"的自信。年少轻狂时候说的这种负气话当然不能当真，只是失意时候的牢骚而已，不能算数的。所以该表达不满表达不满，第一次考试失利后，柳永还是接着继续考了下去。但这句话说得太妙，太吸引眼球和耳朵，以至于在考试的学生中流传甚广。好死不死的，这句牢骚话竟然传到了当时的皇帝宋仁宗耳朵里。

柳永的第二次考试，成绩本来已过，但放榜时，仁宗以《鹤冲天》词为口实，批示："且去浅斟低唱，何要浮名？"说柳永不思进取，志不在此，既然喜欢烟花巷，就尽情去玩，干吗要委屈自己来当官？可怜柳永就这样被就地免职了。其实仁宗这样做倒也没有多么过分，如果真的要他不计前嫌，宽容大度地接受柳永，那他就不是宋仁宗，不是封建帝国的皇帝，而是美国总统了。

柳永听闻此事，更是怒火中烧，他的才华不是白来的，才华和脾气是一枚双刃剑，他不可能回头托人求情，让皇帝对他网开一面，不要计较他的狂放之言。他是真的做到了此处不留爷，自有留爷处，他索性打出自己的特色招牌："奉旨填词柳三变"，义无反顾地投入到了民间文学中去。柳永当时在北宋词人中的地位，相当于邓丽君的流行歌曲之于当时的大陆文艺现状。当这种更贴近人类细腻情感的词被写出来之后，自然会得到众人的喜爱和珍藏，风靡一时、流传甚广。

柳永可能也没意识到，自己无意中撒的这个娇竟然断送了自己前半生的仕途。如果说他无论如何都能找到挣钱的出路的话，那么在仕途这条路上，他已经无计可施了，这不是他的能力和才华所能够解决的，这也不是他可以主观控制的。发枪令在皇帝的手中，那时候宋朝的皇帝基本上可以算是宇宙的中心了，你无法对抗来自宇宙中心最大最集中的权力。而他比同时代的人都要勇敢的是，我不靠你们给的饭碗挣钱，我自己有自己挣钱的门路，这种门路哪怕在你们看来是不入流的，但至少我的才华在这里得到了尊重和肯定。这也是柳永天然亲近妓女们的地方。那时候的青楼女子，想必没有现在西方社会某些妓女那样开放，全凭着个人兴趣和爱好来选的这份工作，而多半都有自己难言的苦衷，她们这些身处社会最底层的女子们用自己的包容接纳了柳永，给了他一个栖身之所。

不管主动还是被动，能抛弃体制内的官衔和好处，把自己彻底投入到市井中，靠自己的技术和才华来生存的人都是了不起的。至于后来柳永在五十岁之后终于考中进士，又短暂地做了两年小官，那只能说明，柳永不甘心自己的才华只限于文学音乐上，既然自己年轻的时候曾经为踏入仕途做过智力上的准备，那么，自己的这一腔才华怎能凭空落空，不管怎样，自己也要试一下才能死心。想当官怎么了，在那个时代，没有太多的工种供人选择，仕途是所有读书人的梦想，无法免俗没什么丢人的，当年想当官就像现在想挣钱一样，目的很单纯，也毫不减损他在文艺方面的才华。

昼夜乐

秀香住桃花径。算神仙、才堪并。层波细翦明眸,腻玉圆搓素颈。爱把歌喉当筵逞。遏天边,乱云愁凝。言语似娇莺,一声声堪听。

客房饮散帘帷静。拥香衾、欢心称。金炉麝袅青烟,凤帐烛摇红影。无限狂心乘酒兴。这欢娱、渐入嘉景。犹自怨邻鸡,道秋宵不永。

这首诗是柳永在被皇帝就地免职之后,在青楼卖出去的第一首诗,在这首诗里,他用极其细腻的笔触和细致的观察描绘了一位青楼女子的美态和日常生活。用词美且别致。"层波细翦明眸"这是美丽女子善睐的眼睛,"腻玉圆搓素颈"这一句画面感极强,让人联想到有些电影里专门表现女人颈部长得美的镜头,长的,纤细的,圆柱形的,腻的,如玉的,白嫩的一截如同莲藕一样,在头发和衣领之间亭亭玉立,吸引男子的目光。

小镇西

意中有个人,芳颜二八。天然俏、自来姸黠。最奇绝。是笑时、媚靥深深,百态千娇,再三偎著,再三香滑。

久离缺。夜来魂梦里,尤花殢雪。分明似旧家时节。正欢悦。被邻鸡唤起,一场寂寥,无眠向晓,空有半窗残月。

这首诗有一种轻浮又旖旎的风情。说柳永是情种,其中一个原因就表现在他对女子各种美好之处活色生香到俗艳的描绘。拿这首来说,这个正从少女往成年女子过渡的女孩,她独特的魅力之处在于在从萝莉到熟女的过程中,既保留了少女身体的亭亭玉立和幼嫩,又开始慢慢有成年女子的风情之姿。她巧笑嫣兮,妩媚中有种特殊的狡黠,像某种又狡猾又魅惑的幼兽,对男子的杀伤力是强大的。这里面也包含了柳永以男性的视觉和心理角色对于这种女孩的意淫和想象"再三偎著,再三香滑"。

好梦狂随飞絮,闲愁浓,胜香醪。不成雨暮与云朝。又是韶光过了。

秋暮。乱洒衰荷,颗颗真珠雨。雨过月华生,冷彻鸳鸯浦。

这几句,柳永把自己在诗歌里的身份定位为一个感慨自身的芳华女子,韶华易逝,青春不能永远停留,女人的寂寞比男人还要命,"颗颗真珠雨""又是韶光过了"。

池上凭阑愁无侣。奈此个单栖情绪。却傍金笼共鹦鹉。念粉郎言语。
——《甘草子》

乍入霓裳促遍。逞盈盈、渐催檀板。慢垂霞袖,急趋莲步,进退奇容千变。算何止、倾国倾城,暂回眸、万人肠断。 ——《杨柳腰》

凤额绣帘高卷,兽环朱户频摇。两竿红日上花梢,春睡厌厌难觉。
——《西江月》

从这两首词中我们可以揣度一二,柳永之所以在青楼女子中很有人缘,原因想来不外乎有三。第一,他有才华。第二,他尊重这些青楼女子们,并心存温柔。第三,他们之间是唇齿相依,共进退的关系。他当时的地位,有点像现在的林夕,一词难求,只要他写过的歌词,被人唱过之后,一定会引起共鸣,广为流传。他虽然风流倜傥,但不猥琐不肮脏,骨子是热爱女人,崇拜女人,尊重女人的。他对女人的热爱和赞美是光明正大、坦坦荡荡,非常单纯的。青楼女子阅人无数,当然能分得出什么样的男人是干净的,即使他在脂粉堆里打滚,也还是干净的,招人喜欢的。

柳永虽然投身到了青楼文化的事业中,但并未完全放弃仕途,所以开始了南征北战的羁旅生涯。自我价值实现这条路上"路漫漫其修远兮,吾将上下而求索"。一个人投身到万丈红尘中,这其中寂寞和忧愁可以想

见，因此柳永被人称颂并且喜欢的，并非是上面那些"淫词艳曲"，而是像《雨霖铃》这样朦胧的忧愁和孤独。

渐霜风凄紧，关河冷落，残照当楼。

宋代吴曾《能改斋漫录》卷一六载：晁无咎云："世言柳耆卿曲俗，非也，如《八声甘州》云：'渐霜风凄紧，关河冷落，残照当楼。'此真唐人语，不减唐人高处矣"。清人陈廷焯《词坛丛话》也曾说："秦写山川之景，柳写羁旅之情，俱臻绝顶，有不可以言语形容者。"柳永的羁旅行词约为60首，占全词的近四分之一。

少年游
参差烟树灞陵桥，风物尽前朝。衰杨古柳，几经攀折，憔悴楚宫腰。
夕阳闲淡秋光老，离思满蘅皋。一曲阳关，断肠声尽，独自凭兰桡。

叶嘉莹在《唐宋词十七讲》中写到，柳永的这类词成功的将词境"从春女善怀过渡到秋士易感"，真正写出了一个读书人的悲哀。词的下片即转向了思念。"临风想佳丽，别后愁颜，镇敛眉峰。"世界是阳性的坚硬的，而情爱是阴性的，温柔绮丽暖人心肠的。柳永即使做官，也会做得不错，他50多岁考中进士之后，只在福建做过短短的两年官，便被记录进史书里，可见他的官当得很不错。

木兰花
黄金万缕风牵细。寒食初头春有味。
殢烟尤雨索春饶，一日三眠夸得意。
章街隋岸欢游地。高拂楼台低映水。
楚王空待学风流，饿损宫腰终不似。

望汉月

明月明月明月。争奈乍圆还缺。恰如年少洞房人,暂欢会、依前离别。小楼凭槛处,正是去年时节。千里清光又依旧,奈夜永、厌厌人绝。

说到与妓女的缘分,一开始,柳永只是在自己手头很紧,走投无路的时候,靠这个来赚些吃饭的钱,宋人罗烨《醉翁谈录》载:"耆卿居京华,暇日遍游妓馆。所至,妓者爱其有词名,能移宫换羽。一经品题,声价十倍。妓者多以金物资给之。"这大概就是柳永的初衷,遇到赏识自己的艺妓,便能换些酒钱,艺妓们供他吃喝,给他钱花,只为求一词。柳永靠这种"润笔"而生,过得很不错。因为守着妓院这世界上最纸醉金迷、红男绿女的地方,柳永的词自然写得风月无边、香艳动人。妓院孕育了柳永这种风格的词,反过来,这种词也适合妓院这种生态和文化环境去消费。他的词打破了遮遮掩掩的诗词传统,将所有的狎昵和风月都统统搬到纸面上。宋词本来就比唐诗酸,柳永的宋词又格外酸,连李清照和苏轼等人都对他的作品颇有微词。但是,什么都抵挡不住柳词的畅销,从宫廷到民间,从老到少。因此,艺妓们争相购买柳永的词,他的词在青楼市场中供不应求。他在艺妓中地位红到什么程度呢?史料记载:"不愿君王召,愿得柳七叫;不愿千黄金,愿得柳七心;不愿神仙见,愿识柳七面。"一方面这当然是说柳永很红,另一方面,也反应出这些青楼女子性情上的可爱,我只爱柳永,不爱皇帝。只爱柳永的才华,不爱世间的珠宝。

在所有爱慕柳永的青楼女子中,有四个最为著名。

第一个就是谢玉英。谢玉英是柳永在浙江出任低级官员的时候认识的,那时候柳永考了很久很久的试,最后仅仅得了个馀杭县宰。但是无论在哪里,让柳永最有归属感的还是妓院,他在妓院里结识了谢玉英。柳永先是被她的气质和美貌所动,后来到谢玉英的闺房,发现案头赫然摆着谢玉英自己用蝇头小楷抄写的"柳七新词",自然是视她为知己。二人情投意合,谢玉英为此闭门谢客,只侍奉柳永一个人。

柳永结识的才貌双全的艺妓里,关系最好的,谢玉英是第一个,还有其他三个。

明朝冯梦龙的《三言》中,《喻世明言中》第五卷《众名妓春风吊柳七》一文写到:

"那柳七官人,真个是朝朝楚馆,夜夜秦楼。内中有三个出名上等的行首,往来尤密。一个唤做陈师师,一个唤做赵香香,一个唤做徐冬冬。这三个行道,陪着自己的钱财,争养柳七官人。"怎见得?有戏题一词,名《西江月》为证:

调笑师师最惯,香香暗地情多,冬冬与我燥脾和,独自窝盘三个。"管"字下边无分,"闭"字加点如何?权将"好"字自停那,"姦"字中间着我。

柳永虽然结识了很多名妓,但自始至终未能忘记谢玉英。在他任期即将结束之际,他去找谢玉英告别,但被告知,谢玉英陪客人喝酒去了。柳永比较失落,给谢玉英留了一张字条,既表达想念,又表达没被接见的不爽心情。"见说兰台宋玉,多才多艺善赋,试问朝朝暮暮,行云何处去?"其实柳永这种心态未免太过任性,想来是因为众多青楼女子给宠出来的,这些女子虽然靠出卖技艺为生,但越是入俗世深的人,对才华、天真之类的东西越是呵护,她们对柳永这种才子即是如此。换成一般女子可能会想,柳永你可以四处结识各色艺妓,没有给过我任何承诺,我的生计怎么办?我又凭什么为你闭门谢客,望眼欲穿,只痴痴等你一人呢?谁知道你还记不记得我,是否会回来呢?

但是谢玉英显然是个非常忠厚侠义的女子,她看到柳永的留言之后,第一反应是惭愧和责备自己没有信守誓约。但柳永已经走了,于是谢玉英卖掉家私,赶往开封去找柳永。最后在开封名妓陈师师那里找到了柳永,柳永被她千里迢迢不辞辛苦的情义所打动,二人重归于好。陈师师十分钦佩谢玉英,于是古道热肠地成全了这二人,并接纳谢玉英在自己的家里住下。

柳永在这些名妓们,这些好女人的呵护包容下,过着放浪形骸的生活，最后仕途无望，身体和心灵都疲倦至极，死在了名妓赵香香家。他的一生可用那句"活过、爱过、写过"来形容，虽然也只是活过，爱过，写过。生前除了妓女无人愿意跟他有所来往，死后就更是无人问津。

谢玉英、陈师师、赵香香这一班重情重义的女子们，伤心至极，念及旧日情分，念及柳永的才情和坎坷的遭遇，凑一笔钱厚葬了他。谢玉英曾与他形同夫妻，为他戴披麻戴孝守灵堂，众妓也都在一旁陪伴着。出殡之时，开封城里满城妓女都来了，半城缟素，万人空巷，一片哀声。这是一段"群妓合金葬柳七"的佳话。谢玉英在柳永死后两个月，便因伤心过度而病逝。陈师师等念她情重，葬她于柳永墓旁。柳永从家乡武夷山走出来之后，就再也没回到那个地方，似乎他一生就该在脂粉堆里生长，在这坚硬的世界上，他投身于这万丈红尘的温柔乡里，虽然得到了巨大的安慰，却仍然是寂寞的，他是天生的情种，需要很多很多的情，给女人，给诗词。"系我一生心，负你千行泪"中，这千行泪，是为女人流，为情流，也为自己流。

有多少爱可以重来

——苏东坡和他送走的三个女人

"三苏"都有谁,这是中学文学常识里必考的一道题目。苏洵、苏东坡、苏辙,这爷仨就像北斗七星阵里勺子把儿的位置,长幼有序,并列生辉,是宋朝文学史上最引人注目的一个焦点。苏东坡父亲苏洵除了在宋代文学史上为人所知,在国学读物里也是个名人,为什么这样说呢?《三字经》里提到的二十七岁才开始发奋图强苦读诗书的人,就是苏东坡的父亲苏洵,他在三字经里叫"苏老泉"。苏东坡爸爸发奋图强的时候,正是在苏东坡的童年时代,苏东坡就这样被父亲影响着,从小便博览群书,打下了良好的文学基础。所谓天才和神童不费吹灰之力就能达到语惊四座的效果是不存在的。天才的属性并非像神仙那样，什么事情都不需要努力便可以一蹴而就，天才的特征一是具有超过常人的专注力，二是具有勤奋的能力，三是具有天赋。比如毕加索，十四岁的时候画的画已经远远超过大学老师的水平，已经是一个非常出色的画家了，但是他每天仍然笔耕不辍。苏东坡也一样，他有个非常良好的习惯，每天都要写一千字的文章作为训练，不写完不睡觉，很有毅力。二十岁的时候苏东坡便进京赶考，参加朝廷科举考试，以一篇《刑赏忠厚之至论》获得主考官欧阳修的赏识，得了第二名，其实本来是第一名，因为欧阳修误认为苏东坡的那篇文章是自己的弟子曾巩所作，为了避嫌，便给了"曾巩"第二名，结果试卷拆封后才发现该文为苏东坡所作，而曾巩根本没有参加此次考试。到了礼部复试时，苏东坡再以《春秋对义》取为第一。

苏东坡比自己的父亲和兄弟的才华更加出众，因为他的光芒过于耀眼，使得他父亲和兄弟的名字跟他出现在一起似乎只是为了绿叶衬托红花而已。他跟那个时代其他文人一样，也是在艺术修养方面很全面，琴棋书画样样精通，而且书画艺术上的成就丝毫不亚于其文学诗词上。唐宋八大家里有他的一席之地，散文方面，跟欧阳修并称"欧苏"，诗歌方面，跟黄庭坚并称"苏黄"，在词的成就上，跟辛弃疾并称"苏辛"，总之在各个领域里，他都做到了出类拔萃。他的词风也是清新刚健，有点点夸张的豪气，总之他的人生似乎追求的就是豪迈二字，是个很"man"的人。

苏东坡的"man"还表现在他对于自己诗词的批评从来都是一笑置之，如果说得尖酸刻薄又准确好玩，他不但不会恼怒，反而觉得有趣和欣赏。比如李清照就曾严厉地批评过苏东坡的词。李清照的理论是，词是区别于散文和诗歌，而单独存在的一个文学门类，它再怎么有文采，还是要考虑到音乐性，跟旋律的搭配。她就以此为标准，批评过苏东坡的词，不够"当行本色"。苏东坡有一次跟朋友喝茶，评论到一些词人，他跟朋友说，你们总觉得我的词不好，那我比柳永怎么样？意思是说，柳永的词都写的是红男绿女，灯红酒绿的艳俗生活。朋友们都挤兑他说，是啊是啊，柳永的词是很俗，一个十七八岁的妙龄女子唱一句"杨柳岸晓风残月"是挺一般的，没什么稀罕。要说还是你牛，你写的词，得让这些女子们拿起刀剑，披荆斩棘，高吼"大江东去"才行。意思是说苏东坡的词有点故意凹那种雄伟的造型，不符合时代潮流。苏东坡被这尖酸的挤兑逗得哈哈大笑。他也明白，时代不同了，发展到现在，大家都只喜欢听这些软绵绵的靡靡之音，对这种豪气万千的词，听了只会审美疲劳。

这个很"man"的人，一生跟三个女子保持过长期的亲密关系，三个女人都先他而去，用宿命论的观点来说，苏东坡实在太命硬了，硬到克死了三个女人。她们分别是：王弗、王闰之、王朝云。这三个王姓女子不仅姓氏相同，而且连容貌性格都很相似，几乎是同一个模板复刻出来的。这三个女子虽然一个比一个年轻，但都死在苏东坡的前面。

王弗

王弗和苏东坡的相识，虽然有父母之命的成分在里面，但他俩确实是一对难得的佳偶，一对情投意合的人，他们的相遇并非多么地神秘莫测。一段姻缘发生的契机有很多种，有的时候是工作场合，有的时候是朋友聚会，有的时候，可能是父母之命媒妁之言。这些都没有定论。苏东坡和自己第一任妻子的相遇就属于这后一种，也是那个时代惯常的模式：当父亲的看中了女婿，欣赏女婿的才华，而女婿则看中了岳父家里的背景地位，两者便结合了。

可以说，四川眉州岷江河畔的那一汪清泉，成全了苏东坡第一次的爱情和婚姻。这是一场偶然，也是一场必然。宋朝的皇帝是文化人，因此自上而下都秉承着爱好风雅之词，流连丹青之间的游戏。那个时代，有点文化和修养的父亲们都期望女儿能嫁一个读书人，而并非富甲一方的商人。这一点历来为古今文人所赞扬，也无非是这种行为投其所好而已。行行出状元，一个男人是否能成为一个好丈夫，一个有魅力的情人，跟他的职业并没有关系。很多文人也非常猥琐无趣、自私自利，这并非是商人的专利。苏东坡赶上了那个对他的婚姻来说很有益处的时代。

在眉州岷江边的那一汪清泉有很多游鱼，泉边的人只要一拍手，这些鱼便纷纷奔涌过来，聚在池边，这一汪清泉和富有灵性的游鱼很受当地进士王方的喜爱，觉得此情此景必须要给它命名才行，于是高额悬赏，让当地有才学读过书的年轻人都来为这个有灵性的清泉命名。任是这些青年取了那么多名字，就没有一个让他满意的。只有一个让他眼前一亮的，就是苏东坡的手笔，苏东坡给这个池塘取名叫"唤鱼池"，王方觉得这个名字非常妙，无论从音韵，还是字形，还是意境上，都堪称完美，没有人能比得上这个。回到家，女儿王弗的丫鬟兴奋地跑出来，手里拿着一张纸，纸上写着"唤鱼池"三个字，还没等王方开口，丫鬟便说，这是小姐看老爷在四处找人给哪个池塘命名，便自己也尝试着给它取了个名字，叫"唤鱼池"，王方又惊又喜，喜的是自己的女儿居然这般聪慧灵秀，惊的是，女儿取的名字跟苏东坡的不谋而合。两人年纪也相当，如果能撮合成一对，那岂不是完美的姻缘。于是，王方请媒人跟苏东坡的父母说媒，苏东坡父母看王方家世清白，并非凡夫俗子，再加上王弗知书达理，贤良淑德，是个做妻子的最佳人选，也觉得二人很合适。苏东坡也对王弗颇有好感，但无奈当时苏东坡已有婚约在身。

早在认识王弗之前，苏洵给苏东坡已经暗中定下了一门亲事，对方是苏洵同事的女儿，他这个同事比苏洵官高一级，还把苏东坡和苏辙接到市里读书，对他们一家都有知遇之恩，但苏东坡对这门亲事并不感冒，便开始躲进山林、寺庙来抗拒这门亲事。苏洵大怒，觉得于情于理都无法交代，便带着其他亲戚到处找他，上演了一出轰轰烈烈的逼婚事件。就在此时，苏东坡的姐姐八娘的死讯传来。原来，八娘也是奉父母之命，媒妁之言嫁给了她很讨厌的表哥程之才，但是婚后生活很不幸福，程之才不仅不学无术，而且酗酒成性，酒醉之后就打老婆。公婆也丝毫不同情八娘，反而助纣为虐，于是备受公婆和丈夫的双重虐待，竟然惨死在产后的月

子中。一个女人最脆弱的时候就是在产后，而苏东坡的姐姐竟然是在这个时候被逼死的，可见她的生活一直过得多么悲惨和不幸。苏东坡姐姐的死亡，让苏洵悲痛欲绝，痛定思痛之下，他决定不再让悲剧重演，放弃了逼儿子成婚的念头，任由他自主选择自由恋爱。于是王弗和苏东坡这一对有情人终于得以完婚，苏东坡也从一个问题青年逐渐走上了正轨，他要为爱人、为将来的家庭努力奋斗，不仅每日更加用功读书，开始为自己、也为妻子谋出路，参加科举、也不再任性地不通事理，而是开始随着父亲拜访一些同僚、筹备进京赶考事宜，可以说，与王弗的结合，给苏东坡谋取功名提供了足够的动力和正能量。

　　王弗性情敏感又安静，心思细腻，为人体贴温柔，对待苏东坡的父母如同自己的父母，侍奉起来尽心尽力，可以说贤妻的各种指标她都占全了。她不仅是个贤妻，而且是个非常聪明的妻子，她知道苏东坡是个有点大男子主义的人，处处给丈夫留面子，让苏东坡的豪迈情怀充分得到发挥。她刚嫁给苏东坡的时候，对苏东坡隐瞒了自己读过书，识文断字，甚至会做文章的事实。俩人刚结婚的时候，苏东坡正发奋读书，王弗便每日陪伴左右，苏东坡念书到多晚，她就陪到多晚。每当苏东坡坚持不下去的时候，她便旁敲侧击温柔提醒。有时候还给苏东坡出题，所出题目她也都略知一二，有时候甚至可以代替苏东坡抢答。

　　从苏东坡的诗词中可以看出，他是个不拘小节、豁达洒脱、性情率真、有着赤子之心的人，这样的人往往把注意力集中在自己的事业和爱好上，对与自己交往的人，对人际关系，则没有那么多心机和敏感，常常把每个人想得都很好，无法识别别人真正的意图。无论这算是优点还是缺点，总是会给他带来危机，所以这在婚前是苏东坡的父亲苏洵担心的，婚后妻子也很快察觉到了这点，也替他终日牵挂。也许是性格相合，也许是妻子某些品德让苏东坡真的很敬重，总之苏东坡在妻子面前简直是个乖孩子，而王弗对他也是非常了解，甚至达到了"未尝不问知其详"的地步。每当家里来客人的时候，王弗还享有一项特权，躲在屏风后面倾听来访者与苏东坡的交谈。等来客走之后，便对苏东坡说出自己对这位客人的性情和品德的了解和看法，把此人的优点和缺点都分析给苏东坡听，提醒苏东坡要疏远和防备那些见风使舵，有着不良习气的人，苏东坡对妻子暗暗佩服，觉得拥有这样一个半仙半佛的妻子是非常幸运的一件事。后来的事实证明，王弗在对人性的洞察力上确实超凡脱俗，有卓越的先见之明，宛如开了天眼一般。比如当时跟苏东坡过从甚密到称兄道弟的张璪、章惇等人，后来就对苏东坡大加迫害，而当初王弗可是告诫过苏东坡的，但是性情豪放的苏东坡并没有放在心上，也没有想那么严重。苏东坡曾经用"有识"二字来评价自己的妻子，这并不是一个典型的用在妻子身上的词，更像是评价读书人或者同事之类的同道中人，甚至同一个性别的男人，这种词都很少用在女人的身上，而苏东坡用这两个字来评价自己的妻子，可见他对她不仅是爱恋，也包含着深深的敬重。王弗对待苏东坡的方式，更像是个母亲加姐姐，也许女人本来就比男人早熟，所以王弗在苏东坡的生活中充当着督促和训诫的角色。

苏东坡看了欧阳修的《集古录》中描写青铜器的片段，被深深吸引，也开始鉴赏和收藏文物，再加上自小迷恋道人炼丹的行径，经常去各地挖掘，希冀能挖出一些绝世宝贝，被妻子给纠正了过来。苏东坡曾这样回忆到：某官于岐下，所居大柳下，雪方尺不积；雪晴，地坟起数寸。轼疑是古人藏丹药处，欲发之。亡妻崇德君曰："使吾先姑在，必不发也。"轼愧而止。苏东坡可真是个不拘小节的人啊，为了找到古人藏的丹药，差点连别人家的坟墓给掘了，幸亏有妻子在，劝说他，如果婆婆现在还活着，肯定不允许你干这种事来，苏东坡很惭愧，停止了这种行为，否则真的要干出不少荒唐事来。毫不夸张地说，王弗就是苏东坡的守护天使，一物降一物，像苏东坡这样信马由缰的个性，竟然不嫌妻子干涉自己的事务和交友，乖乖听从妻子的规劝，不得不说王弗确实适合苏东坡。二人地位平等，既互相爱慕互相依恋，也互相尊重。王弗就像是苏东坡的女王，拥有无边的魅力和威信，细细地打磨着苏东坡这样一块原本棱角毛糙的璞玉。

俩人就这样琴瑟相合了十一年，并育有一子苏迈，可能是天妒红颜，不允这样一段美满的姻缘，王弗在二十七岁的时候病逝，这年，苏东坡正好三十岁。苏东坡将她葬在自己父母墓地的西北角，并亲手种植了大量的松树，以寄托对亡妻的哀思。"老翁山下玉渊回，手植青松三万栽"，爱妻的去世给苏东坡带来沉痛的打击，当两个人异常相爱的时候，要么就想一起死，要么就想永远都不要死。倘若有一人先死，便是人间永恒的悲剧。剩下那一人的痛苦，是什么都无法抚慰的。

苏东坡的《亡妻王氏墓志铭》这样写道："治平二年（1065）五月丁亥，赵郡苏东坡之妻王氏（名弗），卒于京师。六月甲午，殡于京城之西。其明年六月壬午，葬于眉之东北彭山县安镇乡可龙里先君、先夫人墓之西北八步。"这首墓志铭虽然语调平静克制，但是却充满了悲痛，这更说明这苏东坡和王弗的感情深沉又深厚，苏东坡并没有像元稹那样写出"曾经沧海难为水，除却巫山不是云"那样煽情的诗句，但是从这首墓志铭里却觉得每个字都在流淌着悲伤和深情。十年后的某一天，他再次来到妻子王弗的墓前给曾经的爱妻扫墓，回去后梦见了自己跟妻子在梦里再续前缘，醒来之后沉渣泛起，心底百转千回，便写下了那首流传千古的悼亡词《江城子·乙卯正月二十日夜记梦》。

十年生死两茫茫，不思量，自难忘。千里孤坟，无处话凄凉。纵使相逢应不识，尘满面，鬓如霜。

夜来幽梦忽还乡，小轩窗，正梳妆。相顾无言，惟有泪千行。料得年年肠断处，明月夜，短松冈。

王水照先生曾云：此词"含悲带泪，字字真情，将满腔思念倾注与于笔端，创造出缠绵悱恻浓挚悲凉的感人意。"同样是悼亡词，都是悼念妻子的，都是传世佳作，拿苏东坡这首跟元稹的那首"曾经沧海难为水，除却巫山不是云"相比，两首都足够有文采和才华，都很典型，但是元稹那首更像是一个大而无当的口号，缺少细腻的情怀，仿佛只是在昭告天下：我元稹多么地专情、多么对妻子念念不忘……简直有打着思念亡妻的牌，却在有意无意地吸引下一任妻子。而苏东坡这首，则充满了真实的哀伤、思念和感怀，可以说写得非常凝神，他没有写那种大而无当的除却巫山不是云，这种口号好比一个男孩对一个女孩说，我等你一辈子。开篇第一句"十年生死两茫茫，不思量，自难忘"开门见山，巨大的悲痛再也无法抑制地放声大哭一般。整首词的基调也充满了夜凉如水的悲泣。他在梦里梦见什么了呢，梦见了妻子还像以前那样临窗梳妆。好像人鬼情未了一样，妻子在梦里是鲜活的，而自己则像失魂落魄的野鬼一样无法说话也无法触摸，只能"相顾无言，惟有泪千行"。真是应了余光中那句话，"爱是一座小小的坟墓，我在这头，你在那头"。可是余光中的这句略显绵软，无法表达像苏东坡这种具有苍茫男子气概的人，所迸发出的那种痛彻心扉的思念，全天下所有的诗句里，只有他这一句"十年生死两茫茫，不思量，自难忘。千里孤坟，无处话凄凉"能表达他的心迹。自王弗死后，苏东坡的文风也发生了变化，他的词句里，多出现"梦""坟""悲""哭"等字眼，甚至影响了苏东坡的文学脉络。很难说王弗是不是苏东坡一生最爱的女人，但绝对是给苏东坡影响最大，得到苏东坡最多敬重的女人。

王闰之

王弗去世后一年，发生了两件事，一件是苏东坡的父亲病逝，另一件就是苏东坡续弦。苏洵病逝后，皇帝号召很多官员悼念他，赠送给苏东坡很多钱财礼品，苏东坡一一婉言谢绝，只上书当时的皇帝宋英宗，说自己的父亲一生品德高贵刚正不阿，为大宋社稷鞠躬尽瘁，在民间的口碑也很好，又有才华，但无奈一直没有任何正式的官衔。如今父亲病逝，唯一的心愿是能够得到皇帝的正式封号，在九泉之下可以瞑目，也可以去见列祖列宗了。英宗答应了苏东坡的请求，并且批示要把苏洵送回老家厚葬，王弗的灵柩也随行一起，安葬于苏东坡父母墓碑一侧。

服丧期满，苏东坡就续娶了王弗的堂妹王闰之。王闰之的父亲，也就是王弗的叔叔，现在就成了苏东坡的第二任岳父。关于王闰之的身份，苏

东坡曾在后来祭奠第二任岳父的文章中这样写到:

祭王君锡文
轼始婚媾,公之犹子。
允有令德,夭阏莫遂。
惟公幼女,嗣执罍篚。
恩厚义重,报宜有以。

其中有两个现在看来是生僻的字"罍、篚",这两个字都是古代农具的叫法,一个是烧茶的泥盆,一个是采摘茶、蔬菜以及桑叶用到的竹筐,"惟公幼女,嗣执罍篚"这句话表明了王闰之的身份,并不是书香门第的大家闺秀,而是个从事农业活动的乡间妇女。那时候的苏东坡官职越来越高了,想娶个名门望族的小姐是不成问题的,但是他为什么偏偏娶了这样一个貌不惊人,身世背景也不显赫,甚至不是书香门第,外人看起来门不当、户不对的普通平凡的女子呢?而且这个女子当时已经二十一岁了,在当时算是大龄剩女了。连最欣赏苏东坡的欧阳修都极力反对这次婚姻,说苏东坡已经是五品官员,才华横溢,未来一定是一代文学宗师,前途不可限量,为什么偏偏想不开要去娶这样一个女子?

但是仔细想想就不难猜测出,这肯定是苏东坡和亡妻王弗的一个约定。王弗病逝的时候,儿子只有六岁,无人照看。王闰之从小就对这位姐夫倾慕有加,并且待字闺中,一直没有结婚,如果自己死后,苏东坡能娶王闰之,实际上是成全了王闰之和王弗两个人,王闰之可以如愿以偿地嫁给自己一直暗地里喜欢的姐夫,而王弗也不用担心续弦会对自己的儿子不好,王闰之一定会待儿子视如己出的。苏东坡对王弗饱含深情,所以自然就答应了王弗的请求。王闰之死后,苏东坡给她做的悼念文章中这样写道:

祭亡妻同安郡君文
昔通义君，没不待年；
嗣为兄弟，莫如君贤。
妇职既修，母仪甚敦。
三子如一，爱出于天。

最后一句"三子如一，爱出于天"，表明王弗不愧为贤妻，不仅生前对苏东坡所有的家务事打理得井井有条，连死后也把苏东坡的起居生活，乃至续弦的事情都安排妥当。王闰之嫁给苏东坡后，除了无法像自己的堂姐那样对苏东坡的一些不良行为进行规劝，其他的相夫教子都做得跟王弗没有差别，她跟苏东坡育有二子，加上原来王弗的儿子，一共是三个儿子，她对这三个儿子一视同仁，连苏东坡都感慨她品行端正。跟王弗一样，她给苏东坡提供了一个温暖的、不需要操心的家庭。所以"闰之"这个名字其实是苏东坡给她起的，原本她只叫二十七娘，苏东坡给她取了这样一个属于她自己的名字，这个名字有两层含义：一是她是续弦，所以身份上符合"闰"这个字；二是她出生在闰年，因此"闰之"这个名字非常符合她，而且闰之还有自己的字，叫季璋。也可以看出他俩的感情还是比较美满的。

从这里可以看出，苏东坡是个质朴知足的丈夫，他不但没有嫌弃闰之出身卑微，反而在多处场合公开夸赞闰之是"贤妻"。他们结婚三年后，苏东坡去杭州出任通判，他去杭州后第一件事就是拜访恩师欧阳修给他在当地介绍的朋友，他把这次拜访写成日后成为佳作的文章《腊日游孤山访惠勤惠思二僧》：

天欲雪，云满湖，
楼台明灭山有无。
水清石出鱼可数，
林深无人鸟相呼。

> 腊日不归对妻孥,
> 名寻道人实自娱。

这首诗的意思是说，即使到了个新地方，需要打通各种关系，苏东坡仍然不喜欢这种人情往来，他最钟爱的是寄情于山水之间，或者跑去跟僧人会诗，"腊日不归对妻孥"，说的是，自己完全可以放心地当甩手掌柜，家里一切事务自有妻子打点。正因妻子替他分担了所有的家务，让他得以保全心灵的自由，可以随心所欲地交友和游玩。当时他家里的状况是这样的：他与王闰之的儿子还刚刚出生，嗷嗷待哺中。苏东坡侄子的遗孀和两个侄孙也因为家庭的变故居无定所，只好由他来抚养，他们一家上下几十口的事务，就成了闰之所有的生活，这是苏东坡的洒脱，也是他的残忍。贾平凹说一个女子要具有母性、妻性、女儿性，像王闰之这样本分的女子，嫁给苏东坡这样的浪荡文人，"女儿性"已经全无，只剩下母性和妻性了。苏东坡后来在给好友一首诗中，同样对妻子王闰之的品行给予高度评价，言辞之间充满了自豪"子还可责同元亮，妻却差贤胜敬通"，说自己的品行才华跟陶渊明差不多，但是自己的妻子却比陶渊明的妻子贤惠一万倍。

王闰之跟随苏东坡近二十年，跟着他辗转十几个地方出任官职，经历坎坷曲折，远非外人所想那样是在家里过着舒服安稳的日子。苏东坡在苏州当太守的时候，正赶上灾年，整整两年没有下雨，地表干裂，蝗虫泛滥，百姓都吃不上饭，路上全是饿殍。当时到了路边全是弃婴，因为家里没有粮食可以养活得了孩子，只好把孩子随便丢在街头，希望有钱的人能够收养。苏东坡到任之后，先是率领众人沿街拾回弃婴，并对他们进行妥善的安置。一方面，跟灾民一起挖野菜、刨树根来度过饥荒的岁月。这些天灾人祸搞得苏东坡心力交瘁、几近崩溃，回到家后正值家里的儿子哭喊着要东西吃，崩溃边缘的苏东坡忍不住斥责了儿子。

小儿

小儿不识愁，起坐牵我衣。
我欲嗔小儿，老妻劝儿痴。
儿痴君更甚，不乐愁何为？
还坐愧此言，洗盏当我前。
大胜刘伶妇，区区为酒钱。

从这首很有画面感的诗中可以看到这样的情境：结束了一天繁忙工作的苏东坡灰头土脸回到家中，正在为百姓的疾苦发愁，小儿子一看到父亲回到家中便跑着抓住父亲的衣襟，说自己要吃点好吃的东西，苏东坡忙了一天，事事不顺，雨不知道什么时候下，蝗灾不知道什么时候才能彻底根除，正烦得不行，小儿子上来这么一闹，他就更觉得烦，忍不住对他发起脾气。那句"儿痴君更甚，不乐愁何为"，是妻子王闰之对他说的话，意思是说，小孩子不懂事任性是年龄小的原因，你怎么也随便发脾气，干吗要把工作带回家，这不是你一贯的作风啊，我那个顶天立地的丈夫去哪了呢？她的话是有安抚作用的，苏东坡听了他的话之后，开始反省，自己也觉得有点后悔，这时候王闰之端上新茶和薄酒，把热腾腾的毛巾递给丈夫擦脸，擦净一天的疲惫和戾气，用温暖来让丈夫平静下来。苏东坡写过这样的诗句夸奖王闰之，"大胜刘伶妇，区区为酒钱"，说的是个典故，晋代名士刘伶酗酒成性，把家里能卖的东西全拿出去典当成了酒钱，他的夫人为了改掉他的坏毛病，常把酒藏起来，为此跟他吵架，导致他为了喝酒跟夫人经常撒谎，酗酒的毛病没有改，又新添了撒谎的毛病。而自己的夫人却用非常温和的方式规劝自己，既不给自己压力，又能无声无息，以春风化雨的方式规劝自己。苏东坡跟刘伶不同的一点是，苏东坡比他更惜福，知好歹。

两年后，发生了乌台诗案，乌台指的是御使台，汉代时御使台外的柏树上有很多乌鸦，所以人称御使台为乌台。苏轼因为反对新法，在诗文中表现了自己的不满，由于他生性不羁，经常在文章中讽刺不合理的社会现象，向上挤兑皇帝，向下痛骂官员，终于被御使们捏造了罪名，被宋神宗捉拿起来。这次可不是流放那么简单，而是正儿八经地套上刑具，被押解到汴京的。他的地位一落千丈，一时之间家人如惊弓之鸟惶惶不安。苏东坡的好友王诜得知这个消息后，赶忙派人将这个消息通知给了苏东坡的弟弟苏辙，苏辙当时在河南商丘做官。苏辙得知这个坏消息也连忙派家人快马加鞭地去追随苏东坡，把皇帝要重重处罚，轻则坐牢重则死罪的噩耗告诉了苏东坡。苏东坡已经做好了赴死的准备，并留下遗言："臣即与妻子诀别，留书与弟辙，处置后事，自期必死"。

　　王闰之是个能干的女子，家里的经济压力再大，琐事再繁复，凭着她清晰的头脑以及勤劳和节省，都能把家里打理得井井有条，丈夫回家能享受家庭的温暖，儿子们能吃饱饭，有干净的衣服穿，王闰之很习惯这种安贫乐道的生活，把穷日子过得其乐融融是她的长项。可是丈夫就是自己头顶的一片天，现在丈夫有杀身之祸了，任她再怎么镇定，一个普通的妇道人家，也会下意识地如惊弓之鸟的。苏东坡不愧是个大丈夫，在这个节骨眼儿上，自己并没有乱了阵脚、慌乱不堪，反而首先安慰自己的妻子，给自己妻子讲了一个轻松的笑话来安慰她。这个故事讲的是，当年先皇听说民间有一位绝世高人叫杨朴，此人文韬武略无所不能，但是偏偏对功名没有任何欲望，只是在乡下守着老婆种田。皇帝想把他强行招至殿下，就对他半威胁半开玩笑地说，你整天在家跟人吟诗唱歌，如果现在让你离开这里，有没有人给你送行啊？杨朴说，也就一个人吧，就是我那老妻。皇帝问老妻会唱什么曲子呢？杨朴说，老妻也只会唱这么一句："且休落魄贪杯酒，更莫猖狂爱咏诗。今日捉将官里去，这回断送老头皮。"意思是说，再让你爱喝酒唱歌吟诗作对，这下可好了，被皇帝抓走啦，断送了这条老命了吧！皇帝是个讲理的人，听了之后大笑，打消了强迫杨朴入宫的念头，放他归隐山林，跟老妻继续过闲散日子去了。讲完这个故事，苏东坡还跟妻子王闰之开玩笑，要是你想救我，说不定在皇帝面前也唱这么一首歌，皇帝就感动之余把我放回来了呢。王闰之看到丈夫反过来安慰自己，还这么达观，也只能笑中带泪了。

王闰之并非没有缺点,并非是百分之百完美妻子,一件错事也没干过。苏东坡被抓走后,苏东坡的弟弟苏辙来接嫂子一家上下男女老幼十几口人去自己家,一干家人都上船之际,大队官兵人马赶来搜寻苏东坡的诗文,好查找"犯罪证据",王闰之非常害怕,心想都是这些诗文让苏东坡遭了殃,情急之下将苏东坡当时的文章都付之一炬了。后来苏东坡得知此事,一点埋怨妻子的意思都没有,反而赞美妻子在关键时刻雷厉风行果断勇敢。

苏东坡入狱之后受尽凌辱,觉得自己不久将会死在狱中,甚至写好了绝命书。

狱中寄弟子由·其一
圣主如天万物春,小臣愚暗自忘身。
百年未满先偿债,十口无归更累人。
是处青山可埋骨,他年夜雨独伤神。
与君世世为兄弟,更结来生未了因。

狱中寄弟子由·其二
柏台霜气夜凄凄,风动琅玕月向低。
梦绕云山心似鹿,魂飞汤火命如鸡。
眼中犀角真吾子,身后牛衣愧老妻。
百岁神游定何处,桐乡知葬浙江西。

这两首诗歌后来以凄楚的伤怀之情打动了宋神宗,他刀下留人,免去了苏东坡的死刑。其中的"老妻"二字,饱含了十几年来两人相濡以沫的默契,以及对王闰之的愧疚,他深知自己一旦被处死,那一家老小所有的衣食住行的重担都落在了王闰之的肩上,到那时候她的压力更大。自己在以往的生活中并没有给王闰之带来荣华富贵,一旦死了之后还把那么重的

家庭负担扔给她，真是苦了她了。如果不是宋神宗动了恻隐之心，网开一面，可能王闰之的后半生真的是要在异常操劳中度过了。

在多方营救下，苏轼终于被批准刑满释放，流放到黄州。不久，王闰之也在苏辙以及苏轼其他朋友的安排下，携一家老小跟丈夫会合。经过这一番波折，苏东坡百感交集，写下两首《菩萨蛮》：

画檐初挂弯弯月，孤光未满先忧缺。还认玉帘钩，天孙梳洗楼。
佳人言语好，不愿求新巧。此恨固应知，愿人无别离。

风回仙驭云开扇，更阑月坠星河转。枕上梦魂惊，晓檐疏雨零。
相逢虽草草，长共天难老。终不羡人间，人间日似年。

这两首诗都表达了劫后余生的幸运和惊魂未定，"佳人言语好，不愿求新巧。此恨固应知，愿人无别离。"和"相逢虽草草，长共天难老。终不羡人间，人间日似年。"这两句则表明在苏东坡的眼里，再也没有什么比得上能跟自己的妻子长相厮守来得重要了。活到这个年纪，回首来时路，苏东坡应该早已明白，像自己这样生性洒脱不羁的人，必须搭配王闰之这样的贤妻良母，才得以获得更多的自由，保持住自己的赤子之心。夫妻两个人的组合，一定是一个宽容一个任性才能得到平衡。当苏轼充当着任性的小孩的角色时，王闰之就是那个迁就宽容他的人。你没办法想象苏轼和李清照在一起生活是什么样，两个人可能都各顾各的，都会嫌对方对自己不够好。这也是王弗的先见之明，她知晓自己堂妹王闰之的性格豁达宽容、一方面又很有经济头脑，精于操持家务。为了丈夫、也为了自己的孩子着想，她把王闰之安排给苏轼，来代替自己的位置，唯有如此，她才能在九泉之下瞑目。

苏东坡与王弗更像是同班同学，王弗充当着班长女王的角色，而苏轼则是一个坏小子，对女王崇拜爱慕，什么都听她的。而女王呢，也很有气度和风范，具备庸常女人不具备的眼光和洞察力，她打磨出了一个优秀男人的雏形，接下来的任务就交给了堂妹王闰之。王闰之和苏东坡之间的感情里，苏东坡就越发彰显出他的本真和任性，不论他怎样，都能从王闰之那里获得理解、尊重、温暖和爱意，王闰之才是苏东坡的支柱，苏东坡对王闰之的割舍不掉的依赖已经超越了普通的夫妻关系，而变成了一种对母性的眷恋。是的，王闰之在某种程度上充当着母性的角色。连学生邀请他去某地讲学，他说"且须还家与妇计，我本归路连西南"这个事情我做不了主，得给你师母商量。

然后好景不长，就在苏东坡被重新召回京城的第二年秋天，王闰之就染病去世。苏东坡悲痛万分，写下《祭亡妻同安郡君文》：

呜呼！
昔通义君，没不待年。嗣为兄弟，莫如君贤。
妇职既修，母仪甚敦。三子如一，爱出于天。
从我南行，菽水欣然。汤沐两郡，喜不见颜。
我日归哉，行返丘园。曾不少须，弃我而先！
孰迎我门，孰馈我田。已矣奈何，泪尽目干。
旅殡国门，我实少恩。惟有同穴，尚蹈此言。
呜呼哀哉！

这段悼文则包含了更丰富的两人共同生活的种种痕迹和细节，妻子一去便家不成家。再也没人在家里等你回来，也没有人跟你共进晚餐，聊一聊天气和蔬菜。一切都无法挽回，想到这些便悲泣到泪水流干。苏东坡在这首悼文中立下誓言，将来一定要跟王闰之合葬。不仅苏轼对王闰之的去世非常悲痛，连苏轼的弟弟苏辙也为她写了悼文《祭亡嫂王氏文》，以纪念他的嫂子，表达了整个家族对王闰之的赞美和感谢。

兄坐语言，收畀丛棘。窜逐郏城，无以自食。
赐环而来，岁未及期。飞集西垣，遂入北扉。

贫富戚忻，观者尽惊。嫂居其间，不改色声。
冠服肴蔬，率从其先。性固有之，非学而然。

这首诗回忆了王闰之跟随苏轼几起几落。无论苏轼因言获罪，被贬到边疆；还是后来又重新回归朝廷，王闰之都宠辱不惊。富贵的时候不见她骄横，穷困潦倒的时候不见她埋怨。这种豁达而知天命是天生的，这种高贵的品格也是天生的，这跟识多少字，读多少书都没关系。王闰之死后，苏东坡再也没有续弦，只是有个妾侍王朝云陪在自己身边。对王闰之这位亦妻亦姊的怀念，贯穿了苏东坡的后半生。

王朝云

第三位对苏东坡来说最重要的女性就是王朝云了。苏东坡跟姓王的女性一直都很有缘分。这位王朝云虽然也姓王，但并非王弗和王闰之的亲戚。她本是青楼女子，自十一岁起就被苏东坡从青楼中赎出，跟苏东坡一起生活了二十几年，直到三十四岁时去世。她和苏轼相识于西子湖畔，苏轼为此写过一首流芳千古的诗：

饮湖上初晴后雨
水光潋滟晴方好，山色空蒙雨亦奇。
欲把西湖比西子，淡妆浓抹总相宜。

王朝云自小是孤儿，辗转被卖到青楼。苏东坡在一次跟众朋友泛舟西湖的时候，遇到了在那里给这些官员们做慰问演出的王朝云。王朝云虽然当时只有十一岁，但是出落得鬓鬓婷婷，有一点小小的风流韵致了。苏东坡在一群人里一眼就看到了王朝云。有时候两个人为什么能互相看顺眼是个很神奇的问题。日本有个漫画叫《白兔糖》，后来又改编成了电影，讲的就是类似于这种年幼女孩和年长男子宿命般的恋情，这个成年男子在第一次碰到这个小女孩就被小女孩身上那种孤儿般的表情吸引住了（小女孩当时确实成了孤儿），乃至于力排众议收养了这个小女孩。两个人像父女又像情人，这样共同生活了好多年，直到这个小女孩长大成人，两人才弄清楚，当年已经是一见钟情，这几年的共同生活不过是这个男子对小女孩恋人般的照看而已，认清这一点，两人后来就有情人终成眷属了。苏东坡对王朝云的感情应该是类似于这种的。

王朝云跟苏轼的前两任夫人相比，在相貌和风情上肯定要出众得多，毕竟是青楼女子出身。关于她的相貌，后来苏轼最欣赏的学生秦观曾经用"溶溶媚晓光"来形容过自己的"师母"王朝云。王朝云刚进苏家的时候是以"侍妾"的身份进去的，由于宋朝的婚姻法严格，"侍妾"是绝对不准被升格为"夫人"的，所以王朝云一直到死的身份都是侍妾。侍妾其实就是仆人，是主人的贴身助理，这倒也罢了，因为本来古代的大部分老婆其实就相当于丈夫的贴身助理，老婆是只伺候丈夫的，侍妾要伺候男主人的长辈、男主人以及女主人等等一干人。但是她的身份对于女主人来说却是个地雷般的威胁，除非正房夫人特别弱势，受妾侍欺负那种，其他情况下，妾侍的地位是很低下的。王朝云却是个幸运儿，她的幸运跟自己的聪明也有关系。她将苏轼的夫人照料得滴水不漏，王闰之当时刚刚生下小儿子苏过，以前王闰之在家里里外外一把手的操持家务，现在自己刚刚生产完，家里少了个管理家务事的人，朝云以其勤快、任劳任怨、乖巧，赢得了王闰之的好感，再加上王闰之本来就是个非同寻常的豁达、厚道、善良的女人，所以王朝云在苏家过得很舒心。而且当时苏轼家里的女佣都因经济紧张而被辞退了，苏东坡自己也曾写诗感叹说"金钗零落不成行"，王闰之要亲自洗手作羹汤，像个老妈子一样伺候一家人，这时王朝云的到来也填补了家中"金钗"的空白。王朝云从小便风流多情，想必她也知道自己充当着这样的角色：是男主人的小情人，是女主人的帮手加女佣。她受苏东坡的影响，耳濡目染，十二三岁也会写诗做文章了。俩人经常在苏轼出差或者远游的时候通过书信互诉衷肠。苏轼的诗《得书》一文中曾隐约透露过这种小小的生活细节：

晓来风细，不会鹊声来报喜。
却羡寒梅，先觉春风一夜来。
香笺一纸，写尽回纹机上意。
欲卷重开，读遍千回与万回。

这首诗充满着收到情人书信的雀跃。"香笺一纸"，说明这是个有情调的、有文艺气息的女子写来的，这个女子跟苏东坡的关系非常亲密而且甜蜜，不可能是朴素的王闰之，那么只能是王朝云。她能跟苏轼开始进行心灵和诗词上的沟通，说明苏轼平时教导有方。苏轼在王朝云去世后的一篇悼念文章中写到"朝云始不识字，晚忽学书，粗有楷法"，说明王朝云是个非常有灵性的女孩，在没有遇到苏轼之前，王朝云在妓院里学习的是唱歌、跳舞、插画、烹饪、茶道等除了文学之外的其他艺术门类。而苏轼在这首诗里所表达的爱恋欢欣雀跃之情，说明他对来自于朝云的信是非常开心的，因为朝云是他的情人，他对这位漂亮多情又充满灵性的小情人爱怜有加，最后一句"欲卷重开，读遍千回与万回"，表示他对这封信看了又看、流连忘返、爱不释手的。

长大后，王朝云更是出落得艳丽无边。米芾是苏轼的朋友，曾经多次到苏轼家做客品茶，他的名声才华不言而喻，因此也是见过世面见过美女的人，即便如此，他到苏轼家做客的时候还是被王朝云的美貌所打动，并且为此赋诗一首。

满庭芳

雅燕飞觞，清谈挥麈，使君高会群贤。密云双凤，初破缕金团。外炉烟自动，开瓶试、一品香泉。轻涛起，香生玉乳，雪溅紫瓯圆。

娇鬟，宜美盼，双擎翠袖，稳步红莲。座中客翻愁，酒醒歌阑。点上纱笼画烛，花骢弄、月影当轩。频相顾，余欢未尽，欲去且留连。

这首诗里简直满眼的活色生香啊，全是些娇艳的文字，这些娇艳的文字皆因朝云而起。这一年的王朝云二十出头,正是女人一生中最灿烂的年纪,"娇鬟,宜美盼,双擎翠袖,稳步红莲。"这句将王朝云的情态表现得淋漓尽致。王朝云的魅力连素有"米颠"之称的米芾都深深为之倾倒,简直有种刘姥姥进大观园的感觉。直到王朝云给诸位知识分子沏茶完毕,翩然离去的时候,米芾还目瞪口呆,心里一直记挂着念念不忘"欲去且留连"着。"茶"在中国文化里是个富有标志性的字眼,它象征着清雅的生活,精神的寄托等等。苏轼曾写过一首描绘他们日常生活的诗送给王朝云,"今岁花时,深院尽日东风,荡漾茶烟。"会弹奏乐器、能歌善舞、聪明灵敏、又精通茶道的朝云,能打动苏轼的心也是自然而然的事情了。

既擅琵琶,又精茶艺,擅长歌舞,年纪虽小却聪慧过人,这就是久居青楼茶肆、显得有些早熟的朝云,能够打动苏轼的原因。王朝云在苏轼的眼里是精灵的化身,是最有女人味儿的代表,是苏轼最钟爱的那一类女性形象。苏轼但凡写到王朝云的诗句,总是跟"玉""仙""冰雪""粉嫩"有关。如:

生日致语口号
天容水色聊同夜,发泽肤光自鉴人。

四时词·之二
玉腕半揎云碧袖,楼前知有断肠人。

十一月二十六日松风亭下梅花盛开
岂惟幽光留夜色,直恐冷艳排冬温。
松风亭下荆棘里,两株玉蕊明朝暾。
海南仙云娇堕砌,月下缟衣来扣门。

再用前韵
罗浮山下梅花村，玉雪为骨冰为魂。

浣溪沙·端午
轻汗微微透碧纨，明朝端午浴芳兰。流香涨腻满晴川。
彩线轻缠红玉臂，小符斜挂绿云鬟。佳人相见一千年。

　　第一首是在王朝云生日时候，苏轼献给她的赞歌，第二首表现王朝云不同的气质和情态。苏轼不厌其烦地用这些美丽的词语描绘王朝云，这是前两位夫人没有享受到的待遇。他对前两位夫人更多的是品德上的敬佩和情感上的依赖，但是对王朝云却是地地道道纯粹的一个男人对女人的喜爱，充满了荷尔蒙的气息。

　　现代人，尤其是男人都很羡慕古代的婚姻制度，男人可以三妻四妾，按照这个标准，苏轼这一妻一妾并不算过分。其实说白了，就是男人的本性就是撒种子传播后代，他可以同时爱很多女人，这些爱里，有的爱是重合的，有的爱是无法取代的。对于苏轼来说，王朝云是他的情人梦，是他从小就憧憬的那类女性，是能激发他保护欲的小女人，是真正纯粹的男女之情，不带任何杂质，就算这个小女人再怎么蛮横无理，再怎么不守妇道，苏轼还是爱她。更何况王朝云不仅长得玉骨冰肌楚楚可怜，充满了女人味儿，而且言行举止方面并无任何超越规矩的行为，苏轼更是对她激情难褪，无法割舍，王朝云就是他的心头肉。

　　在女人和家庭方面，苏轼无疑是非常幸运的。王闰之作为堂堂正房，虽然也有女人的嫉妒心，但她更是一位达观而理智的女人，她就像是家庭的润滑剂，保证每个家庭成员都能过得舒心，而且关系和谐。从丈夫第一天把王朝云带回来的时候，聪明的王闰之看到这个玲珑的小姑娘不是一般人，就知道等再过几年，这个小姑娘就绝非小丫鬟那么简单了，一定是会被丈夫收为身边人的。她对自己、对苏东坡都非常了解，知道苏东坡是个浪漫率真的文人，在女人面前永远像个小孩子，他拥有一颗赤子之心，永远年轻、永远生意盎然。她也深知，自己在才情方面无法给丈夫满足，无法做丈夫的灵魂伴侣，他对自己有依赖、有尊重、有信任，但就是没有激情。与其为此事生气，还不如想开一些，接受这个事实。那个年代的女人都把丈夫纳妾当正常，没觉得心理上特别无法接受，这也是她们"妇德"必修的功课。她像这个时代所有备受尊重的正房夫人一样，甚至为他俩的结合提供各种机会。苏轼也因此对王闰之充满了感激之情，称她为"老妻"。把情人娶回家，既能保证家庭的稳定，使丈夫的心思始终停留在家庭里，又能赢得丈夫的感激，所谓大房太太的聪明，这也是一种。

大约在王闰之进入苏家三年后，也就是她十四岁那年，苏东坡终于跟她行了夫妻之实。他用这样的句子记录过他们的房中事："乍谐云雨，便学鸾凰"，他还用《蝶恋花》这一著名词牌来表情：

蝶恋花

雨霰疏疏经泼火。巷陌秋千，犹未清明过。杏子梢头香蕾破，淡红褪白胭脂涴。

苦被多情相折挫。病绪厌厌，浑似年时过。绕遍回廊还独坐，月笼云暗重门锁。

苏轼平生共写过三首《雨中花慢》，他将这种最适宜表达男女私情的慢词，无一例外地全献给了朝云。其中一首作于密州，全词是：

邃院重帘，何处惹得多情，愁对风光。睡起酒阑花谢，蝶乱蜂忙。今夜何人，吹笙北岭，待月西厢？空怅望处，一株红杏，斜倚低墙。

羞颜易变，傍人先觉，到处被著猜防。谁信道，些儿恩爱，无限凄凉。好事若无间阻，幽欢却是寻常。一般滋味，就中香美，除是偷尝。

再看这一首：

洞仙歌

冰肌玉骨，自清凉无汗。水殿风来暗香满。绣帘开、一点明月窥人，人未寝、欹枕钗横鬓乱。起来携素手，庭户无声，时见疏星渡河汉。

试问夜如何？夜已是三更，金波淡。玉绳低转。但屈指西风几时来？又不道、流年暗中偷换。

这首诗描绘的是真正的恋人之间可以发生的一切美好的事情。耳鬓厮磨、灯下说话、甚至携手起身共度星月夜。写完这首诗的第二年，王朝云便为苏轼生下一子。苏轼在与朝云的相处过程中，焕发出了一个男人对一个女人所有的爱。他为她担忧、心疼她、甚至为她刻意打扮得年轻，并且以六十岁的高龄自称"公子"。有句话说得好，十八岁的男人喜欢二十岁的女人，二十八岁的男人喜欢二十岁的女人，三十八岁的男人喜欢二十岁的女人……八十八岁的男人依然喜欢二十岁的女人。苏轼也不例外。

苏轼和朝云相当于婚内谈恋爱的感觉。虽然已经进了一家门了，但彼此之间还处于朦胧的好感、试探之间。苏轼对王朝云处于既有爱恋，又欲语还休、欲罢不能的牵扯中。这是一个四十岁的男人对妙龄青春少女的一种本能的敬畏，是迟暮对青春的折服。而王朝云对苏轼则是一种出身卑微的女子对于一代文豪，一个顶天立地、豪气万丈的成熟男人的仰慕。这两人都享受这种小心的试探、暧昧和相思。

苏轼在《雨中花慢》结尾那句："不如留取、十分春态，付与明年。"这一时期的词里，充满了对朝云的相思，以及在感情即将泛滥之前的止步。王朝云从年龄上来说，还是个未成年人，虽然她早熟，而且经历过青楼生活，对女人的风情有耳濡目染的学习和舞弄，思想上和感情上可能与一个成熟的女人没有两样，但是毕竟在物理意义来说，她还是个孩子。而且当时大宋律法规定，女孩子只有等到十四岁才能嫁人，否则是违法。苏轼虽然豪迈，但身在政坛，一堆政敌眼都盯着自己，好随时给自己扣个什么帽子，定个什么罪。私生活是最容易挑出毛病的突破口，也是苏东坡最不愿意让人抓住的把柄。当时王朝云十三岁，因此于情于理，都要等到十四岁才好正式与王朝云结成连理。

王朝云也渐渐越来越有气质，从他的心头肉变成了他的灵魂伴侣。苏轼没有架子，门下的弟子都很喜欢来苏东坡家里饮食玩耍。朝云每到这个时候就要出来给他们泡茶，不仅如此，王朝云还可以跟他们唱歌、跳舞，与之交谈，这是个活脱脱的沙龙女主人的形象。

朝云与东坡先生相知之深，可谓一举手、一投足，都可知道对方的用意，那首以"天涯何处无芳草"而极著名的《蝶恋花》词就写于这个时期：

花褪残红青杏小。燕子来时，绿水人家绕。枝上柳绵吹又少，天涯何处无芳草？

墙里秋千墙外道。墙外行人，墙里佳人笑。笑渐不闻声渐悄，多情却被无情恼。

此后，苏轼几经周折，从徐州到杭州，一直与家人厮守在一起，走到哪里都拖家带口的，最重要的是带上他心爱的朝云。他和王朝云已经结为事实夫妻，"乍谐云雨，便学鸾凰"之后，苏轼的情感和家庭生活进入非常稳定的状态。这时候的他可谓春风得意，家庭稳定，恋爱的欢愉让他容光焕发，他几乎可以算作世界上最幸福的男人了。王闰之将家庭气氛营造得温馨、温暖、安定、祥和；王朝云又能跟他在感情上如胶似漆，带给他女人的温柔和诗情画意。这让千方百计找他私生活破绽的政敌简直无处下手。

王朝云在十八岁的时候被苏东坡正式纳妾，与此同时，苏轼也遭遇到了他人生中的一个低谷，就是那次因言获罪、差点命丧监狱的事件。他经

历了被捕、拷打、流放等接二连三的打击，朋友和家人都深受牵连。当时他的物质生活已经沦为了乡野村夫，需要靠种地才能生存。他在狱中，王朝云和王闰之却依然忠诚地在外面等待着他。

他在个人生命已经受到极度威胁的情况下，还写了充满相思之苦的文章《沁园春》。

情若连环，恨如流水，甚时才休？也不须惊怪，沈郎易瘦；也不须惊怪，潘鬓先愁。总是难禁，许多魔难，奈好事教人不自由。空追想、念前欢杳杳，后会悠悠。

凝眸。悔上层楼。谩惹起、新愁压旧愁。向彩笺、写遍相思，字了重重封卷，密寄书邮。料到伊行，时时开看，一看一回和泪收。须知道、俱这般病染，两处心头。

"向彩笺、写遍相思，字了重重封卷，密寄书邮。"这句显然是写给王朝云的。这首诗可谓褪尽浮华，满纸都饱蘸着血泪，写尽了对家庭的愧疚和对王朝云的思念，对王闰之的依赖。这首诗是王朝云在这个世界上唯一感受到苏东坡的东西了，她一定会"时时开看"，看一次，流一次相思泪，"这般染病，两处心头"，相思的又何止是王朝云一人。

在经历了这一系列政治风波和家庭变故之后，苏东坡和王朝云的关系更加深厚和真挚。王朝云在二十一岁的时候，为苏东坡生下一子。苏东坡与这三个女人分别生了三个孩子，其中老大长得像母亲王弗，老二长得很奇怪，额头上像长了两个犄角，但是并没有影响苏东坡对他的爱。只有王朝云与苏东坡生的孩子，是最像苏东坡的，也是苏东坡在内心最为喜欢和宠爱的。他给儿子取名叫"幹儿"，寓意是，不希望自己将来的儿子非要死读书，只要将来健康快乐，能够照顾好自己的生活，不求虚荣、讲究实干就好了。王朝云和苏轼爱情结晶的诞生给家庭带来了一片喜庆祥和的气氛，苏东坡尽享天伦之乐，甚至产生了归隐的想法。他那首著名的写给儿子的诗，其实就是写给王朝云所生的那个儿子。

洗儿戏作

人皆养子望聪明，我被聪明误一生。
唯愿孩儿愚且鲁，无灾无难到公卿。

但是造化弄人，苏东坡正在这时接到调令，要到汝州做官。苏东坡不敢怠慢，便带领一家老小匆忙上路，岂料到达黄州之后，气候格外湿热，他这个最小的新生儿不幸染上重病夭折。

吾年四十九，羁旅失幼子。
幼子真吾儿，眉角生已似。
未期观所好，蹁跹逐书史。
摇头却梨栗，似识非分耻。
吾老常鲜欢，赖此一笑喜。

这首诗可以说是诗歌史上题目最长的诗歌了，叫《去岁九月二十七日，在黄州生子遯，小名幹儿，颀然颖异。至今年七月二十八日，病亡于金陵，作二诗哭之》，整个标题已经明白无误地传达出了整首诗的时间、地点、人物、事件了。苏东坡非常悲恸和后悔，认为是自己的原因导致儿子的早夭。值得一提的是，在小儿子幹儿死去的十七年后，苏东坡在同一天也去世。

忽然遭夺去，恶业我累尔！
衣薪那免俗，变灭须臾耳。
归来怀抱空，老泪如泻水。

苏东坡尚且悲恸地无法自制，王朝云的痛苦就更可想而知了。诗的第二首，直接述说此时的朝云：

我泪犹可拭，日远当日忘。
母哭不可闻，欲与汝俱亡。
故衣尚悬架，涨乳已流床。

这首平实到大白话的诗句，任谁来读，都会不忍卒读。简直每一句话都发着哭腔，包含对儿子的深爱和痛悔，以及对王朝云彻骨的心疼。"我的眼泪不算什么，随着时间的推移还可以慢慢化解。可是母亲的哭泣实在听来让人于心不忍，母子连心，那哭声好像要与儿子一同逝去一样"，"故衣尚悬架，涨乳已流床"这种真实的细节，只有对妻子和儿子充满真挚感情的人才能写出来，只有真正懂爱的人才能写得如此字字血泪。王朝云虽然至死都只是个侍妾，但这首诗里苏轼对她的爱，已经超越了当初的激情，而变成了一种更深沉的怜爱，对自己的女人、自己的妻子、对一个失去儿子母亲的那种同情。

幹儿死后，苏东坡决定不去汝州做官，他向皇帝请求让自己住在常州，这是王朝云喜欢的地方，也是能让王朝云心情稍微平静一些的地方。经历了丧子之痛的王朝云，经历了一段漫长的低迷期，之后便开始吃斋念佛。后来苏东坡有意要求回杭州做太守，因为这里是王朝云从小生活的地方，也是他俩初次相识的地方，而且杭州的山和水具有疗伤的作用，苏东坡只要一有时间，便带着王朝云去游览湖山散心。这实在是个非常称职的丈夫，可以说，这种体贴和温存，是之前王弗和王闰之没有得到过这么多的。但好景不长，王朝云还是在郁郁寡欢中去世。年仅三十一岁。

据说王朝云临终前拉着苏东坡的手念《金刚经》四偈："一切有为法，如梦幻泡影，如露亦如电，应作如是观"，即"世上一切都为命定，人生就像梦幻泡影，又像露水和闪电，一瞬即逝，不必太在意。"这大概就是最深的情义了，临死之前还在牵挂和安慰着苏东坡。

苏东坡悲痛得难以自拔，独自对着寒灯冷房，皓月空床，看到朝云生前的各种遗物，睹物思人，愁肠百结、黯然神伤，即使借酒浇愁，也依然无法忘记王朝云的音容笑貌。极度悲伤之下，回忆起过去两人缠绵恩爱的往事，苏东坡写下"算应负你，枕前珠泪，万点千行"的诗句。

苏东坡依照王朝云的生前遗愿，将她葬在惠州西湖的松林里，还在墓地上加盖一座亭子，取名为六如亭，并亲手为亭子写下楹联：

不合时宜，惟有朝云能识我；独弹古调，每逢暮雨倍思卿。

这是苏东坡对自己一生的总结和感慨，也是对王朝云最深切的怀念。王朝云一生能得到苏东坡如此专情、浓烈、体贴、温柔、欣赏，也算不虚此行。

苏东坡这一生中最重要的三个女人，几乎囊括了女人所能体现的所有美德，一个男性对女人所有的追求也不外如此，因此，苏东坡虽然一生不合时宜，却从来不违背自己的内心，耿直豪放过一生，是个懂得爱、也得到过爱的人。

爱过就不要说抱歉

——陆游和唐婉的生死绝恋

有些人一出生,就注定要背负沉重的性格和煎熬的心思,陆游就是如此。年少时寒窗苦读,再加上天纵奇才,他两次考试都考过了秦桧的儿子,夺得第一名。第一次惹怒了秦桧,秦桧是当时的宰相。第二次,秦桧直接把他从榜上拿了下来,什么名次都没给他。

二十岁的时候,他和唐婉结婚了。据说陆家拿出一个名贵的钗头凤做为聘礼,迎娶了唐婉。有人说唐婉是陆游的表妹,唐婉的父亲和陆游的母亲是兄妹俩,陆游的母亲还待字闺中的时候,跟嫂子的关系很差。还有一说,其实陆游和唐婉根本没有血缘关系。总之不管是什么关系,这两个情投意合的年轻人结婚了。这一年，陆游在沈园中作《卜算子·咏梅》：

> 驿外断桥边，寂寞开无主。已是黄昏独自愁，更著风和雨。
> 无意苦争春，一任群芳妒。零落成泥碾作尘，只有香如故。

世界上确实有非常般配且感情非常好的两个人，好到不需要吵架，说话完全不费力气，性格、智商、情商都完全合拍，唐婉和陆游就是如此。但是，中国古代，母亲肯定是要跟儿子一起住的，即便是婚后。女性一旦嫁人，嫁的不仅仅是某个男子，连带着这个男子的家庭。一入夫君家的门，便低眉顺眼，洗手作羹汤，说不定要接受婆婆和小姑的指摘。所以"三从四德"这种教条完全就是在反人类。唐婉在那个时候应该算是新女性，对伏低做小这一套很不屑，而且跟陆游关系又好，每天蜜里调油卿卿我我，也不吵架，十分恩爱。这种行为极大地惹怒了陆游的母亲。陆游的母亲估计是很强势的那种女人，从小对陆游要求很严，接受的都是传统教育，忠君爱国那一类的，对陆游的影响很大，所以陆游被称为"爱国主义诗人"。俗话说，母亲和儿媳是天生的情敌，越是这样在儿子心目中"德高望重"的母亲，对儿子的占有欲就越强，一个青春已经逝去的老女人对一个风华正茂的年轻漂亮女人不可能没有嫉妒，更何况这个女人取代了自己的位置，和自己的儿子成为最亲密的爱人。而且这个年轻的女人胆敢不卑躬屈膝地讨好自己，竟敢有自己的独立人格和感情，竟敢跟陆游在自己眼皮底下上演你侬我侬的戏码，简直成了自己的眼中钉、肉中刺。

她先是不给唐婉好脸色，但是唐婉除了行事比以前低调以外，丝毫不减损陆游和唐婉之间的感情。后来便又以唐婉没有劝陆游专心仕途，考取功名，没有尽到一个妻子的责任为由，要陆游和唐婉分手，陆游当然不从，但也不敢明着跟自己的母亲对抗，只好在两人之间做和事老，但结果是两个女人都不开心。后来陆游母亲又以他们婚后一直膝下无子为由，拿出"不孝有三，无后为大"这把尚方宝剑，这个尚方宝剑的杀伤力不可谓不强，陆游也无力招架，一面是爱人，一面是老母，而且老母似乎还站在

正义和道德的一面，代表着农耕社会，传统习俗对一个男人的要求，这可是一座大山，压在陆游头上，他也招架不住，除非他可以为了这个女人跟整个社会舆论为敌，但是他没有。膝下无子这可是杀手锏啊，唐婉家族也自觉理亏，说不出什么反驳的意见。陆游母亲终于如愿以偿地棒打鸳鸯，陆游和唐婉无奈地离婚，唐婉被逐出家门。

其实两人毕竟结婚才不到一年，好得蜜里调油是正常的，你且等他个十年八年的，两个人对彼此的荷尔蒙散尽，想这样亲密都打不起精神，所以您老人家又何苦这么早出来做这个恶人呢。陆游表面上服从了母亲的安排，但是私底下他置办了一套别院，当做两个人约会的地方，俩人定期见面，以解相思之苦。陆游还盼着母亲能回心转意，允许他和唐婉重修旧好呢。结果好景不长，陆游和唐婉的幻想就破灭了，陆游的母亲察觉到了两人的私情，以死相逼，使陆游和唐婉断绝恩情，老死不相往来。第二年，陆游那万能的母亲便给他重新找了一位恭顺的老婆王氏，王氏不久便怀孕，之后生下了她和陆游的第一个儿子。

唐婉的家庭也感觉自己受尽屈辱，决定扳回一局——其实也是唐婉运气好，嫁给了赵士程。赵士程是当地一位很有名气的文人，而且是皇室后裔，血统高贵，是正经的贵族，论身世来说，比陆游好很多，而且长相气质也温文尔雅。他对陆游和唐婉的事非常清楚，但是还能不顾舆论，迎娶因无法怀孕而被陆游母亲逐出家门的唐婉，可见他对唐婉是真爱。他也努力用自己的体贴和温厚来抚平唐婉的感情创伤，想给唐婉以最大程度的幸福。他对陆游也表示尊重，并无半点怨言。心灰意冷的陆游，在母亲的监督下，从此专心仕途。他很快被推荐为文章魁首，而唐婉和赵士程也举案齐眉，过着平静的生活。

五年后，陆游闲游绍兴郊外的沈园，恰好碰上了同来这里游玩的赵士程和唐婉夫妇。两人的故地重游鸳梦重温，深深地撼动了陆游的感情世界。曾经沧海难为水，说的不是元稹，而是陆游。他看到如今唐婉嫁给他人做妻子，心绪难平。赵士程不愧是个豁达有智慧的好丈夫真男儿，他给了二人单独相处的空间。唐婉和陆游也只是相对无言。最终唐婉随赵士程离开，唐婉到家之后，独自黯然神伤了很久，最终派家人送了红酥手和黄藤酒给陆游，红酥手是宋朝宫廷中的一种点心，黄藤酒是宋朝绍兴进供的一种黄酒。这是陆游平时最爱吃的酒菜。陆游收到唐婉派人送来的食物之后，更是悲痛欲绝百感交集，于是写下了那首流芳百世的词《钗头凤》：

红酥手，黄藤酒，满城春色宫墙柳；东风恶，欢情薄，一怀愁绪，几年离索。错、错、错。

春如旧，人空瘦，泪痕红浥鲛绡透；桃花落，闲池阁，山盟虽在，锦书难托，莫、莫、莫。

陆游也是，写了不要紧，自己抒发一下情感就完了，非要还把自己写好的诗差人送给唐婉，唐婉本来内心的伤痛在赵士程的呵护关爱下，已经

快要愈合了，此去经年之后，又跟陆游重逢在沈园，这次重逢对她来说简直是平地起波澜，内心翻涌惊涛拍岸，卷起千堆雪。她强压住内心的百转千回，含泪写下对陆游的答复。

世情薄，人情恶，雨送黄昏花易落。晓风干，泪痕残，欲笺心事，独倚斜栏，难、难、难。

人成各，今非昨，病魂常似秋千索。角声寒，夜阑珊，怕人寻问，咽泪妆欢，瞒、瞒、瞒。

看了唐婉的回复，可以推断出，这是个一根筋很执拗的女人，也不知道赵士程到底哪里不如陆游了，在对她这么好的情况下，她还是念念不忘陆游，她和现在丈夫这种看似平静的生活也只是一种息事宁人式的敷衍——我跟陆游的这段感情我是不会忘的，但是如果每天都表现出来，搞得期期艾艾的，必然会有很多人来询问，询问对我来说是种冒犯和打扰。与其这样，不如我按照他们希望的那样，乖乖跟赵士程过日子，也省得其他人操心了。但是，她心里一刻也没停止过想念陆游。这几年来的委屈、不平、柔情、思念、哀愁，一股脑儿全涌上心头了，便纵有万种风情，也无人可说，只好将这些情愫全都书写在字里行间。

不久，陆游便离开家乡，奉命出任宁德县主薄。而唐婉在那次与陆游的沈园相见，像天雷勾动地火一般，对陆游的思念和感伤再也抑制不住，也不想抑制了，连赵士程也无法帮她，只能任由她去。痴情的唐婉一天天憔悴，"衣带渐宽终不悔，为伊消得人憔悴。"总之世间一切跟情有关的诗都可以用在她的身上，最终唐婉因相思成疾而撒手人寰，她为跟陆游的这次重逢付出了生命的代价。真的是见君一面，误了卿卿性命，《钗头凤》便成为她留给世界最后的遗言。

唐婉死了之后，陆游的官运倒是忽然变好了，秦桧一死，陆游应得的成就也都恢复了。后来他在仕途上节节高升，一直到六十五岁，终于厌倦了政治斗争和官场上的你方唱罢我登场，回家务农，过起了自食其力的田园生活，有时候甚至还充当当地农民的赤脚医生，给他们免费看病诊断。在此期间他写了不少表现农村题材的诗。

历史上一直没有写陆游的妻子"王氏"的情形，她应该就是个天性温顺的良家妇女，陆游和唐婉的感情，对她肯定是一种伤害，但无论如何，她将这一切承担了下来，侍奉公婆，照顾孩子，并且把孩子教育得很好，都很有成就和气节。有几个后来都战死沙场。陆游有七子一女。根据《陆游年谱》记载：长子陆子虞、次子陆子龙、三子陆子修、四子陆子坦、五子陆子约、六子陆子布、七子是陆子聿（《冬夜读书示子聿》）。孙子有陆元廷，（闻宋军兵败崖山忧愤而死）曾孙有陆传义，（崖山兵败后绝食而亡）玄孙有陆天骐（在崖山战斗中不屈于元，投海自尽）。陆游那首《示儿》就是为这几个孩子所写：

死去元知万事空，但悲不见九州同。
王师北定中原日，家祭无忘告乃翁。

在他七十三岁的时候，操劳一生的妻子王氏溘然长逝，完成了她作为妻子和母亲辛劳的一生。而这时候，陆游的生命也走进了倒计时，人之将死，其言也真。母亲也死了，妻子也死了，儿子都不在身边，剩下的时光都是自己的了，再也没有身不由己的时刻。于是他再度走进他们重逢的沈园。唐婉死后，陆游必定是心如刀割，但是又能怎样？如今他自觉老到可以面对那段往事的年龄了。于是，他把家也搬到了沈园的附近，一个男子能做到这点，也是个痴情郎了。

七十五岁，他徘徊在沈园，"每入城，必登寺眺望，不能胜情"，记忆仿佛又回到了当年他跟唐婉初相遇、结婚、离婚、又再次相逢的情景。这时候唐婉已经去世了四十年，陆游故地重游，百感交集，挥泪写就《沈园》诗：

其一
城上斜阳画角哀,沈园非复旧池台。
伤心桥下春波绿,曾是惊鸿照影来。

这首表达的就是曾经沧海难为水,除却巫山不是云的情怀,逝者已逝,桥,是伤心的桥,墙,是哀伤的墙。曾经的情份和往事,宛如一场旧梦一样,如临水照花一般。

其二
梦断香消四十年,沈园柳老不飞绵。
此身行作稽山土,犹吊遗踪一泫然!

陆游对这个连接他和唐婉感情的地方一直恋恋不舍,数次故地重游,一而再、再而三地对这个地方流连忘返,借此地此景抒情,怀念已经去世了四十年的唐婉。也许他在这里寻寻觅觅,希望能偶尔看到唐婉的芳踪。

八十四岁,陆游再次到沈园,写下"沈家园里花如锦,半是当年识放翁;也信美人终作土,不堪幽梦太匆匆"。

似乎陆游过去一直不相信唐婉真的去世了,只觉得跟以前一样,只是见不上面而已。现在的他好像终于认命了,相信"美人终做土",化作一缕香魂随风逝去的事实。

他晚年搬到沈园附近,创作的诗词基本上就两个主题,一个作为社会身份的男性,抒发着爱国之情的忧愤,这种爱国不是赶时髦也不是愚蠢的忠君思想,是他骨子里的忠诚,对一个国家的忠诚,以及对一个女人的忠诚。作品的另一个主题就是怀念唐婉。这是一个真正的好男儿,这一生最后悔的事情莫过于屈服了母亲的强势,而造成感情上的遗恨终身。但他和唐婉的这段感情,却没有因任何因素——时间、空间、他人的介入而改变,虽然这一生,他俩在一起的时间只有短短的一年,但这一年对陆游来说,足以照亮他的余生。如果知道陆游的晚年一直在思念和凭吊自己中度过,唐婉在天之灵应该也会感到欣慰了。